愛的教育
Cuore

艾德蒙多·德
亞米契斯——著 王干卿——譯
Edmondo de Amicis

A classic
children's novel.

目錄

推薦序

雋永的經典，普世的價值

陳宏淑

提起《愛的教育》，許多一九七〇年代在台灣度過童年的人大概都耳熟能詳，當時這本書是國民小學大力推薦的優良少年讀物，國語課本裡也有好幾篇課文改寫自這本名著，例如一九七二年國小五上國語課本第二課〈慈愛的老師〉，以及一九七三年國小五下國語課本第二十三課與第二十四課〈愛國的孩子〉（一）（二）。另外，一九七七年華視播出的卡通節目《萬里尋母》，也是改編自這本書的五月故事。主角馬爾科跋山涉水到阿根廷尋找媽媽，一路上歷盡千辛萬苦，讓許多每天準時收看的觀眾寄予無限同情，而這部卡通也成為五、六年級生一段難忘的童年記憶。

《愛的教育》為義大利作家艾德蒙多・德・亞米契斯（一八四六—一九〇八）的作品，書名為Cuore，原意為「心」，出版年為一八八六年。第一個中文譯本在清末民初傳入中國，當時的書名是《馨兒就學記》，譯者為包天笑。一九二四年夏丏尊譯為《愛的教育》之後，這個書名便廣為流傳，此後沿用此書名的中文譯本可說不勝枚舉。然而，這些譯本多為轉譯或編譯，相形之下，王干卿先生自義大利原文直接譯成中文的全譯本，便顯得格外意義非凡。藉由直接從原文翻譯，王先生設法表現出義大利語言的獨特性，從書中人名與地名的譯法便可見一斑。此外，譯文中添加的許多譯注，更讓讀者能夠深入了解義大利在十九世紀末的社會現況與風土民情。王干卿先生的用心，大大提升了這本兒童讀物的文學價值與教育意義。

從文學價值來看，這本書與卡洛・科洛迪的《木偶奇遇記》（Pinocchio）可說是兩部最享盛名的義大利兒童文學經典。《愛的教育》的內容主要是小男孩恩利科透過日記描述自己的學校生活，記錄與同學相處的點點滴滴。另外，恩利科的老師每個月會說一個優良少年的故事，而恩利科的父母及姊姊也會不定期寫信給他，在信中教導或訓勉他做人做事的道理。透過恩利科的學校生活點滴以及英勇少年的故事，作者絲絲入扣的描寫出人物與地方的特色，對於勞工階級與貧苦大眾的關心也在字裡行間表露無遺。全書傳達出一種民胞物與、人道關懷的觀點，反映出作者對理想主義社會的憧憬。這種憧憬對於剛統一的義大利非常具有吸引力，難怪此書在義大利一出版便大受歡迎，在短短三年內便發行到第九十八版，到了一九一三年，義大利原作便已賣出了一百萬本。

能夠如此暢銷，另一個主要原因在於這本書強烈的教育意義。本書的內容對於兒童的性格塑造與品德養成都有莫大助益，能夠受到歡迎顯然有其道理。恩利科的同學當中，只有一位家境富裕，恩利科自己與另外兩位同學出身中產階級，其餘同學則全部都家境貧困，有些甚至身體有所殘缺。然而恩利科與這些同學相處卻從未嫌貧愛富。相反的，他常常勉勵自己要效法這些同學的精神，他們要幫忙家裡工作，卻比他用功得多。而恩利科的父母也經常提醒他很多細節，例如要救濟貧困的人，但要細心顧慮對方的感受；又如職業不分貴賤，任何人靠自己雙手努力工作，都值得敬佩與學習。這些道理體現在恩利科的生活故事中，讓人打從心裡感動。夏丏尊先生曾說他初得此書便在三日內邊流淚邊讀完畢，想來並非言過其實。

除了情感教育之外，《愛的教育》對於倫理教育也有振聾發聵之效。無論是師生、同學、親子，人際之間的應對進退本應有其倫理常序，而彼此之間那種發自內心的愛，更是穩定個人與社會的重要力量。從恩利科的老師身上，可以看見老師對學生那種深深的關懷與期許，而學生對老師也是充滿孺慕之情。恩利科班上的同學彼此相親相愛，即使手中僅有一片麵包也不吝與他人分享。另外，許多孩子與父母的關係也是患難中見真情，儘管家境貧困，親子之間的愛卻足以讓他們勇敢面對人生逆境。相較於現今社會上時有所聞的體罰、家暴、霸凌，書中這些感人肺腑的小故事，的確值得現代師長、父母、學生深思而學習。

然而，從另一方面來看，所謂愛的教育並不是氾濫而無止盡的溺愛。在少子化的台灣社會，許多父母因為太愛孩子而不忍責罵，但是孩子的品格表現不能只有讚美而沒有糾正。恩利科的父母對他的教養方式是恩威並施，鼓勵孩子自我反省，也嚴正指出孩子的不良行為，如此孩子才能明辨是非，為自己的行為負責。書中一百篇日記及故事的主題涵蓋範圍廣泛，讀者可以從中思考許多議題，包括增進親子溝通、關懷弱勢族群、尊重生命價值、克服人生逆境等等。這些故事所傳達出的普世價值正是此書之所以成為經典而能流傳久遠的一大原因。

《愛的教育》除了文學價值與教育意義之外，也能讓讀者對十九世紀的義大利增添幾分了解，對於許多只熟悉現代好萊塢或迪士尼文化的兒童而言，本書可以擴大他們的世界觀與歷史觀，也能給現代為人父母師長者帶來許多思考與啟發。無論是原書名「心」，或是中文書名「愛的教育」，其實都點出了現代人最應該維繫與溝通的那份情感。希望藉由這本書的提醒，我們能夠一點一滴重拾過去那種人際之間的溫暖與互動，用希望與信心去化解人間的悲苦與逆境，更用心去感受並珍惜我們現在所享有的一切幸福。

（本文作者為臺北市立大學英文教學系副教授）

作者序

這本書是特別獻給九歲到十三歲小學生的，書名亦可稱作「一個小學生一學年的故事」，是由義大利某市立小學一位四年級學生寫的。雖說是一位四年級小學生寫的，但並不表示完全出於他的手筆，依此而出版成書的。他日積月累在自己的筆記本上寫呀寫呀，寫他在校內外的所見所聞和感想，到了年底，他爸爸在筆記本上加了批註，但力圖保持原故事的主題思想和孩子的語言風格。四年後他升上高中，這時候他重溫自己的手稿，回憶起以往人事更有了新鮮感，於是又在手稿中加進了新的內容。

親愛的孩子，請你們今天讀一讀這本書，希望你們能喜歡，並能有所收穫。

十月

開學第一天

十七日，星期一

今天是開學第一天，三個月的鄉下假期好像做夢一樣過去了。今天早上，媽媽送我到巴列迪小學①去註冊上四年級，我很不想去，還是想著鄉下的事情。街上的學生來來往往，好多家長擠在兩家文具店裡，幫小孩買書包和作業本，學校門前早就擠滿了人，工友和警察拚命疏導圍得水洩不通的人群。到了校門口，有人拍了一下我的肩膀，我回頭一看，原來是我三年級的老師，他一頭紅色鬈髮，看起來總是心情很好，他對我說：「恩利科，我以後都看不到你了嗎？」

雖然我早就知道，但還是難過了一會兒。我費了九牛二虎之力才擠到學校，看見不管是有錢的太太、士紳、主婦、工人、軍人、奶奶、女傭，大家都一手牽著孩子，一手拿著註冊單，在傳達室和樓梯上等著，喧嘩聲此起彼落，像電影院一樣熱鬧。一樓的大接待廳可以通往七間教室，我今天很高興又看到這個地方，因為這三年來，我幾乎每天都經過這裡。大廳裡早已人山人海，老師來來往往，忙個不停。教我二年級的女老師在教室門口見到我，跟我打招呼：「恩利科，今年你要到樓上去上課，我就再也見不到你從這裡經過了。」說完，她用難過的表情望著我。

很多媽媽因為自己的孩子沒有找到座位，覺得很焦急，圍著校長問個不停。我覺得校長的白頭髮比去年多了一點，同學長得比以前高了，身體也更健壯。一樓的教室已經分好了班，一年級的新生倔強得像驢子一樣，怎麼也不肯進教室，爸媽必須強拉他們進去，但才一下子又有一些學生跑出來；有的看到爸媽走了，忍不住哇哇大哭，爸媽又得回去哄他們，或者乾脆帶他們回家，老師也沒辦法。

我弟弟分到戴卡迪老師的班級，我分在二樓帕爾博尼老師的班上。上午十點，大家都進教室。我們班一共有五十四個人，其中有十五、六個是我三年級的同學，一直考第一名的德羅西也在我們班。想到度假時在山林自由自在玩耍的情景，我就覺得學校好小，憋得我好難受。我還常常想起三年級的老師，他和藹可親，平易近人，跟我們說話時總是面帶微笑。他身材瘦小，就像我們的同學一樣，以後我再也看不到他和他的紅色鬈髮了，想到這裡，我就覺得可惜。我現在的老師個子高高的，沒有鬍子，長長的黑髮有幾根白頭髮，額頭有一道筆直的皺紋，說話的聲音很大很大，一直目不轉睛盯著我們，上下打量我們，好像非得要摸透我們心中所有的祕密不可，臉上沒有笑容。

我心想：「今天才第一天，還有九個月呢，還有好多作業跟考試，想到我都累死了！」下課後，媽媽在校門口等我，我迫不及待跑過去吻她的雙手，她對我說：「恩利科，打起精神來，媽媽會陪著你。」我高高興興回家。但從此以後，我再也見不到那位平易近人、笑容滿面的三年級老師了，想到這裡，我覺得「學校」這個詞不像以前那樣美好了。

①恩利科就讀的學校是以朱塞佩・巴列迪（Giuseppe Marc' Antonio Baretti，1719-1789）命名，他出身義大利杜林，是作家及文藝評論家。

我們的老師

十八日，星期二

今天上午上完課，我開始喜歡我們的新老師了。我們走進教室時，新老師已經坐在講臺的座位上，有幾個他去年教過的學生來向他問好，他們來來往往，從教室門口探頭進來跟他打招呼：

「老師早！」「帕爾博尼老師早！」

有的同學走進教室，先是摸摸他的手，又匆忙走出去，看來大家都喜歡他，都想要跟他在一起。他回答：「早安！」跟每個學生握手，但眼睛並不看他們。學生跟他打招呼，他表情嚴肅認真，額頭那一道筆直的皺紋很明顯。他的臉轉向窗戶，眼睛一直看著對面的屋頂，好像跟學生打招呼是件不愉快的事情。他一個個打量了我們一番，就叫我們做聽寫練習，他邊念邊從講臺上走下來，在課桌之間走來走去，看到一個學生臉上長了紅疹，就停止聽寫，兩手托著他的腦袋細心查看，然後問他哪裡不舒服、是什麼病，還用手摸摸他的前額看有沒有發燒。這時候，老師身後一個學生突然跳到課桌上，扮起鬼臉，老師馬上轉過身去，他便趕緊跳下課桌，一屁股重新坐回座位，害怕得沉默不語，低頭等老師處罰。老師拍拍他的頭說：「以後不可以這樣！」然後就不講話了。

老師回到講臺上，繼續讓我們做聽寫練習。做完聽寫，他默默掃視我們片刻，用他高大洪亮的聲音，慢慢對我們說：

「各位同學，我們將在一起生活一年，我們要十分珍惜這一年，你們要好好用功，做到品學兼優，我已經沒有家庭了，你們就是我的親人。我母親去年去世，只剩我一個人了，在這個世界上，除了你們，我沒有別的親人，也沒有別人喜歡我，我也沒有什麼好掛念的了。你們就是我的孩子，我真心愛你們，也希望你們愛我。我不想處罰任何人，希望你們好好表現，讓人真心疼愛。我們的班級是一個大家庭，你們就是我的慰藉和驕傲。你們不用口頭上答應我，其實在你們內心，我相信你們已經答應我了。謝謝你們。」

這時候，工友來通知說放學的時間到了，我們默默離開座位。那個站到課桌上的孩子走到老師面前，用顫抖的聲音說：「老師，對不起。」

老師親吻了一下他的前額說：「回去吧，孩子。」

意外

二十一日，星期五

新學年開始不久發生了一件意外。今天早上去上學的時候，我告訴爸爸老師昨天對我們說的話，這時我看見街上的人都往學校方向移動，還把校門口團團圍住，爸爸說：「出事了！學期才剛開始呢，真糟糕。」

我們費力在人群中擠來擠去，終於到了學校。大廳裡擠滿了家長和學生，人多到連老師要進教室都很困難，大家都看著校長辦公室，忽然聽到有人說：「可憐的孩子，可憐的羅伯提！」

校長辦公室的另一頭人聲鼎沸，大家擠來擠去，從大家的頭頂望過去，馬上就看到警察的頭盔和校長光禿禿的頭。過了一會兒，一位頭戴大禮帽的先生走進來，大家一起說：「醫生來了！」爸爸問一位老師：「出了什麼事？」

「車輪輾到他的腳。」老師回答。

「腳斷了。」另一個說。

朱里奧・羅伯提是三年級的學生，他上學路過托拉哥羅薩大街時，看見有個一年級學生離開帶他上學的媽媽往學校跑，因為跑得太快，跌倒在馬路中央，這時候，離他不遠的地方，有輛馬車正好向他駛來，眼看就要撞到他了，羅伯提奮不顧身跑過去，一把抓住這個小孩。孩子得救了，但羅伯提由於閃躲不及，車輪輾到他一隻腳。羅伯提是砲兵上尉的兒子。

我們聽人講這件事聽得正入神，忽然有個婦人推開人群，好像發瘋一樣跑進大廳，原來她是羅伯提的母親，是別人把她叫來的。接著又有一位婦人跑到她面前，雙臂抱著她的脖子大哭，這位婦人就是那個獲救孩子的母親。兩位婦人跑進校長辦公室，大家立刻聽到一聲絕望的叫喊聲：「我的孩子！我的朱里奧啊！」

這時候，一輛馬車在校門口停下來。過了一會兒，校長懷裡抱著羅伯提走出來，羅伯提的頭靠在校長的肩膀上，臉色蒼白，雙眼緊閉。大家都不說話，只聽到他母親的哭泣聲。臉色蒼白的老校長停了一會兒，兩臂舉起羅伯提讓大家看，所有老師、家長和學生都輕聲說：「羅伯提真了不起！」「真勇敢，可憐的孩子！」大家邊說邊朝他送去飛吻，表示對他的敬意。老師和學生都圍著他，吻他的手背和雙臂。他睜開眼說：「我的書包呢？」獲救孩子的母親給他看書包，含淚對他說：「好孩子，可愛的天使，我幫你拿著呢，幫你拿著呢。」說完，她去攙扶兩手掩面、還在哭泣的羅伯提母親。他們走出來，把羅伯提放到馬車上，馬車就離開了。我們靜悄悄返回教室。

卡拉布里亞的轉學生

二十二日，星期六

昨天下午，老師正在告訴我們羅伯提今後要拄著拐杖走路，這時校長帶著一個轉學生進我們教室。這個男孩有棕色皮膚，一頭黑髮，水汪汪的黑色大眼睛不停轉動著，濃密的眉毛貼著前額。他的一身黑衣格外醒目，腰間還繫著一條摩洛哥黑色皮帶。校長在老師耳旁咕噥了幾句話，留下男孩離去，男孩看起來很害怕的樣子，用他那雙大眼睛注視著我們。老師拉著他的手對全班說：「大家應該高興，今天有個男孩來我們班上唸書，他出生在中部列佐卡拉布里亞市，離我們這裡有五百多英里。大家要愛護這位遠道而來的同學，他出生的地方是義大利引以為傲的地區，那裡出了許多國家傑出的人才、卓越的工人和驍勇善戰的軍人，那裡有一望無際的茂密大森林和雄偉的高山；居民勤勞、有智慧，而且英勇不屈，是我們國家的一塊寶地。你們要真心愛這個同學，別讓他覺得自己是遠離家鄉的外地人，要讓他知道義大利的孩子，不論到哪所學校，都會找到親如一家的兄弟。」

老師說完起身，在義大利地圖上指出列佐卡拉布里亞市的地理位置，對那個總是得第一名的同學喊了一聲：「埃納斯托・德羅西。」德羅西馬上起立。

「到這兒來。」老師說。德羅西離開座位來到講臺前，面對這名來自卡拉布里亞的孩子。

「你是學校的模範生，請你代表全班擁抱新同學，表示歡迎。皮埃蒙特區的孩子歡迎卡拉布里亞區的孩子。」老師說。德羅西緊抱卡拉布里亞的男孩，用他響亮的聲音說：「歡迎你！」男孩親吻德羅西的面頰，大家熱烈鼓掌，老師大聲說：「靜一靜，教室裡不准鼓掌。」但是看得出來老師很高興，那個男孩也非常高興。老師分配給男孩一個課桌，送他到座位坐下。老師接著說：

「你們要牢牢記住我說的話，卡拉布里亞的孩子來到杜林①，要像在自己家裡一樣自在，而杜林的孩子到了卡拉布里亞，也能像生活在自己家裡一樣。我們的國家因此奮鬥了五十年，有三萬義大利人為國捐軀，你們每個人要學會互敬互愛。如果有一天，你們有人因為男孩是外地人，就做對不起他的事，這種人就再也不配在我們美麗的國土上仰望冉冉升起的三色國旗。」

男孩剛坐下，周圍的孩子紛紛送鋼筆和畫片給他，坐在最後一排的男孩送他一張瑞典郵票。

---

①杜林是義大利北部皮埃蒙特區的一個城市，書中的故事大多發生在杜林及其附近地區。

我的同學

二十五日，星期二

送郵票給卡拉布里亞男孩的那位同學叫卡羅納，是我最好的朋友。他快十四歲了，是我們班上年紀最大的孩子。他頭大肩寬，臉上總是掛著討人喜歡的微笑，經常像大人那樣思考問題，處理事情。

現在我認識很多同學了。我也很喜歡科列帝，他穿巧克力色的毛衣，戴貓皮帽子，性情活潑開朗，他的爸爸是木柴商人，曾經是溫伯爾托親王手下的一員大將，參加過一八六六年的戰爭，拿到三枚勳章。個子小小的納利其貌不揚，有點駝背，看起來很沒精神，好可憐！穿得光鮮亮麗的孩子叫沃提尼，老愛揪衣服上的小毛球，衣服總是一塵不染。坐在我前面位子上的那個孩子，他爸爸是泥瓦匠，所以大家給他取了個綽號叫「小泥瓦匠」，他有一張好像蘋果的圓臉，長著蒜頭鼻，他很有才華，會扮兔臉，大家經常叫他扮兔臉，逗得大家哄堂大笑，他會戴一頂軟綿綿的小帽子，不戴的時候就揉成一團塞進口袋裡。小泥瓦匠旁邊坐著卡羅菲，他瘦瘦高高的，鼻子好像貓頭鷹一樣，眼睛小得瞇成一條縫，他常用鋼筆尖、畫像、火柴盒等小東西跟別人交換，經常把課本上的內容寫在指甲上，以便隨時偷看。那位叫卡爾羅•諾比斯的，是個神氣十足的少爺，旁邊坐了兩個同學，我也很喜歡。一個是鐵匠的兒子，穿著長至膝蓋的上衣，臉色蒼白，像是剛剛生了一場大病似的，總是露出驚慌失措的神色，從沒有笑過。另一個人一頭紅髮，因為生病，有隻手臂不能動，吊在肩上，垂到胸前，他爸爸去美國了，媽媽是賣菜的。我旁邊坐著怪里怪氣的斯達迪，是個矮胖的小個子，好像沒脖子似的，從不跟人說話，容易發火，好像什麼都不知道，經常板起一副嚴肅面孔，皺著眉頭，目不轉睛看著老師，老師講課時，要是誰想跟他說句話，他第一次不理，第二次還是不理，第三次可就拳打腳踢了。坐在他旁邊的叫弗朗帝，他臉皮很厚，是個狡猾的傢伙，是被別的學校退學才轉來我們班的。還有一對穿著相同、長得也很像的兄弟，他們戴著卡拉布里亞式樣的帽子，上面有彩色的雉雞羽毛裝飾。我們班長得最帥的學生就是德羅西了，這小子聰明透頂，看來老師也早就知道了，所以總愛問他問題，他對答如流，這學年肯定又是他第一名。我特別喜歡鐵匠的兒子波列科西，就是那個穿著長長上衣的孩子，他好像生病了，聽說他爸爸經常打他，他顯得膽小怕事，向別人請教問題時，或者認為得罪了別人時，總是說「不好意思」，他常常用和善而憂愁的目光打量每一個人。不過，班上個子最高，人最好的還是卡羅納。

寬宏大量的品德

二十六日，星期三

今天上午發生的事情讓我們認識到卡羅納是怎樣的一個人了。

我要去上學的時候，碰到二年級的老師，她說準備到我家拜訪，問我什麼時候在家，我跟她聊了一下，所以比較晚到學校。到了學校，老師還沒來，三、四個同學正在取笑可憐兮兮的科羅西，就是那個紅髮的孩子，他的一隻手臂因殘廢而垂在胸前，媽媽是靠賣菜維生。他們用尺戳他，朝他臉上扔栗子殼，模仿他垂掛的殘臂，說他是畸形、殘廢和妖魔鬼怪，他一個人孤單坐在最後一排，臉色蒼白，努力忍受他們的難聽話。為了得到片刻的安寧，他用祈求的目光一會兒看看這個，一會兒又望望那個，但是他們變本加厲嘲笑他，逗弄他，他氣得面紅耳赤，渾身直打哆嗦。突然那個厚顏無恥、愛惡作劇的弗朗帝跳到課桌上，學科羅西的媽媽兩手都提著菜籃的樣子，逗得所有同學捧腹大笑。科羅西的媽媽以前都會在校門口等兒子，不過她最近生病，所以沒來接他。

這時候，科羅西已經失去理智，拿起一個墨水瓶狠狠朝弗朗帝的腦袋上砸過去，弗朗帝動作很快閃到一旁，老師這時候正好進教室，墨水瓶就打在老師的胸膛上。

同學急急忙忙跑回各自的座位，個個嚇得默不作聲。臉拉得老長的老師走到講臺前，氣呼呼大聲問道：「是誰丟的？」沒人吭聲。

老師再一次提高嗓門，吼叫道：「到底是誰丟的？」

見沒人答話，卡羅納看了可憐兮兮的科羅西一眼，突然站起來，語氣堅定說：「是我！」

老師上下打量他一番，又看看其他同學呆若木雞的表情，然後平和回應：「不是你。」

過了一下子，老師又說：「我今天不會處罰鬧事的人，快站起來吧！」

科羅西站起來，很傷心哭著說：「他們打我，欺負我，我氣瘋了，就……」

「坐下。」老師打著手勢對科羅西說，接著以命令的口吻大聲說：「那些鬧事的趕快站起來！」

那四個傢伙低著頭站了起來。

老師用嚴肅而有力的聲音說：「你們太過分了，這個同學從來不去找你們麻煩，你們卻這樣欺負他，嘲笑這樣可憐的孩子，去打一個毫無自衛能力的弱者，你們的行為是最卑鄙無恥的，實在是污辱了『人』這個美麗神聖的字眼！一群膽小鬼！」

老師一口氣說完，走到課桌前，卡羅納還低著頭，老師一手撫摸他的臉頰，托起他的臉，充滿感情說：「你的心地真善良！」

卡羅納趁機跟老師交頭接耳，咕噥了幾句，沒人聽清楚說了什麼。老師接著轉過身來，用生硬的語氣對鬧事的人說：「這次我就原諒你們。」

二年級老師

二十七日，星期四

我的二年級老師真的來了。《伽澤達日報》上報導了一位窮苦婦女的故事，今天我跟媽媽正準備出門，送一些衣物和床鋪用品給那名婦女，老師恰好來訪，她已經有一年沒有來拜訪了，當然我們全家都真心歡迎她來訪。老師的樣子沒有改變，身材嬌小，帽子上套著一條綠色絲巾，衣著簡單，也許是因為沒有時間打扮，她的頭髮亂蓬蓬的，臉色似乎比去年蒼老了一些，又多了幾根白頭髮。她咳嗽咳個不停，媽媽很關心她，一直噓寒問暖：

「老師，您的身體還好嗎？您太不注意自己的身體了。」

「嗯，沒什麼問題。」老師回答，神色憂鬱，但臉上掛著快樂的微笑。

「您說太多話了，音量又太大，為孩子的事到處奔波，太勞神了。」媽媽說。

真的，我們在課堂上聽她的聲音總是非常清楚，我記得上課時，她為了讓我們專心聽講，總是站著講課，耐心教導我們，滔滔不絕講個不停。我知道她一定會來，因為她從不會忘記自己的學生，即使過了好多年，她還記得每一個人的名字。月考過後，她常常去找校長，問問他們考幾分，有時還在校門口等他們，看一下他們的作業本，看有沒有進步。她的學生有的已經上高中，像大人一樣穿長褲、戴手錶，還照樣來學校看她。她今天帶學生參觀了美術館後，興高采烈來看我。她數年如一日，每逢星期四都帶學生去參觀博物館，並且滔滔不絕講解每一件展品。可憐的老師，她愈來愈瘦了，但一直朝氣蓬勃，談起學校的事情又是滿懷熱情。老師今天想看看兩年前我生病時睡過的那張床，那時候老師常常來看我，現在那張床是我弟弟在睡的。老師看了一會兒，沒有說什麼，就準備跟我們告辭了，因為她還得趕去探望她班上一個生病的孩子，是鞍具店老闆的兒子，長了麻疹在家臥床不起。她還有一大堆作業等著批改，下午上完課還得趕去當一個老闆娘的數學家教，每天都得工作到三更半夜。

老師邊走邊問我：「恩利科，你現在會算比較難的數學應用題，又會寫長篇作文，還會喜歡我這個老師嗎？」老師吻了吻我，走下樓梯後又回頭交代我一句：「恩利科，千萬別忘記我喔。」

啊，敬愛的老師，我會永遠永遠記得您的，將來我長大了，也不會忘記您，我會常到學校去探望您，將來每當我路過哪間學校，聽到哪個老師的聲音，就好像聽到您的聲音，讓我回憶起跟您學習兩年的情景，在那兩年中，我從您那裡學到許多許多東西，您儘管有病在身，勞累不堪，卻總是細心教導我們，關心我們。要是有人考試作弊，您會傷心失望；監考老師跟我們提問時，您總是焦急不安；看到我們個個品學兼優，您滿心歡喜，像溫柔慈愛的媽媽那樣對待我們。親愛的老師啊，我會永遠記得您！

閣樓上

二十八日，星期五

因為報紙上刊登了一則窮困婦女的報導，所以昨天晚上我跟媽媽和姊姊希薇亞整理衣服拿去送給她。我拎著這包衣服，希薇亞拿著寫了名字和地址的報紙，我們爬上一座高大的樓房，來到屋頂下面的閣樓，長長的走廊裡排列著一扇扇小門。母親敲敲最後一扇小門，開門的是一位還算年輕、消瘦憔悴的金髮女人，頭上圍著深藍色頭巾，我腦子裡馬上閃過一張非常熟悉的面孔，好像曾經見過她。

「您是報紙上報導的那位女士嗎？」我媽媽問。

「對，就是我。」女人馬上回答。

「那就好，我給您帶來一包衣服。」媽媽說。

她接過包裹，不斷感恩道謝，自言自語說個不停。

房間裡空蕩蕩的，一個陰暗角落裡，我看見一個孩子背對著我們，跪在椅子前，好像在寫字。仔細一看，紙攤在椅子上，地上放著墨水，他真的是在寫字。房間裡光線十分昏暗，怎麼能寫字呢？我喃喃自語的時候，馬上認出那位滿頭紅髮的男孩，穿著長長上衣，吊著一隻殘臂，不就是賣菜婦女的兒子科羅西嗎？當那位女士收拾衣服時，我悄悄告訴媽媽他就是科羅西。

「噓！」媽媽交代我說，「要是他看見我們對他們家施捨，他一定很尷尬，這樣不好意思，還是別讓他知道的好。」就在這個時候，科羅西回過頭來，我突然不知所措，不知道該說什麼才好，而科羅西只是微微一笑，沒有特別的表情。媽媽要我過去抱抱科羅西，我擁抱了科羅西，他站起來拉著我的手，什麼也沒說。

「我和兒子住在這裡。」他媽媽告訴我媽媽說，「我丈夫去美國已經六年了，我又生了病，不能再靠賣菜賺錢養家了，就連可憐的小科羅西要寫字，也沒有小書桌可以用，樓下大門口本來還有一張板凳，他可以在板凳上寫字，現在也被搬走了，連一盞讓他看書的燈也沒有，眼睛都要壞了。幸好市政府供給他書本和作業本，他才能勉強上學，真是感恩啊，可憐的小科羅西他好喜歡上學。我實在太不幸了！」

我母親把錢包裡所有錢都給了她，又親了親小科羅西。我們從小科羅西家出來時，媽媽眼眶含淚，差點哭出聲來。媽媽用她的善行教導我：「你看那孩子多麼不容易呀，人家還照樣努力讀書。你生活舒服，家裡應有盡有，還覺得上學很辛苦呢。我的恩利科啊，他一天付出的努力比你一年付出的還要多，像他這樣的孩子才應該拿第一名！」

爸爸的話：學校

二十八日，星期五

親愛的恩利科：

你媽媽說得對，你覺得讀書很辛苦，說真的，我從來沒有看過你去上學的時候是高高興興，精神飽滿的，我不喜歡這樣，你這孩子太不聽話了。恩利科，你聽我說，你好好想想，要是不上學，日子會有多難過、多可怕？我敢肯定，只要一個星期，你就會哀求我們讓你上學，時間一長，你就會對打鬧逗樂和無所事事的生活感到厭倦和羞愧，覺得良心不安。恩利科啊，現在大家都在讀書了，你想想，工人勞累了一整天，每天晚上照樣到夜校去上課；普通人家的婦女和小姐辛苦了一個禮拜後，星期日也要到學校去；士兵軍事操練回來已經非常疲累，還照樣讀書寫字；即使聾啞和失明的孩子也不荒廢學業，甚至監獄的犯人也讀書認字。你想想，每天早上你去上學時，城裡還有其他三萬個小孩跟你一樣，同一時間也要到學校去，待在教室裡上三小時的課，還有幾乎同樣這個時候，世界各國不知道有多少小孩正在上學的途中。你想像一下就能看見這樣的情景：他們有的正快步走在恬靜的鄉間小路上，有的正穿過大都市的喧鬧街道，有的正穿梭在海濱和湖畔；還有的正頂著大太陽大步行走，或騎馬奔馳在遼闊的原野上，或乘船行駛在水鄉澤國，或滑行在皚皚白雪中；還有的一路上山勢險惡，四周雲霧繚繞，正長途跋涉在深山峽谷中，或正穿過茫茫林海，或跨愈激流險灘，或行走在萬籟俱寂的羊腸小徑上……他們有的一人獨行，有的結伴而行，還有的是三五成群。從俄羅斯坐落在冰峰雪崖之中最偏遠的學校，到阿拉伯位於椰林密處最偏僻的學校，數也數不清的孩子穿著五顏六色的服裝，說著各種語言，用不同的方式，學習相同的知識。想像這是一支密密麻麻的大軍，由一百個國家的兒童組成，你也屬於這支奮勇前進的龐然大軍。如果他們不再奮勇向前，所有人類即將陷入可怕的愚昧和野蠻的混亂之中，這種奮進代表著世界的進步、希望和光榮。你是這支浩蕩隊伍中的一個小兵，你要鼓起勇氣，奮起直追，書本就是你的武器，班級就是一支小分隊，戰場就是整個大地，勝利就是人類的文明。我的恩利科啊，千萬別做戰場上的逃兵！

爸爸

每月故事：〈帕多瓦的愛國少年〉

二十九日，星期六

不，我絕不當逃兵！不過要是老師每天講一個像今天上午講的故事，我就會很喜歡上學。老師說：「每個月我都會講一個故事，我會把故事的文章發給你們，故事都是關於男孩所做的高尚善行。今天這個故事叫〈帕多瓦的愛國少年〉。」

一艘法國輪船從西班牙的港口巴塞隆納啟航，駛向熱那亞，輪船上有法國人、義大利人和瑞士人，在這些人之中，有個衣著破舊的十一歲兒童，他像野獸般孤獨，不跟人來往，帶著仇視的眼光掃視人們。他的目光之所以會帶著敵意，是因為他的爸媽是帕多瓦郊區的農民，兩年前將他賣給一個街頭賣藝的老闆，老闆經常打罵他，還不讓他吃飽，只是逼他拚命訓練，教他耍把戲，帶他到法國和西班牙四處表演，可照樣遭老闆打罵，連肚子也填不飽。到了巴塞隆納，他陷入更加可憐的困境，再也忍受不了挨打和饑餓，於是逃到義大利領事館請求保護。領事館同情他，安排他到這艘輪船上，並托他帶給熱那亞警察局長一封信，囑咐警察局長把他送還給像牲畜般賣掉他的爸爸和媽媽。

這個不幸的孩子衣衫襤褸，體弱多病，被安排到二等艙。所有乘客都打量著他，有個人主動跟他閒談，他也不理不睬，好像仇恨鄙視所有的人。苦難的生活和不斷挨打挨罵，讓他心理產生變化，身體更加消瘦。然而，經不起三個旅客追根究底的打聽和詢問，他終於開口說話了。他只能用幾句威尼托方言、西班牙語和法語混在一起說，講述自己的身世。這三位旅客並不是義大利人，不過他們能聽懂他的話。大概是出於憐憫，或者是喝醉了，他們給他一些銅幣。為了從他嘴裡知道更多的事情，三位旅客不斷逗他，開他玩笑。

這時有三位太太進入二等艙，還摔給他幾枚銀幣，有意顯示一下自己是如何寬宏大量，她們三個大喊：「拿去吧！」故意把錢幣丟到桌上，發出叮鈴的聲響。

少年一邊把錢塞進口袋裡，一邊輕聲道謝。他的舉止難免還有些粗魯，但雙眼第一次閃耀出喜悅的光芒，第一次露出笑容。他爬上自己的臥鋪，放下床幔，躺下來默默沉思著今後的事情。他已經挨餓兩年，用這些錢可以在船上買幾樣好吃的東西；兩年來，他的衣服已經破爛不堪，到了熱那亞，他該買件長上衣了！他還應該帶一些錢回家，好讓爸爸和比較仁慈的母親高興高興，假如他兩手空空回家，肯定進不了家門。這些錢對他來說，簡直是一筆小小的財產。他在床幔後面帶著欣喜，憧憬這美好時刻的到來。三個旅客圍著一張桌子高談闊論，開懷暢飲，喋喋不休談論起旅途中的所見所聞和到過的國家。最後話題轉到了義大利，一個抱怨義大利的旅館一無是處，另一個對義大利的火車大發牢騷，情緒一個比一個激動，說義大利各方面都糟糕透頂，一個說他寧願到拉普蘭①去玩；另一個說義大利除了騙子和強盜，什麼也沒有；第三個說，義大利人全是文盲。

「愚昧無知的民族。」一個說。

「骯髒不堪的民族。」另一個說。

「小……」第三個慷慨激昂，「小偷」兩個字還沒出口，突然頭上砸來銅幣和相當於半里拉的銀幣，像可怕的冰雹一樣傾瀉而下，砸在他們的頭上和肩上，又叮噹作響掉在桌上和地板上。三人勃然大怒，猛然站起抬頭向上觀望，這時又有一大把硬幣砸在他們的臉上。

「拿回你們的臭錢！」男孩從床幔後探出頭，鄙視著他們說：「你們辱罵我的祖國，我才不拿你們的錢！」

---

①挪威、瑞典、芬蘭和俄羅斯北部，合稱拉普蘭地區。

十一月

掃煙囪的孩子

一日，星期二

昨天晚上，我到我們學校附近的女子學校，把〈帕多瓦的愛國少年〉送給姊姊希薇亞的老師看，因為她也想看看這個故事。這所女校有七百個學生。我到的時候，她們已經開始放學了。今天和明天是諸聖節和萬靈節①，學校放假，每個人都歡欣雀躍，看起來非常高興。

這天我遇到一件令我終生難忘的事情。學校對面的街上，站著一個掃煙囪的人，他個子瘦小，一隻手臂靠在牆上，額頭緊貼手臂，臉上黑漆抹烏的，身上的背包和刮刀也一樣髒兮兮。一會兒嚎啕大哭，一會兒低聲抽泣。

兩、三個三年級女生走上前去問他：「怎麼了？你為什麼哭呢？」

他並不答話，只是一直大哭。

「好了，告訴我們到底怎麼回事？你為什麼要哭？」女生又問。他鬆開手臂，原來是個小孩子！幼嫩的臉蛋上還帶著天真的稚氣。他哭著對她們說，他替幾戶人家清掃煙囪賺了三十個銅幣，但不知什麼時候弄丟了，因為他的口袋破了，錢就掉了，他邊說邊指著破洞給她們看。沒有錢，他不敢回去見老闆。

「要是我空手回去，老闆會打我的。」他哭著說，然後又用手臂遮起臉，一副絕望的樣子。

女孩神情嚴肅望著他，這時候又有幾個大女孩圍攏過來，她們當中有窮人也有有錢人，一個頭戴藍羽毛帽飾的女孩從口袋裡掏出兩枚銅幣對他說：

「你別著急，我給你兩個銅幣，我們發起小小的募捐就可以湊到了！」

「我也給你兩個銅幣。不用擔心，我們一定能幫你湊足三十個！」另一個紅衣女孩說。她們又喊其他人過來：「亞美莉亞、露吉雅、亞尼娜，每人拿出一個銅幣。」

「誰還有銅幣？」有人問。

「我還有幾個銅幣。」有人回答。許多女孩的錢本來是要買花和作業本的，這下就派上用場了，一些年紀較小的女孩也主動拿出零用錢，那名有藍羽毛帽飾的大女孩把所有的錢都收集在一起，大聲數著：

「八個，十個，十五個。」啊，還是不夠，這時有一個像老師模樣的大女孩走來，拿出半個里拉②，大家紛紛向她道謝，現在只差五個銅幣了。

「五年級的學生來了。」一個女孩說。過了一會兒，五年級的學生到了，接著，錢幣就像下冰雹一樣掉下來，人群好像潮水一樣湧過來。這個清掃煙囪的可憐孩子身旁圍著五顏六色服裝的女孩，有人頭上插著各色羽毛，鬈髮上繫著鮮豔的緞帶。眼前這熱鬧的場面真是好看極了。

捐款早就已經超過三十個銅幣，但還是有人一直抛來錢幣。那些沒有帶錢的小女孩也想送點什麼，便擠過大女孩，送給他幾朵鮮花。這時候，女警衛突然向她們走來，大聲說：

「校長來了。」女孩們驚慌失措，像小麻雀一樣一哄而散，留下清掃煙囱的小男孩站在街頭中間，高高興興擦乾眼淚，手裡捧著滿滿一把錢。他上衣的鈕釦中、口袋裡和帽子上都插滿了鮮花，就連腳邊也散落著鮮花。

①每年十一月一日是天主教紀念所有聖人的日子，叫諸聖節；十一月二日則是祭祀所有死者的日子，叫萬靈節。

②當時的義大利貨幣單位，半個里拉相當於十個銅幣。

媽媽的話：萬靈節

二日，星期三

今天是萬靈節，是祭祀所有死者的日子。這一天，所有的人，當然也包括像你這樣的孩子，都應當向死者寄託哀思，特別要悼念那些為你們、為所有少年、兒童而死去的人。恩利科，你知道嗎？已經有非常非常多人為你們死去，還有很多人正逐漸死去。你想過沒有，每天不知道有多少父親因勞累過度而撒手人寰！又有多少母親為了支撐家庭、養活自己的孩子，平時省吃儉用，受盡苦難而早逝！你知道，有多少男人因為目睹自己的孩子一貧如洗而陷入絕境，捅了自己一刀？又有多少女人因為失去自己的小孩，要嘛投河自殺，要嘛痛苦致死，不然就是發瘋？恩利科，這一天，你要哀悼這些死去的人！你還要想一想那些女老師，她們因為熱愛自己的學生，對他們牽腸掛肚，嘔心瀝血，所以才會這麼早就離開人間！你想一想那些醫生，他們為了挽救孩子的幼小生命，勇敢面對傳染病的死亡挑戰。遇到船隻失事、火災、饑荒和意外等諸多天災人禍，面對這些死亡威脅，又有多少人把最後一塊麵包、最後一座安全島、最後一條能從熊熊烈焰中逃生的繩索留給少年兒童，他們都為了保護無辜天真的孩子而甘願犧牲。恩利科，這樣的死者數也數不清的！每座公墓都埋葬著數以百計的神聖靈魂，如果他們能再活過來，再生存片刻，他們一定會呼喚那些孩子的名字，因為他們為了這些孩子，犧牲了青春年華的歡聲笑語，犧牲了老年的安寧，犧牲了愛情、友誼、聰明才智和生命。二十來歲的婦女、正值青壯的男人、年過八十的老人，還有年輕人，這些為孩子獻身的勇敢烈士和默默無聞的英雄，他們的品德偉大高尚，即使我們把全世界所有的鮮花都拿來獻到他們的墓前，也還嫌不夠。

孩子，人們就是這樣親如兄弟，像對待親骨肉般愛著你們。恩利科，今天你應該懷著感激之情來哀悼那些往生者，只有這樣，你才會更善良、更誠摯對待所有愛你的人和為你辛勤勞動的人。親愛的恩利科，你是多麼幸運，在萬靈節這一天，還沒有讓你悲傷而痛哭流涕的人！

媽媽

我的朋友卡羅納

四日，星期五

雖然只過了兩天假期，但我卻覺得已經很久沒見到卡羅納了。跟他認識愈久，我就愈喜歡他，其他人也不例外，只有幾個蠻橫無理的孩子才不跟卡羅納打交道，因為他不吃他們橫行霸道那一套。只要哪個大孩子動手打某個小孩子時，這個孩子只要喊一聲「卡羅納」，大孩子就不敢打人了！

卡羅納的爸爸是火車司機。他病了兩年，所以比較晚上學，他是班上個子最高且力氣最大的孩子，一隻手就能舉起一張課桌，嘴裡老嚼著什麼東西，人品誠實。別人跟他借鉛筆、橡皮擦、紙、削鉛筆機之類的用具，他都很樂意借，甚至送給別人。上課時他從不跟別人隨便說話，從不放聲大笑，安安靜靜坐在位子上，狹窄的座位對他這樣肩背寬闊、大頭大腦的孩子來說，實在太小了。我注意看他時，他總是瞇著眼睛對我微笑，似乎在問我：「喂，恩利科，我們是朋友嗎？」

卡羅納的身材粗壯高大，但上衣和褲子都太短，袖口太窄，小小的帽子幾乎遮不住剃光的大腦袋，鞋子大而粗糙，領帶扭得像一條繩子，見到他這種打扮，不管是誰都會忍不住開懷大笑。親愛的卡羅納，誰看你一眼，都會喜歡你的。班上弱小的同學都想坐在他旁邊。

卡羅納的數學最好。他總是用紅皮帶把書本捆成厚厚一疊，拎著去上學。他有一把柄上鑲著珍珠貝母的刀子，是他去年在操場上撿到的。有一次，這把小刀割破他的手指，深及見骨，但是沒有同學發現這件事，他在家裡也不吭一聲，生怕父母擔憂受驚。不管別人跟他開什麼玩笑，他都讓人家說個痛快，從不見怪。但如果他覺得某件事情是真的，卻有人說：「這不是真的！」那這個人可要倒楣了，這時他的雙眼會射出惱怒的光芒，用足以砸開課桌的拳頭痛打你一頓。

星期六上午，一個二年級學生要買作業本的錢不知何時被人偷走了，站在街上放聲大哭，卡羅納把自己的零用錢給了他。

卡羅納媽媽的命名日①就快到了，這三天，他都忙著寫一封長達八頁的信，還描著精緻花邊，準備送給她。他媽媽經常到學校來接他，她跟卡羅納一樣身材高大，也富有同情心。課堂上，老師總是仔細注意卡羅納的一舉一動，從他面前走過時，常常用手拍拍他的脖頸，彷彿在撫摸一頭溫順的小牛。當我緊握他那成人般的大手時，心裡總是很快樂，我敢說卡羅納會冒著生命危險去救他的任何一個朋友，還會為保護朋友而犧牲，這一點從他那炯炯有神的目光便可一清二楚，雖然他常常大聲喝斥別人，但大家都能感覺到，那訓斥聲其實是發自內心的友善之言。

---

①歐美人習慣以聖人的名字取名，該聖人的誕辰即為此人的命名日。

燒炭工和紳士

七日，星期一

我敢保證，昨天上午卡爾羅•諾比斯對貝迪說的那種話，卡羅納是絕對不會說的。諾比斯的爸爸是地方上的有錢人，所以他就趾高氣揚，目中無人。他爸爸身材魁梧，蓄著濃密的黑鬍子，表情十分嚴肅，幾乎每天都接送兒子上下學。昨天上午，諾比斯跟班上最小的一個孩子，就是燒炭工的兒子貝迪吵架，諾比斯自知理虧，說不過貝迪，就氣急敗壞衝著他罵：「你爸爸是乞丐！」貝迪委屈得不得了，頓時面紅耳赤不說話，眼淚奪眶而出。回到家裡，便一五一十告訴了爸爸。

午飯過後，全身黑抹抹，個子矮小的燒炭工帶著孩子來學校，向老師抱怨。大家默不作聲，只是靜悄悄、全神貫注聽著。諾比斯的爸爸就跟往常一樣，正在門口幫兒子脫外套，聽到有人叫自己的名字，便走進教室，問是怎麼回事。

「是這位先生在抱怨您兒子對他兒子說：『你爸爸是乞丐！』」老師回答。

諾比斯的爸爸聽完後，皺著眉頭覺得很羞愧，臉都紅了，於是詢問兒子：「你有說那句話嗎？」諾比斯站在教室中間，當著貝迪的面，低頭不語。爸爸緊緊抓著兒子的手，把他拉到貝迪面前說：「快說對不起。」燒炭工以和事佬的口吻一直說：「算了，算了。」

但諾比斯先生不理他，依然勸兒子說：「跟著我說：『我說了蠢話，侮辱你的父親，請你原諒。如果我的父親能緊握你父親的手，我們會感到非常榮幸！』」燒炭工做了個果斷的手勢，好像在說：「不必了。」諾比斯先生不理會他，依舊逼兒子照他的話說。他的兒子沒抬頭，輕聲細語，斷斷續續說：

「我說了——蠢話，侮辱——你的——父親，請——你原諒。如果我父親——能緊握你——父親的手，我們——會感到非常——榮幸。」

諾比斯先生向燒炭工伸出手，燒炭工用力緊握著，然後燒炭工推了兒子一把，兒子也知道爸爸的意思，就撲到諾比斯懷裡，兩人緊緊擁抱。

「老師，請您幫個忙，讓他們兩個坐在一起好嗎？」諾比斯先生對老師說。於是，老師貝迪去坐諾比斯旁邊。待他們坐好後，諾比斯的爸爸便告辭了。

燒炭工若有所思站了片刻，專心看著坐在一起的兩個孩子，然後來到課桌前，帶著愛憐和抱歉的表情看著諾比斯，彷彿想說些什麼，可什麼也沒說出口。他伸手想摸摸他表示慈愛，但似乎又沒有這個膽量，只是用他粗大的手指輕輕碰了一下諾比斯的額頭。他走到教室門口，回頭瞥了諾比斯一眼，才慢慢走開。

「孩子，你們要牢牢記住今天的事情。」老師語重心長說，「這是本學年最精采的一課了！」

弟弟的老師

十日，星期四

燒炭工的兒子曾是戴卡迪老師的學生。今天，戴卡迪老師來我家探望生病的弟弟，並告訴我們許多好笑的事情。兩年前，貝迪的母親用圍裙裝了一大堆木炭到老師家，感謝老師發獎品給她兒子，老師堅持不收禮，而這可憐的女人又不願將木炭拿回去，不管她如何苦苦哀求，老師總是婉言謝絕，最後她不得不把木炭拿回家去。聽說為了這件事，她連鼻子都哭紅了！

老師還告訴我們，有位心地善良的女人送給老師一束沉甸甸的鮮花，打開一看，原來裡面放著一小包銅幣。老師講起這件事，彷彿是昨天才剛發生的，我們聽得都入迷了。弟弟以前不肯吃藥，今天居然很乾脆就吃了！

對那些一年級的學生，老師不知要付出多少精力，需要多大的毅力！這些孩子像老人一樣，牙齒殘缺不全，有的音節發不出來，有的咳嗽個不停，有的鼻子流血，有的將鞋子掉在凳子下面，有的被筆尖刺到手而疼得哎哎叫，有的因為買錯作業本而哭。一班有五十個這樣什麼都不懂的孩子，手又軟綿綿的，老師要教會他們寫字實在不容易。他們的口袋裡裝著甘草根、鈕釦、瓶塞、碎石塊等小玩意兒，老師搜查時，他們便把這些東西藏到鞋子裡。他們上課不注意聽講，一隻蒼蠅飛進教室就大喊大叫，把課堂弄得烏煙瘴氣。夏天，他們把雜草和甲蟲帶進學校，蟲子在教室裡飛來飛去，有的掉進墨水瓶裡，作業本上都沾滿了墨汁。

老師好像學生的媽媽，幫他們穿衣服，包紮手指的傷口，幫他們撿起掉在地上的帽子，叮嚀他們別拿錯了大衣。誰穿錯了衣服，他們就大喊大叫，亂成一團。老師是多麼辛苦啊！有些孩子的父母居然還來學校大發怨言，質問老師：

「老師，我孩子的鋼筆怎麼弄丟了？」

「老師，我孩子怎麼什麼也沒學到？」

「我的孩子成績那麼好，為什麼沒頒獎給他？」

「老師，您為什麼沒把凳子上的釘子拔掉，害我們皮埃羅的褲子都割破了！」

我弟弟的老師也有對學生發火的時候。她實在忍不住想要動手打人時，便硬是咬著手指，強壓下怒火；有時失去了耐心，壓不住怒氣而責備了某個孩子，之後她都非常後悔，就去摸摸她剛剛訓斥過的孩子表現親暱。她把一個調皮鬼趕出教室，但心裡卻十分傷心，還悄悄流了眼淚。有的父母為了懲罰孩子，不給孩子飯吃，老師發現了，就對家長大發脾氣。

戴卡迪老師洋溢著生氣和活力，是一個容易感動的年輕女子。她身材苗條，穿戴漂亮整齊，棕色皮膚，做起事來像彈起的彈簧那樣敏捷，講話溫柔親切。

「孩子都很喜歡您，是嗎？」母親問老師。

「可以這樣說。」老師回答，「但以後呢？學年一結束，就不是如此了。到那時候，大部分學生都對我很冷漠，特別是換了男老師教他們，他們還會因為我教過他們而羞愧呢。在這兩年中，我是那樣關心愛護他們，日夜為他們操勞，跟他們分開時，我心裡就難過。我時常想著：那個孩子肯定會永遠愛我，但我錯了。一放完假，他來學校時，我遇見他，主動跑過去叫他：『我的孩子！我的孩子！』他呢？居然連忙轉身走開。」老師講到這裡，心裡一酸，哽咽得說不出話來。

過了片刻，老師抬起淚汪汪的雙眼，親吻著弟弟，滿懷深情問說：

「小不點，你會這樣嗎？將來有一天你遇見我，不會突然轉身跑掉吧？你不會吧？你不會拋棄為你操心到心碎的老師吧？」

爸爸的話：母親

十日，星期四

在你弟弟的老師面前，你對你媽媽很不尊重。恩利科，以後不可以再這樣子，絕對不可以。你那些失禮的言行就像鋼尖般刺痛我的心。前幾年你生病時的情景，至今仍歷歷在目，令我終生難忘。你媽媽徹夜守在你的床前，屏息靜聽你的呼吸，以為馬上就要失去你而怕得渾身發抖，因過度悲傷而痛不欲生，我真怕她會發瘋！現在回想起這些事，我仍然為你當時的狀況憂心如焚。恩利科，是你傷了媽媽的心，為了減輕你一小時的痛苦，她可以犧牲一年的歡樂；為了你，她可以沿街乞討；為了挽救你的生命，她可以獻出自己的生命。恩利科，你要聽我的勸。你想想，你一生中，會經歷許多可怕的天災人禍，會因此而感到痛苦，但最痛心的莫過於有一天失去你的媽媽。恩利科，你必須牢牢記住我的話，一輩子都不能忘記。等你成了身強力壯的大人，經歷了人生無數次艱苦磨練以後，你會千百次苦苦哀求媽媽的寬恕，尤其渴望能再次聽到她的聲音，哪怕只是片刻也好；你會像是一個失去保護、失去舒適生活的不幸孩子，想要重新投入媽媽的懷抱而哭泣。只有到了那個時候，你才會回憶起種種讓人傷心落淚的往事，想起當初是怎樣刺激媽媽的心，並心懷歉疚，願意付出一切向她贖罪。真是太不幸了！如果你現在讓媽媽痛苦悲傷，你這一輩子休想過安穩的日子。

將來有一天，你即使求她寬容，非常非常尊敬她，也是無濟於事的。到那時你將後悔莫及，你的良心會得不到片刻的安寧，母親溫柔善良的形象會把你籠罩在永遠悲傷和自責的陰影下，使你的靈魂飽受折磨。

我的恩利科啊，你要牢牢記住這一點：人世間最神聖的愛莫過於母愛了。不管誰踐踏了這種愛，必然落得可悲的下場。一個殺人犯，只要他還敬重自己的媽媽，就表示他起碼還有一點仁義道德；縱然是光彩照人的人物，如果害他的媽媽傷心落淚，他就分文不值！

從今以後，對生你養你的媽媽，嘴裡不要說蠻橫無理的話，萬一說出一句不恭敬的話，你要畢恭畢敬跪倒在媽媽腳下，求她在你額上親吻，懇求她的寬容，拭去那忘恩負義的污點！你這麼做不是因為怕我，而是內心深處知道應該這麼做。

孩子，我愛你！你是我生命中最珍貴的希望，但我寧願失去你，也不願意看到你對媽媽忘恩負義。你走吧，走開一會兒也好，別來找我，我現在沒辦法真心對你好！

爸爸

我的同學科列帝

十三日，星期日

爸爸原諒了我，但我心裡還是有點難過。媽媽叫我跟警衛那又高又壯的兒子去林蔭大道上散散步，途中經過一輛停在一家商店前的馬車，聽到有人喊我的名字。我回頭一看，原來是我的同學科列帝。他穿著巧克力色毛衣，頭戴貓皮帽子，肩上扛著一捆很重的木柴，雖然他累得汗流浹背，但還是笑呵呵的。站在馬車上的男子遞給科列帝一捆木柴，他接過扛到他爸爸開的柴鋪裡去，然後又急急忙忙把木柴堆放好。

「科列帝，你在幹什麼？」我問。

「你沒看見嗎？」他一邊伸手去接木柴，一邊回答，「我正在複習功課呢。」

我忍不住笑了，科列帝說的是真的，不是開玩笑。他接過一捆木柴，一邊跑一邊念：「這叫動詞的語態變化……動詞根據數量和人稱的變化而變化……」他把木柴放下來，又一邊堆一邊念：「動詞……動詞根據動作產生的不同時態而變化……」

他跑回來，拿起一捆木柴邊走邊念：「動詞……動詞根據動作發生的不同語式而變化……」這是我們明天的語法課。「沒辦法，」他對我說，「我只能利用空閒時間溫習功課了。我爸爸跟一個夥計去做買賣，我媽媽又生病，只好我來卸貨，所以就利用這個機會複習一下語法。這課的語法很難記，怎麼記也記不住！」然後他對馬車上的男子說：「我爸爸說，他晚上七點回來付錢給您。」

馬車走了。科列帝對我說：「進鋪子玩一下吧！」我走進去，看見房間很大，到處都堆了一捆一捆的木材和柴堆，旁邊有一個桿秤。

科列帝又開始幹活了。他說：「我跟你說，今天是我最忙的一天了。我得複習功課，一分一秒都不能浪費，還要做練習題，可是每次正在做練習題的時候，馬車就來了。今天上午，我已經到威尼斯廣場的木柴市場跑了兩趟，雙腿累得都沒感覺了，手臂也腫了。要是有繪畫課，我就倒楣了。」說完，科列帝拿起掃帚清掃地上的樹葉和細枝。

「科列帝，你在哪裡做功課？」我問他。

「當然不在這兒，我帶你去看。」科列帝回答。接著，他把我帶進店鋪後面一間小屋子，這裡既是廚房又當作飯廳，牆角擺著一張桌子，上面放著書、作業本和未完成的作業。

「喏，我就在這裡做功課。」他說，「第二題好像還沒做完。皮能做皮鞋、皮帶，還能做皮箱。」科列帝提起筆，用他漂亮的字體在作業本上熟練寫字。

「有人嗎？」鋪子裡有人叫了一聲，原來是個女人來買柴。「來了。」科列帝應聲回答。他趕快跑出去，秤了柴，收了錢，跑到牆角在一本帳簿上記了帳，又回來繼續做功課，並對我說：「看看這次能不能做完複合句的練習。」他在作業本上開始寫：旅行包，士兵的背包。

「糟糕，咖啡都溢出來了！」他大喊一聲，飛快跑到爐子前，拿下咖啡壺。

「這是我幫媽媽準備的咖啡。」他說，「我得學會煮咖啡。等一下我們一起把咖啡送給她，這樣她就可以見到你了，我想她一定會很高興看到你。媽媽在床上已經躺七天了……對啦，還有動詞的語態變化。不知怎麼搞的，我的手常常被咖啡壺燙傷。士兵的背包後面還要寫些什麼呢？好像還應該加點什麼，可是現在我想不到適合的句子。走吧，你跟我去看看我媽。」

科列帝開了門，我們走進一間小臥室，科列帝的媽媽就躺在裡面一張大床上，頭上包著一塊白毛巾。

「媽媽，咖啡煮好了。」科列帝遞給他媽媽一杯咖啡，然後說：「這位是我的同學。」

「喔，勇敢的小少爺，」他媽媽對我說，「您來探望我這個病人，是嗎？」接著，科列帝幫他媽媽整理一下枕頭和被褥，燒旺爐火，趕走抽屜櫃上的貓。

「媽媽，還需要什麼嗎？」科列帝一邊收起咖啡杯一邊問，「您喝過兩小匙咳嗽糖漿了嗎？要是喝完了，我可以再到藥鋪去一次，反正木柴已經卸完了。我會照您說的，四點把肉放到爐子上加熱；等賣奶油的女人來了，我會把八塊銅幣還給她。一切我都會做好，您就放心吧。」

「好孩子，謝謝你！」媽媽說，「可憐的孩子，你想得真周到。」

科列帝的母親一定要我拿一塊糖果吃，然後科列帝給我看他爸爸的照片。他爸爸身穿戎裝，佩戴著一八六六年在溫伯爾托親王麾下獲得的勳章，臉型跟兒子非常相像，目光炯炯有神，臉上掛著愉快的微笑。

我們回到廚房，科列帝說：「我想到了。」他說完就在作業本上寫著：皮革還能做馬的輓具。

科列帝繼續說：「晚上我再做剩下的練習，看來今天得很晚很晚才能睡了。你真幸福，有時間做功課，又有時間去散步散心。」他說完，又急急忙忙跑進柴鋪，把一塊塊木頭放在支架上鋸開。他氣喘吁吁說：「這是健身運動，絕對不僅僅是雙臂向前伸展的動作而已。我想，如果能在爸爸到家以前把木頭全部都鋸好，他一定會很高興。不過糟糕的是，老師跟我說過，如果剛鋸過木頭又馬上寫字，字母就像一條爬行的蛇，彎彎曲曲的，可我有什麼辦法呢？我會跟老師說，我得用手臂工作。重要的是媽媽能夠盡快好起來，媽媽今天已經好多了，謝天謝地。明天早晨公雞一叫，我就必須趕快起床溫習語法。哦，馬車到了，我得趕快去卸貨了！」

滿載木柴的馬車停在柴鋪前，科列帝跑出去跟車夫咕噥了幾句話，馬上回來對我說：「對不起，今天不能繼續陪你了，明天見。你來我家真是太好了，高高興興去散步吧，祝你幸福。」

科列帝緊緊握了握我的手，趕忙卸木柴去了。他在馬車和鋪子之間來回穿梭，貓皮帽子下面的臉像盛開的玫瑰一樣漂亮，他精神煥發，動作靈活敏捷的樣子，不論誰見到他，都會感到無限快樂。

「你真幸福。」他對我說。哦，不，不，科列帝啊，真正幸福的不是我，而是你，因為你既學習又勞動，你能幫父母分憂解勞，你真了不起，你比我好，比我能幹一百倍，我的同學科列帝！

校長

十八日，星期五

科列帝今天上午特別高興，因為他三年級時的老師柯阿提先生是這次月考的監考老師。柯阿提老師身材魁梧，一頭鬈髮長而濃密，蓄著黑黑的大鬍子，一雙褐色大眼圓溜溜的，說起話來嗓門像炮聲般響亮。他時常嚇唬孩子，說要把他們撕得粉碎，要掐住他們的脖子送到警察局去，有時則做出各種猙獰可怕的面孔。其實他不會懲罰任何人，大鬍子下隱藏著微笑。

學校共有八位老師，其中就包括柯阿提老師和一個代課老師。這名代課老師沒有鬍鬚，個子矮小，看起來像個初出茅廬的小夥子。五年級一個老師的腿有毛病，走起路來一瘸一拐的，一條大圍巾把脖子裹得密不通風，常常感覺渾身疼痛。他在鄉下當教師時，那所學校非常潮溼，牆壁常常滲水，結果他就患了風溼痛。五年級另一位老師已經上了年紀，頭髮全白了，據說以前他還當過盲人的教師。還有一位戴眼鏡的老師，衣著講究，兩撇金黃色的八字鬍非常引人注意，而且他曾經學過法律，還拿到結業證書，現在雖然職業是教師，但仍享有「小律師」的聲譽；他還曾寫過一本教人如何寫信的書。體育老師是位具有典型軍人風範的人，曾在加里波第①部下作戰，至今脖子上還留有米拉佐戰役被馬刀砍傷的疤痕。

最後說說我們的校長。他個子高大，禿頭，戴著一副金絲眼鏡，花白的鬍子飄拂在胸前，一身黑衣，鈕釦一直扣到下巴，對學生和藹可親。學生要是無理取鬧，被叫到校長辦公室時，校長從不發火訓斥他們，而是拉著他們的手，耐心對他們講明道理，告訴他們該做些什麼，不該做些什麼，諄諄教誨他們要知錯能改，保證做個好孩子。他說話的態度可敬可親，聲音悅耳柔和，學生從校長辦公室出來，一個個眼睛都哭紅了。說實話，這比受到懲罰還令人窘迫不安。校長為我們操心得不得了！每天早上總是第一個到校，期望每個學生都能準時上學，他耐心聽取家長的意見，放學後，其他老師回家了，他還獨自在學校周圍來回踱步，巡視有沒有學生被馬車撞到了，或者有沒有逗留街頭玩耍的，有沒有書包裡裝滿石頭和沙子的。每當某個角落出現他那穿著黑色衣服的高大身影時，孩子便停止玩筆尖②和彈球的遊戲，一窩蜂解散逃走。這時候，校長總是從遠處舉起食指，帶著慈愛而憂鬱的表情嚇唬他們一下。聽母親說，自從他當志願兵的兒子為國犧牲後，人們再也不曾聽見他的笑聲了。他把兒子的照片擺在辦公室的小桌上，可以經常看一眼。自從發生了這次不幸事件後，校長真的想離開學校了，他已經寫好辭職信，一直放在辦公桌上，打算哪天遞交給市政府，但他跟學生難捨難分，信始終沒有呈送上去。

聽說，前幾天他又下定決心要離開。這次我爸爸在校長辦公室勸他說：「校長，您離開太可惜了。」這時候，一名男子帶著孩子來到校長辦公室，說他因為搬家到學校附近需要給孩子轉學註冊。見到這個孩子，校長露出吃驚的神情，端詳了他好一會兒，看看擺在桌子上的照片，又回頭望望那個孩子，然後把他拉到兩膝中間，叫他抬起頭來。原來，這個孩子像極了他那去世的兒子。校長說：「好吧。」說完，便給孩子註冊。男人帶著兒子走後，校長陷入深思。

「校長，您離開太可惜了。」爸爸又說了一次，這時校長拿起他的辭職信撕成兩半，喃喃自語道：「我不走了！」

①加里波第（Giuseppe Garibaldi，1807－1882），因投入義大利統一運動，親自領導許多戰役，是義大利建國三傑之一。
②把筆尖放在手掌上，誰把筆尖吹翻過來，誰就贏了。

士兵

二十二日，星期二

校長的兒子是當志願兵時犧牲的。兒子死後，校長常常在我們放學後獨自去大街看過往的士兵。昨天，一個步兵團路過這裡，五十個孩子跟在軍隊後面，邊唱邊跳，有的用尺在背包和書包上敲打著，跟著軍樂的節奏打拍子，我們三三兩兩在街頭看熱鬧看得很入神。卡羅納穿著緊身衣，津津有味嚼著一大塊麵包；沃提尼衣著依然整齊漂亮又乾淨；鐵匠的兒子波列科西仍然穿著爸爸的上衣；還有那位卡拉布里亞的孩子、小泥瓦匠、紅髮的科羅西、厚臉皮的弗朗帝，以及砲兵上尉的兒子羅伯提，自從他在馬車底下救了一名兒童，現在都要拄著拐杖走路。弗朗帝朝一個瘸腿走路的士兵發出哧哧笑聲，一隻大手冷不防放在他的肩上，他猛然回頭一看，原來是校長。校長對他說：

「注意，要知道，嘲笑一名在隊伍中說話和行動都不自由的士兵，就像侮辱一個捆住手腳的人，是卑鄙無恥的。」弗朗帝一溜煙跑掉了。士兵每行四人，以四行為一縱隊穿過大街，他們汗水淋漓，滿身塵土，肩上的槍在陽光下閃閃發亮。校長對我們說：

「孩子，你們要敬愛這些士兵，他們是你們的保衛者，要是明天有外國軍隊膽敢侵犯我國，即使赴湯蹈火，肝腦塗地，他們也在所不辭。他們也是孩子，比你們大不了幾歲，他們也要到學校學習，跟你們一樣，他們也有窮富之分，他們來自義大利各個角落，從他們的樣貌便可以看出來。

你們看，有西西里人、薩丁人、那不勒斯人，還有倫巴第人。這是一個歷史悠久的部隊，參加過一八四八年的戰爭，當然那時候的士兵如今已經不在了，但部隊旗幟還依然存在。在你們出生前二十年，不知有多少人為這面旗幟獻出了寶貴的生命。」

「過來了！」卡羅納大聲喊，果然，一面面旗幟在士兵頭頂上空迎風飄揚。校長說：「孩子，請你們做一件事：三色旗過來時，你們把手舉在前額，敬一個學生禮。」

一位軍官舉著殘破不堪、完全掉色的國旗從我們面前經過，旗杆上掛著無數勳章。我們全都把手舉在前額，向國旗敬禮，那位軍官一邊向我們微笑，一邊向我們舉手還禮。

「孩子，做得好啊！」我們背後有人說。

我們回頭一看，原來是一位退役的老軍官，他衣服的鈕孔上佩掛著紀念克里米亞戰役的藍色綬帶。他又說：「好孩子，做得好！」

樂隊走到大街盡頭拐了彎，後面有一大群孩子簇擁著，快樂的歡呼聲伴隨著軍號聲，像是在高唱一支軍歌。老軍官看著我們好一會兒，又說：「你們真是好孩子。小時候尊重國旗，長大成人後就知道如何捍衛國旗。」

納利的好朋友

二十三日，星期三

可憐的駝背納利昨天也看了軍隊的操練，從他臉上的表情看來，他心裡似乎想著：「我永遠當不成兵了。」他善良用功但身材瘦小，臉色蒼白，連呼吸都感到困難。他常常套一件發亮寬鬆的黑色粗布罩衣，他媽媽穿著黑色衣服，是一位苗條的金髮女人。他媽媽很疼愛他，怕他出校門時被亂哄哄的學生擠倒在地，常在放學時來接他。因為納利有點駝背，很多孩子嘲笑他，用書包打他的後背，但他逆來順受，從不反抗，也不對媽媽說，他不想讓媽媽知道他是同學的笑柄，免得她生氣痛苦。別人取笑他，他要不是保持沉默，就是趴在課桌上傷心落淚。

一天上午，卡羅納猛然站起來說：「誰敢動納利一根汗毛，我就狠狠揍誰一頓，打得他四腳朝天叫媽媽。」

弗朗帝不吃這一套，卡羅納就一巴掌打過去，弗朗帝果然被打得四腳朝天，落荒而逃。從此就沒人再敢碰納利一下了。老師安排卡羅納跟納利同桌，這樣一來，他們靠得更近，自然成了要好的朋友。納利很喜歡卡羅納，納利每次走進教室，都要先看一看卡羅納來了沒有。放學時，納利總是說：「卡羅納再見！」卡羅納當然也以禮相待，納利的鋼筆不小心掉在地上，或者書本掉在課桌底下，卡羅納會馬上彎下身子替他撿起，免得納利費力勞神，然後幫他將東西裝進書包，有時還幫他穿上大衣。正因為這樣，納利跟卡羅納情同手足，他總是深情望著卡羅納。老師表揚卡羅納，納利就像表揚自己一樣高興。想當然爾，納利一定是終於把一切事實告訴他媽媽，告訴她有同學如何嘲笑他，讓他受了許多侮辱，而卡羅納又是如何保護他，對他表達手足之情。因此今天上午就發生了以下這件事：

下課前半小時，老師叫我把課程表送給校長，我在校長辦公室看見一位穿著黑衣服的金髮女人走進來，她就是納利的媽媽。她問校長：

「校長，我兒子的班上有個叫卡羅納的孩子嗎？」

「有。」校長回答。

「請您把他叫出來一會兒好嗎？我有話想跟他說。」校長找來學校的工友，叫他到教室去請卡羅納過來。不一會兒，光著大腦袋、神色驚訝的卡羅納出現在校長辦公室門口，納利的媽媽一見卡羅納，便跑向前去把手臂搭在他的肩上，吻著他的前額，深情款款說：

「卡羅納，就是你！你是我兒子的好朋友，又一直在保護他，是嗎？親愛的孩子，謝謝你！」她急忙去摸口袋，打開錢包，可什麼也沒找到，便從脖子上摘下一條飾著小十字架的項鍊，掛在卡羅納的脖子上，並對他說：

「孩子，拿著吧，留作紀念。親愛的孩子，作為納利的媽媽，我衷心謝謝你，並祝福你。」

第一名

二十五日，星期五

卡羅納叫人愛戴，德羅西則是令人佩服。德羅西曾考過好多次第一名，今年又是第一名，誰也比不上他。大家不得不承認，在所有科目上他都遠遠超過了別人，他數學第一、語法第一，作文和美術還是第一。不管任何事情，他一看就明白，記憶力驚人，不費吹灰之力就能事事成功。學習對他來說，就像玩遊戲那樣簡單容易。老師昨天對他說：「上帝賜予你無與倫比的天資，你可要珍惜運用啊。」

另外，德羅西個子高大，長得也很好看，一頭金黃閃亮的鬈髮非常顯眼。他動作敏捷，只要用手輕輕按一下課桌，便能俐落跳過去，他還學會了西洋劍呢。他剛滿十二歲，是商人的兒子，穿著鍍金鈕釦的深藍色服裝，性情活潑開朗，對人很有禮貌。快要考試的時候，他樂於幫助每一個人，所以誰也不敢對他粗暴無禮，或者說他壞話。諾比斯和弗朗帝往往帶著蔑視的表情斜眼瞧他，沃提尼對他心懷嫉妒，但德羅西本人並未察覺。他舉止文雅，每當他在教室裡轉來轉去收作業本時，同學總是朝他笑一笑，或者拉一下他的手和手臂，他為卡拉布里亞的轉學生畫了一張小小的卡拉布里亞地圖，他送海報和圖片給同學，家裡要是給他一些小玩意，他也經常送給別人；他為人大方，對誰都一視同仁。

人人都羨慕他，都覺得自己真的什麼都比不上他，啊！我也像沃提尼一樣嫉妒他了。有時候我在家裡絞盡腦汁做作業，想到這個時候德羅西早已輕鬆完成作業了，心裡便覺得酸溜溜很不是滋味，甚至燃起想跟他作對的念頭。

但是我一回到學校，看到他是那樣英俊，那樣笑容滿面，那樣開朗活潑，聽到他對老師的問題對答如流，看到他對別人彬彬有禮，受人喜愛，我的煩惱和嫉妒馬上統統拋到九霄雲外了，並且對自己的想法羞愧萬分。從此以後，我總想親近他，跟他一起做功課。他跟我形影不離，他的聲音鼓起了我的勇氣，激發了我刻苦學習的欲望，我覺得非常快樂，打從心底高興。

老師將明天要講的每月故事〈倫巴第的小哨兵〉交給德羅西抄寫，我看到他今天上午抄寫時，似乎被故事中的英雄行為感動。他臉色通紅，熱淚盈眶，嘴唇微微顫動。我癡癡望著他，心想他真是個高尚的美少年，我真想坦誠敞開自己的心扉，向他傾訴一番：「德羅西啊，你樣樣比我好。跟我比，你就像個大人。我打心底尊重你，佩服你！」

每月故事：〈倫巴第的小哨兵〉

二十六日，星期六

這個故事發生在一八五九年解放倫巴第戰爭期間，法國和義大利在索爾菲里諾和聖馬蒂諾戰役①打敗奧地利之後幾天。

六月一個美麗的早晨，薩盧佐一支騎兵小隊沿著偏僻的鄉間小道向敵人挺進，觀察著戰場上的每個動靜。這支騎兵小隊由一位軍官和一位軍士率領，他們注視著前方，隨時準備透過樹叢搜索敵軍前哨的可疑目標。他們來到一間白蠟樹掩映的鄉村小屋，看見一個十二歲的男孩正在用小刀削一根樹枝，窗口掛著一面寬大的國旗。屋裡沒人，農民由於害怕奧地利人，就把國旗掛在窗口逃走了。男孩一看見騎兵，便停止削樹枝，摘掉頭上的帽子來回擺動。這是一個長得很漂亮的孩子，臉上神情堅毅，一雙大大的藍眼睛泛著光彩，一頭閃亮的金色長髮引人注意。他沒有穿外衣，襯衣敞開著，袒露著胸脯。

「你在這裡幹嘛？」軍官勒住馬問，「為什麼不跟家裡人一塊逃走？」

「我沒有家。」男孩回答，「我是孤兒，靠打零工過活，為了看打仗，就留在這裡了。」

「你見過奧地利人路過這裡嗎？」

「沒有，最近三天都沒見過。」

軍官思索片刻，從馬上跳下來，命令士兵原地繼續觀察前方敵人的動靜，自己走進小屋上了屋頂。屋子不高，從屋頂上只能看到原野的一小塊地方。

「要爬到樹頂才能看見。」軍官一邊自言自語，一邊從屋頂上爬下來。

庭院前面有一棵高聳入天的白蠟樹，樹梢在藍天中隨風擺動。軍官沉思一會兒，先看看樹木，又望望士兵，猛然轉身問男孩：「小傢伙，你的眼睛好嗎？」

「我的眼睛？」男孩回答，「我能看見一英里遠的麻雀！」

「你能爬到樹頂嗎？」

「樹頂？我不用半分鐘就能爬上去！」

「爬上去，把你看到的一切統統告訴我，例如前面有沒有奧地利人，有沒有瀰漫的硝煙，有沒有閃著亮光的槍支或馬匹等等。」

「沒問題！」

「你替我辦事，想要什麼報酬嗎？」

「報酬？」孩子微笑回答，「我什麼都不要。我心甘情願做這些事，但我絕不幫德國人辦事。我樂意為我們自己人辦事，要知道，我是倫巴第人！」

「太好啦，那就上去吧！」

「等一等，我先脫鞋再上。」男孩脫了鞋，勒緊褲腰帶，把帽子扔到草地上，抱著樹幹開始往上爬。

「喂，一定要小心。」軍官打了個停止爬的手勢大聲說，一股擔憂突然湧上他的心頭。男孩轉過身，表情疑惑，一雙天藍色的美麗大眼凝視著軍官。

「沒什麼事，上去吧。」軍官說。男孩像貓一樣敏捷向上爬。

「注意觀察前方的動靜。」軍官大聲命令士兵。不一會兒孩子就上了樹頂，他抱著樹幹，兩腿被濃密的樹葉所覆蓋，只看得見上半身。陽光照耀在他的頭髮上，發出黃金般熠熠金光，孩子的身影在樹頂上顯得很小很小，軍官剛好能看到他。

「直直往前看！」軍官大聲喊道。孩子為了看得更遠、更清楚，便放開抱著樹幹的右手，擱在額頭前，注視著前方。

「你都看見什麼啦？」軍官問。男孩把手捲成喇叭筒的形狀，對準嘴巴，俯視著地面，對軍官說：「有兩個騎兵站在泥土路上。」

「離這裡有多遠？」

「半英里。」

「有來回走動的人嗎？」

「沒有。」

「還看見什麼啦？」軍官沉默了一會兒，又說：「再看看右邊。」

男孩朝右邊看去，過了一會兒說：「樹林的墓地附近有一些發亮閃光的東西，可能是刺刀吧。」

「有人嗎？」

「沒有，大概躲藏在麥地裡。」

這時候，一顆子彈從高空呼嘯而過，發出嗖嗖聲響，落在房子後面不遠處。

「小傢伙，下來！」軍官大聲喊，「他們已經發現你了，可以了，下來吧！」

「我不怕。」孩子回答。

「下來！」軍官又催促說，「左邊你看到什麼啦？」

「左邊？」

「對，左邊。」

孩子探頭向左邊看去，這時候，一聲更淒厲、更靠近的響聲劃破天空，呼嘯而來，男孩像從酣睡中驚醒過來。

「好險！」男孩大吃一驚，「他們還真的瞄準我了。」子彈從他身邊擦身而過。

「下來！」軍官用果斷而生氣的口吻衝著他大喝。

「我這就下來了。」男孩回答，「沒關係，有樹擋著我呢，怕什麼?你不是想知道左邊有什麼嗎？」

「對。」軍官回答，「但你得馬上下來！」

「左邊……」男孩把身子伸向左邊，大聲說：「左邊有座小教堂，那裡好像有……」

話沒說完，又一聲可怕的嗖嗖聲劃破天際，這時男孩開始往下墜落，抱一會兒樹幹，抓一會兒樹枝，接著，張著雙臂倒栽下來。

「糟糕。」軍官大喊著跑上去。

男孩背部著地，兩臂攤開，靜靜仰臥在那裡，殷紅的鮮血從左邊的胸部汩汩流出。軍士和兩個士兵從馬背上跳下來，軍官彎下身子，解開男孩的襯衣一看，原來一顆子彈打穿了他的左肺。

「沒救了。」軍官歎息道。

「不，還有一口氣呢。」軍士說。

「唉，真是個不幸的孩子，勇敢的孩子。」軍官絕望喊著，「醒一醒！醒一醒！」軍官邊喊邊用手帕按住傷口。男孩睜開圓圓的眼睛，微微轉動了一下腦袋，然後就斷了氣。軍官臉色發白，凝視了孩子一會兒，接著抱起孩子，把他安放在草地上。軍官站起身，又凝神望了望孩子，軍士和兩個士兵也靜靜站在那裡，目不轉睛盯著孩子。其餘士兵觀察著敵方的動靜。

「不幸的孩子。」軍官非常悲痛，連聲說，「可憐的孩子，勇敢的孩子。」軍官走近房子，從窗口取下國旗蓋在孩子身上，只露出他的小臉蛋。軍士把孩子的鞋、帽子、小木棍和小刀都收起來放在他身旁。

他們默默站了一會兒，然後軍官轉身對軍士說：「我們把他放到擔架上，等候安葬。他是作為士兵獻出生命的，所以我們要以軍人的儀式來安葬他。」

說完，軍官向男孩送上崇敬的吻，並對兵士喊道：「上馬！」大家縱身上馬，騎兵小隊整隊集合，浩浩蕩蕩上路了。

幾個鐘頭以後，孩子接受了軍禮。黃昏時分，一支義大利先鋒部隊向敵人奔襲過來，一整營狙擊兵沿著今早騎兵小隊走過的同一條小路，成兩縱隊疾步挺進。幾天前，這支部隊曾在聖馬蒂諾浴血奮戰，部隊離開營地前，全體戰士便獲悉了孩子犧牲的消息。一條小河沿著鄉間小道從農舍前潺潺流過。走在部隊前面的軍官看到白蠟樹下國旗覆蓋的孩子遺體，都舉起軍刀向他致敬，還有一位軍官來到花草繁茂的河邊，採下兩朵花放在他身上，所有狙擊兵也都採了鮮花撒在小小的屍首上，不到幾分鐘，孩子便掩映在花叢中了。所有路過的軍官和士兵都向他致意。

「勇敢的孩子，倫巴第的小傢伙。」

「永別了，孩子！」

「金髮孩子，安息吧！」

「萬歲！光榮屬於你！孩子，永別了！」

有一位軍官將自己的榮譽獎章丟給他，另一位軍官走過去親吻他的前額，鮮花就像雨點般撒在孩子的光腳上、血染的胸上和金黃頭髮上。國旗覆蓋的孩子酣睡在綠油油的草地上，蒼白的臉蛋露出微笑，彷彿靜靜傾聽人們的致敬，並為他所獻身的倫巴第滿心歡喜呢！

---

①索爾菲里諾和聖馬蒂諾位於義大利倫巴第行政區，是義大利十九世紀反抗奧地利侵略的主要戰場之一。

媽媽的話：窮人

二十九日，星期二

像倫巴第少年那樣為自己的祖國獻身，確實是一種偉大的美德。恩利科，我的孩子，很多點點滴滴雖是小事，卻反映出高尚品德，不容忽視。今天上午從學校回家的路上，你走在我前面，當時你正好從一位窮苦女人面前經過，這女人抱著她那發育不良、臉色蒼白的孩子伸手向你乞討，你看了她一眼，卻什麼也沒給她，但是當時你的口袋裡是有錢的。我的孩子，聽我說，面對向你乞求幫助的窮苦人，你絕不能視若無睹，更不能對一位為孩子乞討的母親無動於衷。你有沒有想過，那孩子正在忍受饑餓，而那不幸的女人正被痛苦折磨著。如果有一天，媽媽對你說：「我的恩利科啊，今天我沒有麵包給你吃了。」聽了這話，你就完全可以想像母親那種因為絕望而哽咽的情景！

每當我給某個乞丐幾個錢的時候，他總是對我說：「願上帝保佑您的家人長命百歲！」你無法體會這句話所帶給我的甜蜜滋味，也不會理解我對那窮人的感謝之情，我覺得他的美好祝願好像真能保佑我們身體長久健康呢。我高高興興回到家後，還暗自思忖：「喔，那窮人報答我的比我給他的還多呢。」好啦，孩子，我希望有一天會有人對你說同樣祝福的話，如果有那麼一天，那些話一定是要回報你的善行。你要時時從你的小小錢包中拿出一些錢來，放到一個無依無靠的老人手裡，放到一位沒有麵包的母親手裡，放到一個失去母親的孩子手裡。窮人往往更願意得到孩子的施捨，因為從小孩那裡得到東西，不會讓自己有丟臉的感覺。小孩的需求還是很多，跟窮人的需求有點類似，你可以看到學校附近總有乞討的窮人，因為一個大人的恩賜是仁慈的行為，但孩子的恩賜卻是仁慈愛撫的完美結合，你懂嗎？這就是說，從你手中施捨落下來的既是一枚銅板又是一朵花。你想過沒有？你什麼都不缺，而那些窮人卻一無所有，你總是想著自己如何快樂，而那些窮人只求不死就心滿意足了。你再想想，在高樓大廈當中，車水馬龍的大街上，穿著綾羅綢緞的孩子當中，還有數也數不清的女人和孩子沒有飯吃，這情景多麼可怕啊。他們沒有飯吃，沒有衣服穿，我的上帝啊！在繁華的大都會中，有許許多多像你一樣善良的孩子，像你一樣聰明伶俐，但他們卻沒有飯吃，像在沙漠中迷途的野獸一樣餓得要死！

恩利科啊，從今以後，你要是再遇到一個向你乞討的母親，你一定……一定要給她一點錢，然後才能離開。

媽媽

十二月

小商人

一日，星期四

爸爸希望我放假時邀同學到家裡來玩，或者我去找他們玩，這樣我才能跟大家做好朋友。這個星期日，我要跟沃提尼去散步，他穿戴漂亮整潔，不過他很嫉妒德羅西的才能。卡羅菲今天到我家來玩，他就是那個身材瘦長、長著鷹勾鼻的孩子，一雙狡黠的小眼睛彷彿將一切事情都看在眼裡，他是雜貨商的兒子，總愛數口袋裡有多少錢，他扳起手指頭一數，就能正確無誤算出來，算任何乘法都不用九九乘法表。他把錢存起來存到學校的學生儲蓄銀行。我想他一定從來不亂花一毛錢，要是一個銅板掉到課桌或凳子下面，即使花上一個星期，他也非找回來不可。德羅西說，卡羅菲像隻工作個不停的喜鵲一樣，不管看到什麼東西，比如壞掉的鋼筆、用過的郵票、別針、剩下的蠟燭頭之類的小玩意兒，他統統都撿起來。他已集郵兩年多了，收集了數百張各國郵票，集結在一本大集郵冊裡，等集郵冊放滿了，就賣給書店老闆，為了吸引其他孩子也來書店，老闆還免費送他一些作業本。

卡羅菲在學校總是忙個不停，愛做各種交易。每天，他都賣些像彩券這類的小玩意兒，或者以物易物，換後又反悔，就想著要怎麼再換回來。他用兩塊錢買來的東西，會用四塊錢再賣出。他很會玩吹筆尖的遊戲，一直都是贏家。他把舊報紙賣給雜貨店的老闆。他有個小本子，上面記載他的一筆筆交易，寫滿了各種各樣的款項和五花八門的帳目。他在學校只學數學，別的科目都不學。如果他想得獎，也只是為了憑這個獎項免費看一場木偶戲。

但是我很喜歡他，因為他帶給我很多樂趣。我們用砝碼和秤玩買賣的遊戲，他熟悉每種貨物的價錢，懂得秤砣和秤星，像個熟練的商人，能很快做出一個好用的圓錐形紙袋。他說完成學業後，他就要開一家店，是他自己創造的新事業。我送給他幾張外國郵票，他愛不釋手，格外高興，他能十分準確告訴我每張郵票能賣多少錢。我父親假裝看報紙，實際上他正全神貫注聽卡羅菲的談話，露出興致勃勃的神情。他的口袋裡總是鼓鼓的，裝滿各種小玩意兒，但用一件寬鬆的黑色外套遮蓋得很嚴密，他好像心事重重，若有所思，就好像忙碌的商人，永遠馬不停蹄。

不過他最心愛的東西是那本集郵冊，這是他的心肝寶貝，他常常把集郵冊掛在嘴邊，逢人便說，彷彿能給他帶來好運似的。同學說他是吝嗇鬼、放高利貸的，可我不管別人怎麼說，還是喜歡他，他像大人一樣教會我很多東西。賣柴火的兒子科列帝直接就說了，就算卡羅菲的母親快死了，只有郵票能救她一命，他也不肯將郵票拿出來。我父親不太同意這種批評，他對我說：

「做這種評價還太早，雖然他確實有那種嗜好，但他有副好心腸也是真的！」

虛榮心

五日，星期一

昨天，我跟沃提尼和他爸爸沿著利沃力大街散步，我們經過托拉哥羅薩大街的時候，看見斯達迪，就是那個誰妨礙他學習就對誰拳打腳踢的孩子。當時他正靜靜站在一家書店的櫥窗前，專心看一張地圖，沒人知道他在那裡站多久了。即使在街上，他還是照樣用功學習。我們跟他打招呼，這個粗野的傢伙頭也不抬，只是隨便揚揚手，就算完事。

沃提尼穿戴體面，不過講究得太誇張了。他腳穿繡著紅線的摩洛哥皮靴，身穿一件綴著穗狀絲釦的刺花上衣，頭戴白河狸皮帽，手腕上戴著手錶，昂首闊步，神氣十足。不過這次他的虛榮心搞得他狼狽不堪。

我們沿著大街走了一大段路，沃提尼的爸爸因為走得很慢，所以被我們遠遠拋在後面。我們走到一張石凳子前停下，有個穿著簡樸的男孩坐在那裡。他低著頭，看起來疲勞不堪，憂心忡忡。一個男子在樹下一邊讀報紙，一邊踱來踱去，顯然是男孩的爸爸。我們也在凳子上坐下，沃提尼坐在我和男孩中間，沃提尼好像突然想起自己穿戴得很漂亮，所以故意要在男孩面前炫耀一番，以引起對方的讚美和羨慕。他抬起腳對我說：

「喂，你看見我的軍官靴嗎？」當然他說這句話的意思，是想引起男孩注目，但男孩根本不理會。

沃提尼放下腳，又給我看他上衣的穗狀絲釦。他朝男孩瞥了一眼，跟我說他不喜歡這類穗狀飾物，想要換成銀釦，男孩連看都不看一眼。

沃提尼又把河狸皮帽子摘下來，用食指頂著來回轉動。男孩好像故意跟他作對一樣，還是不看他。

沃提尼開始生氣了，他摘下手錶，打開錶蓋，讓我看裡面的零件，男孩連頭都不回。

「是鍍金的嗎？」我問。

「不，是純金的。」他回答。

「不全是純金的，肯定有銀的成分吧？」我說。

「怎麼可能呢？」沃提尼反問了一句，為了讓男孩看個清楚，沃提尼把錶放到他面前問：「你看看，難道不是純金的嗎？快說呀！」

男孩斷然回答說：「我不知道。」

沃提尼勃然大怒，高聲嚷道：「吼！你跩什麼跩！」

沃提尼說話的時候，他爸爸正好走過來，聽見他說的話，沃提尼的父親凝神看了看男孩，然後口氣嚴厲對兒子說：「住嘴！」

接著彎腰俯身貼著沃提尼的耳朵說：「他是個盲人！」

沃提尼驚訝得突然跳起，仔細端詳男孩的臉，男孩的眼球活像玻璃球，雙目無神，毫無光采。

沃提尼好像洩了氣的皮球，默默不發一語，只是低著頭。過了片刻，他才支支吾吾說：「對不起，我不知道……」

男孩明白了一切，語氣溫和苦笑說：「噢，沒關係！」

雖然沃提尼很虛榮，但他心地善良，後來在整個散步途中，他沒有再笑過一次！

初雪

十日，星期六

利沃力大街再會吧，我們暫時看不到路面了。因為孩子美麗的朋友來了，初雪終於落下了！從昨天晚上開始，鋪天蓋地的鵝毛大雪就像紫羅蘭花瓣一樣，大片大片落下來。今天早上，整個學校都成了亮晶晶的銀白世界，雪花飄落，輕輕拍打著玻璃窗，窗臺上覆蓋著一層厚厚的白雪，多麼好看的美景啊！老師看著這樣的情景，也忍不住搓揉雙手，想大展身手。大家一想起打雪球、溜冰、圍著火爐烤火取暖的情景，就不禁躍躍欲試，笑顏逐開。只有斯達迪一個人不在意飛舞的雪花，只是兩手抱頭，專心聽課。

外面熱鬧非凡，歡聲笑語響成一片，大家歡天喜地跑到大街上玩耍嬉戲，揮動著手臂連喊帶跳，抓著一把把白雪追來追去，好像水中悠游自在的魚兒。家長在校門口等著接孩子，傘都變白了，警察的頭盔積著一層雪，我們的書包轉眼間也全白了。大家欣喜若狂，甚至鐵匠的兒子，就是那個臉色慘白、從不發笑的波列科西今天居然也滿面春風，心花怒放。不幸的羅伯提，今天拄著拐杖在雪地上跳來跳去，那位來自卡拉布里亞的孩子從來沒見過雪，他把雪揉成一團塞進嘴裡，把雪當成水蜜桃在吃。科羅西甚至裝了整整一書包的雪。小泥瓦匠實在叫我哭笑不得，我父親邀請他明天到我家來玩，他嘴裡塞滿了雪，既不肯吐出，又不肯嚥下，只好站在那裡苦著臉望著我們。女老師也全都跑到外面，高興得開懷大笑。我那位可憐的二年級女老師，臉上罩著綠色紗巾，咳嗽個不停，照樣在亮晶晶的雪地上玩。鄰校數百名女學生從我們旁邊走過，她們在潔白晶亮、地毯般的雪地上歡蹦亂跳，像鳥兒那樣唧唧喳喳。老師、工友和警察大聲督促我們：「快回家吧，快回家吧。」大片大片的雪花漫天飛舞，落到他們的臉上，灌進他們的嘴裡，連鬍子都變白了。望著盡情歡樂的學生，他們不禁放聲大笑，慶賀冬天的到來。

現在你們興奮得歡呼冬天來了，但你們想一想，現在世界上不知道還有多少孩子沒得吃沒得穿，饑寒交迫，連個烤火取暖的地方都沒有；還有那些成千上萬住在農村的孩子，他們每天要走很遠的路，用凍傷的雙手抱著木柴到學校，用木柴烤火取暖；還有不少學校幾乎被大雪掩蓋，像山洞一樣荒涼和陰暗。在那裡上學的孩子被煙霧嗆得透不過氣來，又或者凍得牙齒咯吱打顫，焦急不安望著永無休止的漫天飛雪，擔心雪愈積愈厚，他們那偏遠的小屋就有被雪崩吞沒的危險。

孩子啊，你們冬天時是這樣盡情歡樂，可你們想一想，冬天也給千千萬萬的人帶來了貧窮和死亡！

爸爸

小泥瓦匠

十一日，星期日

打扮得像獵人似的小泥瓦匠今天到我家來玩，原來他都是穿父親的舊衣服，上面還沾著泥漿和石灰。其實我父親比我還更想招待小泥瓦匠來我家，看到他實在太高興啦。他一進門，就摘下被雨雪淋溼的軟氈帽，塞進口袋裡，邁開步伐看來十分疲憊，好像工人一樣，慢吞吞直接走進屋內。他有一張蘋果般的圓圓臉蛋和蒜頭鼻。進了餐廳，他先環視一下裡面的陳設，然後目光就盯在那幅駝背弄臣里哥勒托①的畫像上，扮了個兔臉，不管誰看到他這樣的兔臉都會忍不住大笑。

我們玩積木，小泥瓦匠很會建塔樓、造橋樑，很有建築才華，他堆出來的塔樓和橋樑可以說栩栩如生。他一臉嚴肅，認真專心的樣子真像個大人。我們一邊玩積木，他告訴我他家裡的情況。他家住在閣樓上，父親晚上到夜校去讀書識字，母親是比埃拉人。看來他父母很疼愛他，雖然他的穿著打扮算是窮人家的孩子，但還是穿得暖暖和和的，破了的地方，也都縫補得很好，他媽媽親手幫他織打的領帶更是無可挑剔。他告訴我，他父親身材魁梧，是典型的彪形大漢，每次出門都得小心翼翼，才能順利穿門而出，但為人仁慈善良，他總稱呼他兒子「兔臉」。小泥瓦匠則跟他父親相反，長得十分矮小。下午四點，我們坐在沙發上喝下午茶，吃麵包和葡萄。我們吃完起身的時候，我看見小泥瓦匠坐的沙發靠背被他衣服上的石灰泥垢弄髒了，我伸手想要去擦時，爸爸不知道為什麼攔住了我。後來，爸爸偷偷把髒污擦掉了。

我們玩興正濃時，小泥瓦匠的外衣鈕釦掉了一個，媽媽連忙替他縫上，他的臉和脖子頓時漲紅，緊張得不知所措，呆站在那裡看著。我拿出幾本漫畫給他看，他馬上就模仿起來，做出各種鬼臉，逗得爸爸開懷大笑。今天他玩得痛快極了，走時連氈帽也忘記戴。走到樓梯口，他回頭又扮了個兔臉，表示對我的謝意。他的本名叫安東尼奧・拉布科，今年八歲八個月。

恩利科，兒子啊，你知道當時為什麼我不讓你擦掉沙發上的髒污嗎？因為你當著他的面這樣做，就表示在責備他弄髒了沙發，這樣做很不好。首先，他不是故意的，再來是他父親的衣服弄髒的，而他父親的衣服是在勞動中沾上泥垢的，凡是勞動中沾上的任何東西，比如塵土、石灰、油漆等等都不是骯髒的，勞動本身並不髒，也不玷污東西。一個工人勞動回來時，你不能說：「真髒！」應該說：「他衣服上的痕跡是勞動的標記。」你要牢記我的話，要愛小泥瓦匠，因為他既是你的同學，也是工人的兒子。

爸爸

①義大利著名作曲家威爾第（1813－1901）的三幕歌劇《弄臣》中的主角。

雪球

十六日，星期五

漫天雪花仍然不停飄舞著。今天上午從學校回家的路上，發生了一件糟糕的事情。一大群孩子一跑到大街上，用硬如石頭、沉甸甸的大雪球互相追逐打鬧起來，人行道上人流如潮，熙熙攘攘，有個男士向他們大喊：「小傢伙，住手！」就在這時候，大街對面忽然傳來一聲尖叫，接著只見一個老人的帽子落到地上，老人雙手捂住臉，搖搖晃晃走著，他身邊的一個孩子大聲喊道：「來人呀！來人呀！」

人們一下子從四面八方圍攏上來，原來老人的一隻眼睛被大雪球打中了。見到這種情景，孩子閃電般四散逃跑了。當時我父親正在書店看書，我在書店門口等他，我看見班上幾個同學朝我這邊急忙跑來，他們混在人群裡，裝成在看書店櫥窗的樣子，其中有口袋裡總是裝著大麵包的卡羅納，還有科列帝、小泥瓦匠和愛集郵的卡羅菲。老人身邊已圍了一大群人，一個警察和另外幾個人用威脅的語氣問：「是誰？是誰丟的？是不是你？告訴我們是誰扔的？」他們一個個查看孩子的手是不是有雨雪弄溼的痕跡，想找出扔雪球的孩子。

卡羅菲就站在我旁邊，我發現他渾身發抖，臉色慘白得像死人。

「是誰？到底是誰？」有人大聲喊道。這時，我聽見卡羅納低聲對卡羅菲說：「鼓起勇氣來，是你丟的，快承認吧。要不然他們會抓別人，你不就是懦夫了嗎？」

「可是我不是故意的。」卡羅菲一邊回答，一邊像樹葉一樣不停顫抖。

「不管怎麼說，這是你的責任。」卡羅納一再開導說。

「我不敢去！」

「不用怕，我陪你去。」

警察和眾人喊得愈來愈兇了：「是誰？是誰丟的？眼鏡都打碎了！碎片扎進了眼睛裡，眼睛都快瞎了。真是壞蛋！」

我想卡羅菲已經嚇得快暈倒在地上了，卡羅納語氣堅定對他說：「跟我來，我保護你。」卡羅納抓著卡羅菲的手臂，像扶病人一樣把他推到眾人面前。大家看了卡羅菲一眼，真相就大白了。有人舉起拳頭要打他，卡羅納站在中間喊道：「你們十幾個大人能這樣對待一個孩子嗎？」於是那些人就不敢動手了。警察抓住卡羅菲的手，推開人群，把他帶進附近一家麵包店，受傷的老人正在裡面躺著。我一見到老人，認出他是跟他的小姪子住在我們家五樓的老雇員。老人躺在長椅上，眼睛上敷著一塊手帕。

「我不是故意的，我不是故意的。」嚇得半死的卡羅菲抽泣著連聲說。

兩、三個人把卡羅菲推進麵包店裡，大聲喊叫說：「趕快跪到地上求饒！」說完把他按到地上。這時候，有個人伸出兩隻粗壯的手臂扶起卡羅菲，語氣堅定說：「現在他已承認了自己的過錯，大家就不要再傷害他了。」原來是校長，他已經知道事情經過了。校長這麼一說，大家不再吭聲，校長對卡羅菲說：「快向老人賠罪道歉，請求寬恕吧。」卡羅菲抱著老人的膝蓋放聲大哭起來，老人伸手摸了摸卡羅菲的頭，摸摸他的頭髮，在場所有人都說：「走吧，孩子，回家去吧！」

父親把我從人群中拉出來。路上他問我：「恩利科，在這種情況下，你有勇氣承認自己的過錯，承擔自己的責任嗎？」我回答說有勇氣。他又問：「你能做到君子之言，駟馬難追嗎？」我回答：「可以，爸爸！」

女老師

十七日，星期六

今天卡羅菲很害怕老師會責備他，但是老師沒有來，代課老師也沒有到校，因此學校裡年紀最大的女教師柯羅密太太來我們班上課。柯羅密老師有兩個已成年的兒子，除了教我們，她還教接送孩子上下學的幾位婦女讀書認字。

今天她一個兒子生病了，她顯得有些憂傷。她剛走進教室，大家就開始喧嚷起來，老師平心靜氣說：「我頭髮都白了，你們要尊重我，我不僅是老師，還是一位母親。」這麼一說，沒人敢再說話了，連那個以偷偷嘲笑老師為樂、厚顏無恥的弗朗帝也默不作聲了！

我弟弟的老師戴卡迪改教柯羅密老師的班級，而戴卡迪的班級就由外號叫「小修女」的老師來教了。這位女老師穿著深色衣服和黑色罩衣，白白淨淨的圓臉，頭髮梳得油光晶亮，眼睛閃著明亮光彩，說話低聲細語，好像喃喃自語在祈禱什麼。她的性情溫柔靦腆，總是用一種單調的聲音細聲細氣說話，聲音低到剛好能讓人聽見，連我母親也說幾乎聽不清楚她說話的聲音。這位老師從不生氣，但卻能把那些不安分的孩子管得服服貼貼，她只要伸出手指警告，連最淘氣的孩子也馬上低頭不語了，她的班級像教堂一樣莊嚴肅穆，所以大家都叫她「小修女」。

我還有一位喜歡的老師，是一年三班的女教師。她的臉像玫瑰花一樣紅通通的，臉頰上的兩個小酒窩相當迷人，小巧玲瓏的帽子上插著一根紅色羽毛，頸項上戴著黃色玻璃小十字架。她的性情活潑開朗，教的班級也十分活躍。她總是面帶笑容，講起話來的聲音就如銀鈴般響亮，像一首高亢美妙的歌。為了讓大聲喧嘩的孩子安靜下來，她經常用教鞭敲打桌子，或者不斷拍手。放學的時候，她也像孩子一樣跟在每個學生後面，跑到大街上，幫他們排好隊伍，替他們整理衣領，扣好外衣的鈕釦，以免他們傷風感冒。為了孩子不要打架鬥毆，她更親自護送他們到大街上。她勸家長別在家裡打罵孩子，常常送藥給咳嗽的孩子，把暖手爐借給那些受冷挨凍的孩子。她常常被年紀最小的孩子糾纏得無所適從，有的要摸摸她，有的要她親吻，有的去拉她的面紗和短斗篷，可是她從不計較，笑吟吟任由他們親吻她。回到家時，她的頭髮凌亂，口乾舌燥，氣喘吁吁，但她仍然十分高興，兩個小酒窩更加迷人，帽子上的紅色羽毛更加鮮豔奪目。

她還在一所女子學校兼教繪畫課，努力工作養活母親和兄弟。

探病

十八日，星期日

被卡羅菲的雪球打中眼睛的老雇員，他的姪子就讀我們學校，就在那位帽上有紅羽毛的老師班上。今天我們在老人家裡見到了他姪子，老人待他如同自己的兒子。

老師把下星期要講的每月故事〈佛羅倫斯的小抄寫員〉交給我抄寫，我抄完後，爸爸對我說：「我們今天到五樓去看看老人的眼睛怎麼樣了。」

我們走進一間黑暗的屋子，老人背靠枕頭半躺半坐在床上，他妻子坐在他旁邊，他姪子正在房間的角落玩遊戲。老人的眼睛還包紮著繃帶，看到我父親，老人非常高興。他請我們坐下後說，他現在覺得好多了，眼睛不會失明，過幾天就沒事了。

「這真是飛來橫禍。」老人接著說，「那不幸的孩子一定受到不小驚嚇，真是抱歉。」他跟我們說看診的醫生快來了，話剛說完，門鈴叮咚響起。「醫生來了。」老人的妻子說。門一打開，你們猜猜是誰？是卡羅菲！他穿著長長的外衣，站在門檻上，低著頭不敢進屋。

「是誰？」老人問。

「是扔雪球的那個孩子。」我爸爸回答。

「可憐的孩子，進來，進來。你是來看我的，對嗎？現在我覺得好多了，請放心，差不多快好了。過來吧。」老人說。卡羅菲緊張得手足無措，根本沒瞧見我們，直接走到老人的床前，努力忍住眼淚。

老人撫摸著卡羅菲，一時說不出話來。過了一會兒，老人說：

「謝謝，告訴你爸爸媽媽，就說我一切都好，別讓他們擔心。」

卡羅菲站在那裡，一動也不動，好像有千言萬語要說，卻什麼都不敢說。

「你想說什麼？有什麼事嗎？」老人問。

「我……我沒什麼事。」卡羅菲回答。

「那好，再見。安安心心回家吧，孩子！」

老人的姪子送卡羅菲出去，他走到門口停下來，突然轉身老人的姪子，老人的姪子一臉困惑看著他，沒人知道他打算做什麼。不料他從外衣下面掏出一件東西，放在老人姪子手上，只說了句：「給你！」就像小鳥一般飛快跑走了。

姪子把東西交給老人，上面赫然寫著「送給你」幾個字。他們打開一看，裡面的東西令他們大吃一驚，原來是卡羅菲常常提到的那本集郵冊。卡羅菲對這本集郵冊有滿滿的期待，是他費了好大的力氣收集的，他視為是半個生命的寶物，現在可憐的卡羅菲把集郵冊送給老人，以換取老人對他的原諒。

每月故事：〈佛羅倫斯的小抄寫員〉

朱里奧今年小學五年級，是個頭髮烏黑、皮膚白淨、討人喜歡的少年，今年十二歲，是鐵路工人的長子。他家人口多，父親薪水少，所以生活很拮据。父親很疼愛他，幾乎是有求必應，但凡是涉及學業的事情，父親從不遷就，非常嚴格要求他，因為父親對他抱有很大期望，他希望兒子畢業後能馬上找到工作，助他一臂之力，養活全家。為了能在有限的時間裡盡可能多學知識，朱里奧必須付出更多的辛勞，更加努力學習才行。儘管兒子已經非常用功，父親還是不斷督促他加油加油再加油。

父親已上了年紀，過度的辛勞使他未老先衰，但是為了養家糊口，除了過度繁重的正職工作之外，他還要額外做些謄寫工作，為此他往往要熬到三更半夜才休息。最近他從一家發行報紙和書籍的出版社找到一份填寫訂單的工作，用大大的正楷字體填寫五百張訂單可賺三個里拉，這工作使他疲累不堪，跟家人吃飯時，他經常叫苦連天：「我的視力已嚴重減退，連夜工作耗盡了我的精力。」有天兒子對他說：「爸爸，我可以替你抄寫，你知道，我可以寫得跟你一樣好。」父親回答：「不用，孩子。你需要學習，你的學業比我的訂單更重要。占用你一個小時，我就感到內疚，謝謝你的好意了，我不要你做這種事，以後不要再提了。」

兒子很清楚自己是不可能說服父親的，於是不再固執己見，但他打定主意，決定自己悄悄做。他知道父親午夜十二點會準時停筆，離開書房回臥室，有好幾次，座鐘剛響過十二點，他就聽到椅子的移動聲和父親緩慢的腳步聲。一天夜裡，他等父親上床入睡後，便悄悄穿好衣服，摸索著走進父親的書房，點上煤油燈，在書桌前坐下來，書桌上堆滿空白訂單和一份訂戶名冊。他拿起筆，非常準確模仿父親的字體寫起來，他興致勃勃寫著寫著，覺得十分滿意，又有些擔心害怕。填好的訂單愈來愈多，他放下筆搓搓手，側耳細聽動靜，然後他笑了，接著繼續伏案填寫。好啊，一百六十張訂單，一個里拉。他停下把筆放回原處，熄了燈，躡手躡腳回到床上睡覺。

第二天中午用餐時，父親的心情特別好，他什麼也沒發現，只是無意識按鐘點工作，沒有多想，第二天才清點填好的訂單。父親坐在桌前，拍著兒子的肩膀，樂呵呵說：「哎呀，朱里奧，你父親還是相當能幹的呢，比你想的還厲害喔。昨天晚上兩個小時，我做了比平時多三分之一的工作，手還很俐落，眼力也蠻不錯的。」朱里奧聽後十分高興，默不作聲，心裡嘀咕著：「可憐的爸爸，除了賺錢，我還給他帶來了快樂，他覺得自己變年輕了。好吧，我鼓起勇氣來，繼續做下去。」

這次圓滿成功大大鼓舞了朱里奧。第二天晚上，座鐘剛剛響過十二點，朱里奧就伏案工作了，他接連做了幾個通宵，父親還是什麼也沒發現。只是有一天晚飯時，父親困惑說著：「最近家裡用油多了一些，真是怪事。」朱里奧心裡緊張得不得了，幸虧父親沒有多說什麼，所以他還是一直做下去。

但是，他每天晚上都沒有好好睡覺，沒有充分休息，早上起床後常覺得渾身無力，晚上做功課時，累得眼皮重得睜不開眼睛。一天晚上，他有生以來第一次趴在作業本上進入了甜蜜的夢鄉。

「喂，快起來做功課！」父親擊掌向他吼叫著，朱里奧從夢中驚醒，繼續做功課，可是接連幾個晚上依然如故，情況一次比一次糟糕。他總是伏在書本上打瞌睡，早上起不來，上課時懶洋洋的，好像根本無心學習。父親開始注意他的一舉一動，替他擔憂，最後忍不住責備他。要知道，他父親從來沒有這樣責備過兒子！

有一天上午，父親對他說：「朱里奧，你最近說話支支吾吾，行為神神祕祕，跟以前相比判若兩人，誰都知道，我們全家的希望都寄託在你身上，這樣下去，我很不高興，懂嗎？」

朱里奧第一次遭受如此嚴厲的責備，他感到侷促不安，他心裡想：「不能這樣繼續下去了，騙局應該結束了！」

當天吃晚飯時，父親興高采烈說：「你們知道嗎？這個月我填寫訂單比上個月多賺了三十二個里拉。」說著從抽屜裡拿出一盒點心，這是他特地買來跟孩子一塊兒慶祝這額外報酬的，當然大家都拍手叫好。

朱里奧再次振作精神，心裡默默想著：「可憐的爸爸，我是不得已才瞞著你的，白天我要加倍努力學習，晚上繼續為你、為全家做點事。」父親接著說：「三十二個里拉，當然我很高興。只是那個……」說著用手指了指朱里奧，「叫我傷腦筋。」朱里奧不動聲色忍受父親的責備，眼裡含著淚，可心裡樂滋滋的。

朱里奧依然廢寢忘食工作著，他筋疲力盡，簡直就要支撐不住了。又過了兩個月，父親還是經常責備他，用憤怒的目光注視他。有一天，父親到老師那裡了解兒子的情況，老師說：「他很聰明，功課的確還可以，但不像以前那樣積極學習了，上課常打瞌睡、打哈欠、精神恍惚，最近他上作文課馬馬虎虎的，寫一篇作文往往草草了事，字也寫得愈來愈不工整了。他本應學得更好更多的！」

當天晚上，父親把朱里奧叫到一邊，對他說了他不曾聽過的嚴厲話語：「你看得很清楚，我日以繼夜工作，都是為了這個家，我耗盡了精力，連老命都拚上了，可你把我的話當耳邊風，你心裡既沒有我，也沒有你兄弟和你媽媽！」

「別說了，爸爸，事實並不是這樣。」朱里奧說著，放聲大哭起來。他本想把心裡的話一五一十向父親說明白，但父親打斷他說：「你很了解我們家的狀況。大家都必須犧牲，心甘情願忘我工作才能支撐一家的生活，大家都知道我得做雙倍的工作，這個月我原本指望從鐵路局得到一百個里拉的額外報酬，但是今天上午才知道我連一個子兒也得不到！」

聽了父親的話，朱里奧硬是把嘴邊的話嚥了回去。他再次下定決心，暗暗對自己說：「不，爸爸，我什麼都不能告訴你。為了助你一臂之力，我要保守這個祕密。我害你這麼傷心，所以我要補償帶給你的痛苦，我會好好學習，順利通過升級考試，我還要幫助你維持一家生計，減輕你的工作負擔！」

這樣又馬馬虎虎過了兩個月。朱里奧白天無精打采，夜晚拚命抄寫，父親仍然不斷嚴厲責備他，對他愈來愈冷淡，很少跟他說話。他變得非常憔悴，好像生了病一樣。父親覺得他無可救藥，於是故意避開他的目光，朱里奧看出父親有意不理他，內心痛苦萬分。當父親轉過臉避開他時，他悄悄吻了父親一下，臉上露出難以言表的溫柔和悲傷。由於悲傷和勞累，朱里奧愈來愈消瘦蒼白，愈來愈忽視課業了。他知道這件事總有一天非停止不可。每天晚上，他都自言自語說：「今晚我不再起床了。」座鐘剛剛敲過十二點就是考驗他意志的時刻，他覺得臥床不起就好像沒有盡到自己的義務，就好像偷了父親和家裡一個里拉，為此感到深深內疚，可是他起床後便胡思亂想，例如想到某個夜晚父親睡醒後發現他，或者在清算訂單時偶然發現這個祕密，到時候這一切都將結束。可是現在他既不願意，也沒有勇氣將這件事說出來，只好繼續做下去。

有一天晚飯時，父親說了一句對他具決定性的話。母親端詳著朱里奧，覺得他的氣色大不如前，於是對他說：「朱里奧，你病了。」說完，母親轉過身，焦慮不安對朱里奧的父親說：「朱里奧真的病了，你看他的臉色多麼蒼白。我的朱里奧，你覺得哪裡不舒服？」

父親看了他一眼，說：「是精神萎靡損害了他的健康，以前他是個用功的學生，誠實的好孩子，而現在他根本不是這樣了！」

媽媽感歎說：「現在他是病人！」

「這跟我有什麼關係！」父親回答。

聽了父親的話，朱里奧的心像刀割那樣難受。啊，父親不再理他了。從前他只要咳嗽一聲，父親就為他擔憂，現在不再疼愛他了。他不用問也知道，自己在父親心裡已沒有分量了。朱里奧露出痛苦的表情，喃喃自語道：「爸爸啊，你不能這樣對待我，現在真的一切都完了！爸爸，沒有你的愛，我一天也活不下去，我多麼希望能重新獲得失去的一切啊！我要原原本本把一切都告訴你，我不再騙你了，我要像以前那樣刻苦學習，只要我能重新獲得你的愛，我什麼事情都答應你。可憐的爸爸，這次我確實下定決心了！」

然而，習慣成自然，這個夜晚他還是起了床。起來後，他想在靜悄悄的夜晚去父親的小書房，再去看一眼自己曾祕密工作的地方，並心懷滿足和溫柔的感情跟這裡告別。他坐在小桌前，點上煤油燈，看著那許多的空白訂單，今後他再也不能填寫那早已印在腦子裡的地名和人名了。想到這裡，他痛苦極了，他迫不及待去拿筆，準備再做一次這早已習以為常的工作。不料他一伸手卻碰著了一本書，書本吧嗒一聲掉在地上，一股熱血頓時湧上心頭。要是父親醒來呢？當然即使父親看見了，也不是什麼壞事，他早已打定主意把事情的來龍去脈統統告訴父親。然而，當他想到那些情景，夜深人靜父親走來的腳步聲，他被父親當場發現，而母親醒來後為他擔憂害怕，以及父親第一次在他面前丟了面子等等，他就驚恐不安。他屏息靜聽，還好，沒聽到什麼聲音；透過門上的鎖孔偷聽，也沒聽到什麼聲響，全家人都在酣睡，父親也沒聽到他的動靜。

於是，朱里奧又開始放心寫起來，訂單一張張疊起來。他聽到警察走在空曠的街道上有節奏的腳步聲，接著是馬車戛然而止的聲音。過了一會兒，又聽到幾輛貨車緩慢轟隆開過去，只有遠處幾條狗的汪汪狂吠才偶爾打破這片沉寂。

朱里奧寫呀寫呀，其實這時父親早已站在他的身後，父親聽到書本掉落時就起床了。他在等待一個好機會……一直等到貨車的轟隆聲掩蓋了他的腳步聲和門軸的嘎吱聲才進來，他一動也不動站在那裡，長滿白髮的頭貼撫著朱里奧的小黑頭，看著兒子的筆在訂單上飛快寫著。這時候，他回首一幕幕往事，才一下子全明白了，一切如同朱里奧預料的那樣……絕望的懊悔和脈脈溫情攪擾著他的心靈，他不動聲色站在朱里奧背後，朱里奧突然覺得有一雙戰慄的手臂緊緊抱著他，驚嚇得叫出了聲。

「啊，爸爸，爸爸，請原諒我，原諒我！」朱里奧聽見了爸爸的抽泣聲，不由得連聲說。

「是你要原諒我，兒子。」父親親吻他的前額，泣不成聲，「我全明白了，我的小寶貝，請你原諒。來，來，跟我來。」父親把他帶到母親床前，母親醒來後，父親把他推到母親的懷抱裡說：「快親一親這個天使般的孩子吧，三個月來，他沒睡個好覺，一直為我工作，幫全家掙錢糊口，我卻傷透了他的心。」母親把他緊緊摟在懷裡，說不出一句話來，過了一會兒母親說：「快去睡覺吧，我的孩子，快去休息吧。」母親說完，又轉身對丈夫說：「你陪他上床吧。」

父親抱起朱里奧，把他送到臥室，又把他放到床上，氣喘吁吁撫摸著他，為他擺好枕頭，整理好被子。

朱里奧連聲說：「謝謝爸爸，謝謝爸爸！現在你也該上床睡覺了。我今天真的好高興，爸爸，快去睡覺吧！」

但父親想親眼看著兒子入睡。他端坐在兒子的床前，拉著他的手說：「我的孩子，睡吧，快睡吧。」朱里奧實在太疲倦了，剛剛躺下便進入了夢鄉，他睡了好幾個鐘頭，幾個月來，這是他第一次享受到寧靜的時光，快樂的美夢使他精神抖擻。他睜開眼睛的時候，太陽已射出耀眼的光芒。他先是恍恍惚惚覺得有人坐在他的跟前，然後看見一頭白髮正靠在床沿上，原來父親的前額貼在他的胸前，正在酣睡，父親就這樣度過了一夜時光！

意志

二十八日，星期三

我們班上只有斯達迪能做到朱里奧所做的事情。今天早上學校發生了兩件事：一件是那位受傷的老人把集郵冊還給卡羅菲，他高興得簡直要發瘋了，集郵冊裡還多了三張瓜地馬拉郵票，三個月來，卡羅菲一直在找這個國家的郵票，現在終於如願以償；另一件是斯達迪考到第二名，成績僅次於德羅西，大家都覺得很驚訝。還記得今年十月的時候，斯達迪全身裹著綠色大衣，顯得十分臃腫，他爸爸帶他到學校來，當著大家的面對老師說：「這孩子頭腦遲鈍，還請老師多多費神。」

大家都說斯達迪是個呆頭呆腦的孩子，但他卻說：「我要嘛吊車尾，要嘛就衝第一。」於是，不管白天還是黑夜，不論在家裡還是在學校，即使出去散步，斯達迪總是握著拳、咬著牙拚命學習，像頭牛一樣鍥而不捨耕耘著，又像頭騾子那樣頑固。

他不管別人的冷嘲熱諷，毫不留情趕走擾亂他學習的人，經過反覆磨練，這個呆瓜腦袋居然超過了別人。一開始，他對數學一竅不通，一篇作文錯誤百出，連一個複合句都記不住，但現在他會解數學題了，會寫作文了，朗讀課文如同唱歌一樣熟練。

只要看一下斯達迪的模樣，就知道他有鋼鐵般的意志。他長得很老實，個子矮胖，方頭，幾乎看不到脖子，雙手短粗，說話的聲音很沙啞。他看到什麼就讀什麼，讀舊報紙或劇院廣告，有錢就買書。他已經有很多書，都可以開個小小圖書館了。他心情好的時候，常常說要帶我到他家去看看他的書。他既不跟別人說話，也不跟別人玩，總是雙手抱著腦袋，像塊石頭動也不動坐在課桌前聽老師講課。可憐的斯達迪，為了學好功課，不知付出了多少代價！今天上午，老師頒獎給斯達迪時，儘管心情不好，有點不耐煩，還是對他說：「表現得很好，斯達迪，堅持的人就是贏家，確實如此！」

斯達迪聽了老師的話，並沒有露出沾沾自喜的表情，連笑一笑都沒有。領到獎以後，他馬上回到自己的座位，依然雙手抱頭全神貫注聽老師講課，比平常更專心！

斯達迪的爸爸在校門口等他，那幕情景實在太精采了。他爸爸是負責抽血的醫務人員，跟兒子一樣身體粗壯，大臉，聲如洪鐘。他根本沒想到兒子能得名，剛開始還不怎麼相信，當老師告訴他是真的時，他不禁開心笑了，拍了一下兒子的後腦勺，一直說：「很好，很好，我的這個傻小子還真了不起。」他一邊看著兒子，露出驚喜的表情，一邊笑呵呵說著。

在場的孩子大家都笑了，只有斯達迪依然如故，也許他正在用他那顆大腦袋預習明天上午的功課呢！

爸爸的話：感恩

三十一日，星期六

我敢肯定，你的同學斯達迪是絕對不會抱怨老師的。「老師的心情很不好，真沒有耐心。」你常常這樣說，感覺很不滿。但是你自己想一想，你不是也經常對別人不耐煩嗎？對自己的親生父母不耐煩，其實是不對的。老師有時情緒急躁，是一定有原因的。你有沒有想過，老師長年累月為你們受苦受累，而你們這些孩子，有些確實對老師心懷感激，這些人都是品德高尚的孩子；但你也得承認，忘恩負義的人也不少。他們濫用老師的善良，對老師的辛勞視而不見，你們給老師帶來的煩惱往往超過了快樂。你設身處地為別人想一想，就算是世界上最值得尊敬的人，要是處在他的地位，也會發火發怒的。你應該知道，老師經常是生病了還堅持幫孩子上課，雖然他的病還沒有嚴重到不能上課的地步，但要這樣忍受痛苦，老師難免會煩躁不安。你們有些孩子不僅不體諒老師身體不好，還濫用他的慈愛。老師想起這些孩子的所作所為，是多麼傷心難過啊！

恩利科，我的孩子！你要尊敬愛戴你的老師，爸爸也尊敬愛戴老師，因為老師獻身於教育孩子的事業，啟迪你的智慧，培養你的心靈。將來你長大成人，我和他都已不在這個世界上的時候，他的形象和我的形象都將永遠留存在你的腦海中。那時，當你回想起他那溫文爾雅的善良面貌，和臉上痛苦勞累的神情，你就會為自己現在對老師的漠不關心而深感悔恨。即使過了三十年，當你想到今天不但沒有愛老師，反而對他蠻橫無理時，你一定會覺得非常痛苦。

請你好好敬愛老師，因為全國有五萬名小學教師，而他正是其中一人，他們遍布義大利全國各地，有數百萬兒童和你一起成長，都要靠他們指導，增長智慧，像他們這樣的工作者應該得到眾人的尊重。他們為我們國家培養了一代又一代的優秀公民，卻只得到少得可憐的報酬！如果你只愛我，只愛你的父母，而不愛為你勤奮謹慎工作的老師，特別是教過你的老師，我會很不高興的。

你要像愛你的叔叔伯伯那樣愛你的老師。他對你好時，你要愛他；他責備你時，你還是應該愛他；不論他對的時候，還是你認為他錯的時候，都應該愛他；他快樂和可敬可愛時，你愛他，見到他悲痛的時候，更應該愛他。總而言之，你要永遠愛他！

你稱呼「老師」的時候，要永遠懷著肅然起敬的心情，除了「父親」這兩個字，「老師」是一個人能夠獲得的最崇高、最親切的稱呼了。

爸爸

一月

代課老師

四日，星期三

爸爸說得有道理，老師是因為身體不舒服才心情不好的。老師三天沒有來上課了，改由那位矮小、沒有鬍鬚的年輕代課老師給我們上課。今天上午發生了一件糟糕的事情。最近一兩天，同學在教室裡嬉鬧玩耍，大聲喧嘩，代課老師的脾氣很好，從不急躁，只是對同學說：「安靜，安靜，不要一直說話好不好。」這天上午喧嘩得更兇了，亂哄哄的吵鬧聲都蓋住了老師的講課聲，不管老師怎麼警告、哀求都沒用，校長還親自來教室門口看過兩次，但是他一走，教室就像菜市場一樣又喧鬧起來。卡羅納和德羅西很會用面部表情叫同學乖一點，警告他們這樣亂鬧很可恥，但沒人理他們。只有斯達迪兩肘支在桌子上，兩手抱頭，一聲不響坐在座位上，也許他正專心想著經常談到的圖書館呢。愛集郵的鷹勾鼻卡羅菲正在排列參加抽獎者的名單，每張彩券要付兩個銅幣，獎品是一個袖珍墨水瓶。教室裡有的同學喋喋不休，有的哈哈大笑，有的用鋼筆尖刺著桌子取樂，還有的用橡皮筋彈紙球玩。代課老師一會兒抓住這個孩子的手臂，一會兒又抓住那個孩子的手臂，狠狠擰他們一把，還把其中的一個推到牆邊罰站……這一切都沒有用，純粹是浪費時間。老師在走投無路的情況下，只有一味祈求：「你們為什麼這樣無理取鬧？要我處罰你們嗎？」然後，用拳頭猛捶桌子，用生氣的口吻，哭喪著臉大聲說：「安靜！安靜！安靜！」從老師的聲音裡可以聽出他實在太難過了！儘管這樣，喧鬧聲卻有增無減，弗朗帝甚至朝老師扔起紙球，有的同學學起貓叫，還有的互相頂著腦袋戲鬧，課堂秩序混亂到了極點。

這時工友突然進來說：「老師，校長叫你去一下。」

老師真的絕望了，匆忙起身離開教室。這時候，教室裡亂哄哄的，簡直鬧到了天翻地覆的地步，突然卡羅納跳起來，握緊拳頭，環顧四周，大發雷霆說：

「你們這些畜生，別胡鬧了！你們吃定老師的好脾氣，為所欲為，真是膽大包天！老師要是真的打斷你們的脊樑骨，你們就會像喪家犬那樣匍匐求饒。你們是一群膽小鬼。誰要是再嘲笑老師，我就把他拖到校外，打掉他的牙齒。我發誓，就算當著他爸爸的面，我也照打不誤！」

大家都默不作聲了。卡羅納的眼睛裡射出憤怒的光芒，好像一頭發怒的小獅子，威風凜凜的派頭真是叫人望而生畏。卡羅納一個個怒視著那幾個最淘氣的學生，他們都低下頭。當雙眼紅腫的代課老師走進教室時，全班立刻鴉雀無聲，他茫然站在那裡，過了一會兒，他看到卡羅納怒容滿面的樣子，便明白了一切，他非常感動，像對兄弟般對卡羅納說：「卡羅納，謝謝你！」

斯達迪的圖書館

今天我去找斯達迪玩，他家就在學校對面。見到他的圖書館，我羨慕得不得了。斯達迪的家境並不富裕，所以他不可能買太多書，不過他把讀過的書、用過的課本，和親戚朋友送給他的書全都精心保存著，別人平時給他的每一毛錢他都存起來買書，就這樣，他的書愈積愈多，便成了一個小圖書館。他爸爸見他這麼喜歡讀書，於是幫他買了一個漂亮的核桃木書架，上面還掛了一條綠色小簾子，他根據自己喜愛的顏色排放各類圖書，他只要輕輕一拉細繩，小簾子就刷一聲收到一邊，就能清楚看見三排書架上整齊擺著五顏六色的書籍，書背上燙金的書名更是閃閃發亮。他的藏書包括故事、遊記、詩集、畫冊，他巧妙排列各種顏色，白色的靠近紅色，黃色的靠近黑色，藍色的靠近白色，從遠處望去格外好看。他很喜歡常常變換書本的排列順序，他還編排了圖書目錄，好像圖書管理員一樣。他總是繞著書看來看去，撣去上面的灰塵，翻閱書頁，檢查一下裝訂有沒有問題，你看他用短粗的手指小心翼翼翻開書本，在書頁上吹來吹去，看起來多麼用心。因為有他精心管理，那些書完全跟新的一樣，而我的書往往破舊得面目全非。他總是高高興興把書整理乾淨後才放到書架上，可過了一會兒又拿下來，左看右看，如獲至寶，我到他家一個鐘頭的時間，除了書，他什麼也沒讓我看。因為他看書看得太多，視力已經不太好了。我們玩興正濃時，他那長相神似的爸爸走過來，拍他的後腦勺拍了兩下，用粗大的聲音對我說：

「喂，你看我家這個小呆瓜怎麼樣？我看說不定他將來還會大有作為呢！」

斯達迪半閉起眼睛，任憑他爸爸粗糙的手掌親暱撫摸，他這樣撫摸他的樣子，好像獵人撫弄他粗壯高大的愛犬。不知什麼緣故，我不敢跟他亂開玩笑。我真的不相信他才比我大一歲。在門口道別時，他板著一副嚴肅的面孔對我說：「再見！」我也像對大人一樣回敬他一句：「告辭。」

後來我在家裡跟爸爸說：「斯達迪不是很有才華，舉止又不怎麼高雅，長得又滑稽可笑，但我卻覺得他可敬可親，我實在搞不懂！」

爸爸回答說：「這是因為他有特殊的氣質。」

我接著說：「我跟他玩了好幾個鐘頭，他一直沉默寡言，沒給我看他的玩具，也沒見他笑，可是我卻喜歡跟他在一起，你說怪不怪？」

爸爸又回答：「這是因為你欽佩他。」

鐵匠的兒子

說實話，我也很欽佩波列科西，除了欽佩，我跟他的交情也很好。波列科西就是那位鐵匠的兒子，他身材瘦小，臉色蒼白，目光和善而悲傷，經常露出驚慌失措的神情。他膽小怕事，常逢人就說：「不好意思，抱歉！」別看他瘦小病弱，在學習方面卻很拚命。

他爸爸經常在外面喝得酩酊大醉，回到家裡就莫名其妙打他，把他的書和作業本到處亂扔。波列科西常常臉上青一塊紫一塊的來上學，有時候他被打得鼻青臉腫，雙眼也因為哭泣而變得紅腫，即使如此，波列科西仍隻字不提父親打他的事。如果同學問：「你爸又打你了，對不對？」他總是立刻否認：「不是！真的不是！」顯然，他這樣說只是為了給爸爸留點面子！

老師指著燒毀一半的作業本，想都不想就說：「這不是你自己燒的。」

波列科西發著抖說：「是我燒的，是我把本子掉到火裡才燒成這樣的。」

其實我們心裡明白是怎麼一回事，這是他做功課時，他那個酒鬼爸爸踢翻了桌子和油燈燒壞的。

波列科西住在我家這棟樓的閣樓上，女警衛將他的情況都一五一十告訴我媽媽。有一天，我姊姊希薇亞聽到陽臺傳來哭叫聲，原來是他爸爸連推帶拉，把他摔倒在樓梯口，只因為波列科西向他要錢買語法書。

他爸爸整天喝得醉醺醺的，東遊西逛，不愛工作，害家人跟著他挨餓。不幸的波列科西不知有多少次是空著肚子來上學的，他偷偷啃著卡羅納給的小麵包，津津有味咀嚼著二年級女老師給他的蘋果，但是他從沒說過「我餓了，爸爸不給我飯吃」之類的話。

他爸爸偶爾也到學校來接他。他臉色慘白，雙腿不太靈活，走路緩慢搖擺，一臉兇殘的樣子，長髮垂在眼前，歪戴著帽子。可憐的波列科西在街上一見到爸爸，就像老鼠見到貓一樣渾身發抖，可是他還要勉強裝出滿面笑容朝爸爸跑去，而他爸爸卻彷彿沒看見他似的，根本不理他。

不幸的波列科西啊，他不得不修補被撕壞的作業本，借書來學習功課，用別針繫住破爛衣衫。看到他穿著笨重的大鞋做運動，我不由得一陣心酸，波列科西實在太可憐了！他那長長的褲子一直拖到地面，寬大的上衣也是長得不能再長，袖子直捲到手肘。但在這種情況下，他仍然用功學習，努力讀書。如果他在家裡能安安穩穩做功課，他一定會成為名列前茅的好學生。

今天早上，波列科西帶著滿臉抓痕來上學。同學見到他，都不約而同說：「一定又是你爸爸，這回你可不能否認了吧？你去告訴校長，校長會把他送到警察局的！」

波列科西突然跳起來，滿臉通紅，氣到發抖還不斷重複說：「不是，真的不是，我爸爸從不打我！」

上課的時候，波列科西不停撲簌撲簌掉淚，同學看著他的時候，他又強顏歡笑掩飾自己的哭相。可憐的波列科西啊！

明天，德羅西、科列帝和納利要到我家來玩，我對波列科西說，歡迎他也一起來，我好希望他可以跟我一起吃飯，而且還要送書給他！就算我家被搞得亂七八糟、烏煙瘴氣，也不要緊，只要他玩得高興就行了。等他回家時，我要在他口袋裡塞滿糖果，讓他快快樂樂玩一次，這樣該有多好啊！

可憐的波列科西，你是多麼善良，又是多麼勇敢啊！

歡聚一堂

十二日，星期四

對我來說，今天是這一年最美好的一天。兩點整，德羅西、科列帝和駝背納利準時來到我家，波列科西因為他爸爸不准所以沒來。

德羅西和科列帝笑著說，他們在街上遇見了賣菜婦人的兒子科羅西，就是那個只有一隻手臂的紅髮孩子。當時，科羅西正抱著一顆很大的白菜叫賣，聽說要用賺來的錢買一支鋼筆。科羅西的爸爸最近從美國來信說，知道全家人天天都很想念他，他不久就要回來了，所以科羅西今天顯得格外高興。

的確，我們十分快樂玩了兩個鐘頭。德羅西和科列帝是班上最活潑的兩個孩子，爸爸也很喜歡他們。科列帝穿著巧克力色毛衣，戴著貓皮帽子，是個活蹦亂跳的孩子，像瘋子一刻不得閒，不停東奔西跑。他今天清早已經扛了半車子木柴，但他還是像一匹小馬那樣在我家跳來跳去，什麼東西都想看，說起話來滔滔不絕，又像小松鼠那樣靈巧敏捷。他走進廚房，問廚師買十公斤柴要付多少錢，還說他父親十公斤柴賣四十五個銅幣。他老是把他爸爸掛在嘴邊，說他爸爸以前是溫伯爾托親王麾下四十九軍團的一名士兵，參加過庫斯托扎①戰役。別看他是在柴堆出生長大的，卻很有教養。正如我爸爸所說，他天生文雅，心靈高尚。

德羅西也把我們逗得很開心，他像老師一樣熟悉地理，他閉起眼睛說：「啊，我看見了整個義大利。亞平寧山脈②一直延伸到愛奧尼亞海邊。到處是縱橫交錯的河流，還有潔白乾淨的城鎮，許許多多海灣，數也數不盡的蔚藍色港口和碧綠的島嶼……」他能夠按照地圖上的順序，迅速而準確無誤說出島嶼的名字，如數家珍流利朗讀。他昂首挺胸，滿頭金色鬈髮，閉著眼睛，穿著深藍色鍍金鈕釦的衣服，如同一尊精美的雕像佇立在那裡。我們用羨慕的眼光看著這位英俊少年，僅僅花了一個小時，他就牢牢記住近三頁稿子，這是為後天維托利奧國王葬禮紀念日要朗誦的稿子。

納利看著德羅西，眼神驚奇又欽佩，激動得不停揉搓自己寬大的黑色上衣，滿臉微笑，目光明亮而憂鬱。這次聚會我玩得很快樂，在我的腦海和心中留下了閃閃發亮而不可抹滅的印象。

他們走的時候，可憐的納利站在兩個高大健壯的人中間，顯得非常矮小。他們挽著納利的手臂送他回家，這讓從未笑過的納利終於開心笑了，看到這樣讓我更高興了。回到家裡的飯廳，我才發現駝背弄臣里哥勒托的那張畫像不見了，原來是爸爸怕納利看見，就拿下來了。

---

①位於義大利威尼托行政區，是義大利第三次獨立戰爭的主要戰場之一。
②跨越整個義大利半島的山脈，從北到南綿延一千一百九十公里，東西寬三十至一百三十公里，分為北、中、南三個山系。

維托利奧・伊曼紐國王①的葬禮

十七日，星期二

今天下午兩點，老師一走進教室就喊德羅西的名字，要他朗讀紀念國王的悼詞。於是德羅西走上講臺，滿臉通紅面對我們站著，他一開始聲音有點顫抖，但後來漸漸變得高亢清晰，他朗誦道：

四年前的此時此刻，運載國王維托利奧・伊曼紐二世遺體的靈車緩緩來到羅馬的萬神廟。維托利奧・伊曼紐是義大利統一後第一任國王，在位二十九年之後去世。在此期間，由於伊曼紐國王的卓絕領導，結束了七小國分裂割據的狀態，使得曾遭異族奴役和暴君專橫的義大利，終於成為一個獨立自由的強大國家。

國王在位二十九年中，事必躬親，以出眾的才華、無比的忠誠和勇往直前的大無畏精神，披荊斬棘；運用非凡的智慧，克敵制勝；在危急關頭，挺身而出，正義凜然；拯救身陷水深火熱的民族，恩澤四海人民，贏得流芳百世的美名。

覆蓋著花環的靈車徐徐駛過羅馬街道時，雨點般的鮮花紛紛向靈車擲去，義大利每個角落都在默哀致意。由將軍、大臣和王公貴族組成的隊伍走在靈車前面，緊跟在後面的是一支遊行隊伍，由傷殘軍人、各色旗幟、三百個城市的代表和一切能代表義大利國威和光榮的人所組成。靈車停在莊嚴肅穆的聖殿前，伊曼紐國王的遺體將安放在裡面。這時，十二名胸甲騎兵將靈柩抬下。此時此刻，整個義大利都向深受愛戴的國王告別，向這一位捍衛國家和人民的戰士和父親告別，同時也向義大利歷史上最幸運、最神聖的二十九年永別！這是激動人心的莊嚴時刻。

八十名軍官舉著義大利軍隊八十個兵團的哀悼旗幟，列隊向靈柩致哀，場面蔚為壯觀，打動無數人的心靈。

這八十面旗幟就是全義大利的精髓和象徵，緬懷無數為國捐軀的先烈，目睹拋頭顱、灑熱血的壯舉，記載我們最神聖的光榮和犧牲，凝結我們遭受的巨大痛苦和悲傷。

胸甲騎兵抬著靈柩緩步而行，每面旗幟都降半旗致哀。新兵團的旗幟和歷經哥依托、帕斯特林柯、聖魯其亞、諾瓦拉、克里米亞、帕列斯特羅、聖馬爾蒂尼和卡斯特爾菲達爾多各戰役②的破舊老戰旗垂向地面，八十面黑紗紛紛拋到地上，國王生前榮膺的一百枚軍功勳章和靈柩碰得叮噹作響。

如雷的響聲凝結了義大利人民的鮮血，好像千百萬人的心聲，剎那間匯成一個巨大的聲音：永別了，我們善良仁慈的國王！驍勇善戰的國王！忠心耿耿的國王！你將永遠活在人民的心中，像太陽的光輝照亮千秋萬世，與義大利萬古並存！

然後，所有的悼念旗幟重新舉起，維托利奧•伊曼紐國王將獲得無上榮耀，永世長存！

①義大利國王維托利奧・伊曼紐二世（Vittorio Emanuele 1820－1878），是義大利統一後第一任國王，統治期間為一八六一－一八七八。

②這些地方全是義大利第一次和第二次獨立戰爭的戰場。

弗朗帝退學

二十一日，星期六

德羅西朗讀紀念國王的悼詞時，只有一個人在那裡笑，就是弗朗帝。

我最討厭像他這樣的人。他是個可惡的傢伙，例如說，要是遇到有家長來學校罵孩子時，他就開心得了不得；別人哭了，他就笑得樂呵呵。他在卡羅納面前膽小如鼠，但見了小泥瓦匠，就故意欺負這個瘦小的孩子，常常追著打他，他還欺負一隻手臂殘疾的科羅西，波列科西那麼受人尊敬的人，他也老愛開他玩笑，對捨身救小孩而拄拐杖走路的三年級學生羅伯提冷嘲熱諷。他總是挑釁比他弱小的孩子，老愛鬧事，胡搞瞎搞。跟別人打架時，他像頭野獸那樣殘忍，非把人家打得鼻青臉腫才肯罷休。他額頭窄窄的，讓人厭惡，望而生畏，他混濁的目光隱藏在油布帽簷下，不懷好意。他什麼都不怕，甚至敢當面恥笑老師。一有機會他就偷東西，要是被人逮到，還厚著臉皮死不承認。他總是跟別人大吵大鬧。他把別針帶到教室，專扎周圍的同學，還把自己和別人大衣上的鈕釦扯下來玩。他的書包、作業本和書本都皺巴巴的，面目全非，骯髒而破爛不堪；他把尺規弄成了鋸齒形，鋼筆上滿是牙咬的痕跡，指甲啃得像被老鼠咬的那樣參差不齊，衣服上油漬斑斑，上面到處是打架時被撕破的裂口。

他媽媽非常擔心他，還生了病，他爸爸曾三次把他趕出家門。他媽媽偶爾會來學校了解他的情況，但總是哭著回去。他討厭學校、同學和老師，老師有幾次裝做沒看見他無賴的行為，可是他卻愈來愈囂張，老師想盡辦法要把他引向正道，但是他偏偏不知悔改，照樣我行我素，還捉弄老師。老師狠狠批評他時，他兩手捂住臉，好像在哭，其實是在暗笑。學校曾勒令他三天不准到校，但等他回來，竟然比以前更加狡猾、更加傲慢了。

有一天，德羅西對他說：「你差不多一點，你沒看見老師多麼難過嗎？」

他不但不聽，反而用威脅的口吻說：「小心我用釘子扎破你的肚皮！」

今天上午，弗朗帝終於像一條狗一樣被學校趕出去了。

老師把這次的每月故事〈薩丁島的少年鼓手〉草稿交給卡羅納抄寫時，弗朗帝突然往地上丟了一個鞭炮，轟隆一聲，鞭炮像槍響一樣在教室裡爆炸，震耳欲聾的響聲讓大家驚恐失色，老師突然站起來大聲嚷道：「弗朗帝，出去！」

「不是我！」弗朗帝笑嘻嘻回答。

「出去！」老師又說了一句。

「我不出去！」弗朗帝回答。

老師發火了，一個箭步撲向弗朗帝，抓住他的一隻手臂，把他從座位上提了起來。弗朗帝拚命掙扎，但沒有用，老師還是強行把他拖出去，又連推帶拉把他帶進校長辦公室。

過了一會兒，老師一個人回來了。他走上講臺，坐到椅子上，兩手抱頭，氣喘吁吁，看起來很疲倦痛苦的樣子，任誰看到他那個模樣都會難過的。

「我當了三十年的老師，也沒遇過這樣的事。」老師一邊搖頭一邊傷心說。

大家屏息靜聽老師的話，老師氣得手發抖，額頭的皺紋筆直，好像一道道深深的傷痕。可憐的老師！大家都為老師傷心難過。德羅西突然站起來說：「老師，別太傷心難過了，我們大家都很愛戴您。」

老師聽了，心情稍稍平靜，對大家說：「孩子，我們上課吧。」

每月故事：〈薩丁島的少年鼓手〉

一八四八年七月二十四日，庫斯托扎戰役開打的第一天，我軍步兵團大約六十名士兵奉命前往某高地，去占領一棟孤零零的房屋。他們快接近房子時，突然遭到兩個連的奧地利士兵襲擊，子彈有如雨點般從四面八方傾瀉而來，他們不得不把幾個傷亡的士兵遺棄田野，迅速躲進屋內，關上門窗。

我們的士兵關上門窗後，很快占據了一樓和二樓的各個窗口，向敵人猛烈還擊，敵人也毫不示弱，用密集炮火拚命射擊，成半圓形逐步逼近我軍。

這六十名士兵由一名上尉軍官和兩名下級軍官率領。上尉是一位身材瘦高、神情嚴肅的老軍官，頭髮和鬍鬚都已花白，一名薩丁島的少年鼓手跟他形影不離，少年已經十四歲了，但看起來不到十一歲，他皮膚黃褐，一雙漆黑的大眼睛總是閃爍著光芒。

上尉在房子二樓的一個房間內指揮保衛戰，發布一連串命令，他擁有鋼鐵般的意志，臉上看不出絲毫情感。少年鼓手臉色有點蒼白，兩腿卻很有勁，他跳上一張小桌子，緊貼牆壁，從窗口瞭望外邊的動靜。透過原野上瀰漫的硝煙，他隱約看到穿著白色服裝的奧地利士兵正慢慢逼近。這座房子建在山崗的最高處，房屋後面通往懸崖峭壁，那一面的頂樓上只開著一扇小窗，因此那一面寂靜無聲，平安無事。在這種情況下，奧地利軍隊不會從房屋背面進攻，只會從正面和兩側攻擊。

對方的炮火震耳欲聾，子彈如冰雹般射來。屋外是殘垣斷壁，滿目瘡痍；屋內的門窗、頂棚、傢俱被震得殘缺不全，滿地都是木片、泥土、餐具和玻璃，到處雜亂不堪，一片狼藉。子彈的呼嘯聲、炸彈的爆裂聲、手榴彈的爆炸聲足以震破耳膜。

在窗口抵抗的士兵不時有人被擊中倒地，然後被拖到一旁；有的兩手捂著傷口，疼得坐立不安，搖搖晃晃踱來踱去；廚房裡一個士兵因頭部中彈而犧牲，敵人的包圍圈愈縮愈小。

這時，一向鎮定自若的上尉顯得惶惶不安了，大步離開房間，一位軍士緊跟在後。過了三分鐘，軍士跑了回來，叫鼓手跟他一起出去。他們倆迅速上了樓梯，來到空蕩蕩的閣樓，原來上尉正靠著小窗在紙上寫些什麼，腳邊的地板上放著一根井繩。

上尉摺起紙條，冷酷的灰眼看起來令人戰慄，他打量著少年厲聲說：

「鼓手！」

鼓手把手舉到帽簷前，行了一個軍禮。

上尉問：「你膽子夠大嗎？」

少年露出炯炯目光。

「夠，長官！」少年回答。

「你看看下面。」上尉把少年推到窗口說，「在維拉弗蘭卡村附近，有一片開闊地帶，我們的軍隊就駐紮在那裡。你現在拿好這張紙條，從窗口抓著這根繩子慢慢滑下去，然後迅速跑下山崗，穿過田野，找到我們的部隊。一見到軍官，立刻將紙條親自交給他，現在你馬上把腰帶和背包①解開留下。」

少年解開腰帶和背包，把紙條放進貼胸前的口袋裡。軍士先向外放下繩子，然後又緊緊抓住繩子的另一頭。上尉幫少年爬出窗口，背對著田野沿繩攀下。

「你千萬要小心，我們這支小分隊的存亡就靠你的勇敢和兩條腿了。」上尉說。

「長官，請放心！」已抓住繩子的少年回答。

「下坡時，你要彎腰俯身才行。」上尉說著，跟軍士一起抓緊繩子。

「請放心！」

「願上帝保佑你成功！」

幾分鐘後，少年就到了地面，軍士拉回繩子。上尉迫不及待從窗口探頭觀望跑下山崗的少年。

上尉原本以為少年跑得飛快，應該能脫險，不被敵軍發現，但是看見少年前後揚起了五、六團沙塵，表示敵人已經發現少年，上尉的希望破滅了。敵軍正從小山頂向少年猛烈開火。少年依然拚命奔跑，卻突然摔倒在地。

「這下完了！」上尉咬住拳頭吼叫一聲，但上尉才剛說完，少年又重新站了起來。

「啊，只是摔了一跤！」上尉喃喃自語，鬆了一口氣。

少年果然又沒命飛奔起來，可腳跟已不穩了。

「只是腳踝扭到吧。」上尉想。過了片刻，少年的周圍又掀起團團塵霧，但他愈跑愈快，危險

也離他愈來愈遠了。少年安然無恙，上尉高興叫好，仍然目不轉睛盯著少年，焦躁不安。在這緊急關頭，如果少年不能盡快把紙條送達，增援部隊不能及時趕來，他們這支小分隊要不壯烈戰死，要不就得全體投降，成為俘虜。

少年跑了一會兒，開始放慢腳步，一瘸一拐走起來，接著又拔腿奔跑，但愈來愈費力了，只能跑一會兒，停一會兒。

「可能被流彈擦傷了！」上尉心裡想，屏息凝視少年的一舉一動，急得全身顫抖。上尉喃喃說著鼓勵的話，好像少年能聽到似的，他熾熱的目光不停在測量著，看少年與明晃晃的刺刀之間還有多少距離，那些刺刀在陽光普照的金色麥浪裡清晰可辨。

這時，樓下傳來子彈的呼嘯聲、軍官和軍士的怒吼喝斥聲、傷兵的嚎啕聲、木器和用具的破碎聲，加上殘牆的塌陷聲，發出巨大聲響。

上尉目不轉睛望著遠處的少年鼓手大聲喊道：「加油！鼓起勇氣來！勇往直前！快跑呀！該死的傢伙！他居然停下來了，啊，他又跑起來了！」

一位軍官氣喘吁吁跑上來報告：「敵人的炮火依然猛烈，還拿出白色橫布命令我軍投降。」

「別理他們！」上尉大聲喊道，眼睛一刻也沒離開少年。這時候，少年已到達那片開闊地帶，可他再也跑不動了，一副很吃力的樣子，只能拖著身子一步一步往前走。

「他怎麼用走的！跑呀！」上尉緊握拳頭，咬牙切齒大聲喊道：「你自殺吧。死掉算了。簡直是個廢物。沒死就快跑呀！」

接著上尉又痛斥一句：「哎呀，可恥的懶惰鬼，他竟然坐下了！」少年可能倒下去了，因為在麥田裡已經看不見少年腦袋時隱時現了。不久，他的腦袋又出現，然後消失在籬笆後面，自此上尉再也沒有看到他。

上尉從閣樓上走下來，這時候，砲彈有如急風暴雨般鋪天蓋地而來，房裡遍地都是傷兵，有的抓住傢俱像醉漢那樣踉蹌；牆上、地上血跡斑斑，屍體橫七豎八堵在門口；副官的右臂被子彈擊中，屋裡屋外煙塵瀰漫，什麼也看不清楚。

「鼓起勇氣來！」上尉大喊一聲，「堅守陣地，增援部隊快到了，堅持就是勝利！」

奧地利軍隊漸漸逼近，透過煙塵已經可以清楚看到他們猙獰的面目，在噠噠的槍聲中，可以聽到敵人的粗野辱罵，命令我軍投降的吶喊，還有威脅要將我軍斬盡殺絕的吆喝聲。我軍有些士兵害怕了，便從窗口退回，軍士又把他們趕上前去，但防禦的火力漸漸變弱了，每個人的臉上露出灰心喪志的神情，已經不可能再繼續抵抗了。在這緊要關頭，奧地利軍隊的攻勢卻減弱了。他們先用德語，後用義大利語聲如雷鳴吼叫道：「投降吧！」

「不！」上尉從窗口高聲回話。

雙方重新用密集的炮火互相猛烈攻擊，又有一些士兵倒下，很多窗口失去防禦，最後時刻即將來臨。

上尉咬著牙，用含糊不清的聲音不停喊道：「援軍不來了！援軍不來了！」

他急得團團轉，痙攣的手緊握軍刀，準備決戰到底。一個軍士從閣樓來到樓下，突然高叫一聲：「援軍到了！」

上尉喜出望外，情不自禁跟著喊道：「援軍到了！」聽到喊聲，我軍所有的人，包括受傷的和沒受傷的，軍士和軍官，個個生龍活虎衝向窗口，奮死抵抗。才一下子，敵人的軍心開始動搖，秩序大亂，潰不成軍。

上尉立刻把小分隊召集到一樓的房間裡，叫大家上好刺刀，準備跟敵人拼死搏鬥。接著，上尉又一個箭步朝閣樓跑去，剛到閣樓，就聽到急促的馬蹄聲、歡叫的嘈雜聲浪交織在一起，此起彼伏。從窗口眺望，透過煙塵，義大利卡賓槍手的兩角帽徽時隱時現，一隊騎兵飛馳而來，明亮耀眼的刺刀如閃電般在敵人的頭上、肩上和腰間揮舞著。

上尉的這支小分隊端著刺刀衝出門外，敵軍徹底崩潰，混亂不堪，落荒而逃。我軍清點戰場，這棟房子也成了自由出入的地方，不一會兒，我軍以兩個步兵營和兩門大砲的兵力占領了高地。

上尉率領殘部與兵團會合，繼續作戰。在最後一次肉搏戰中，他的左手被流彈擊中，受了輕傷。

當天的戰鬥以我軍的勝利告終。

第二天，義奧雙方又展開激戰，雖然義大利軍隊頑強抵抗，但終因寡不敵眾，二十六日早上不得不向敏其奧河方向撤退。

上尉雖然負傷，仍與疲於奔命的士兵一起默默徒步行軍，當晚部隊到達敏其奧河畔的哥依托，他立刻去找他的副官。在前天的戰爭中，副官一條手臂被子彈打穿，如無意外，先行到達的救護隊，應該已經將他送到哥依托了。有人告訴上尉，當地有一座教堂，野戰醫院剛剛搬到裡面。上尉趕到教堂，一排床和一排地鋪已躺滿傷患，兩個醫生和幾名護士穿梭往來，神情焦慮不安，到處都能聽見傷患的叫喊聲和呻吟聲。

上尉進去後便環視房間四周，尋找他的副官。

就在這時，他聽到旁邊有一個虛弱的聲音叫他：「長官！」

他回頭一看，原來是少年鼓手。他躺在吊床上，胸部蓋著一塊紅白格子的粗布窗簾，兩臂露在外面，臉色慘白消瘦，不過兩眼卻閃著寶石般的光芒。

「你在這裡？」上尉十分驚訝，語氣依然嚴肅，「你真了不起，你已經盡到自己的責任了。」

「我盡力了。」少年回答。

「啊，你受傷了！」上尉說著，目光搜尋附近床鋪上是否有副官。

「沒關係。」少年說。本來他不敢在上尉面前滔滔不絕，但有生以來，這是他第一次感覺自己受傷是件無上光榮的事情，所以讓他有勇氣繼續說下去，少年說道：

「我彎著腰飛跑，敵人還是很快發現了我，要不是他們打中我，我本來可以提前二十分鐘到達，幸運的是我很快就找到了參謀部的一名上尉，把那張紙條當面交給他。受傷後，實在很難再往山下跑，我又渴得要命，擔心再也不能往前走了，可是一想到我每晚到一分鐘，會多死一個人，我就急得嗚嗚哭起來。好啦，現在不提這些了，我極盡所能去做了，問心無愧了。長官，請您多多保重，您看看，您的手還在流血呢！」

果然，幾滴鮮血正從上尉的手掌順著指頭流下。

「長官，我替您再包紮一下好嗎？把手伸過來。」

上尉伸出左手，又伸出右手想自己先解開繃帶的結，好讓少年重新幫他包紮。但是少年一離開枕頭，臉色立刻慘白，不得不重新躺下去。

「好啦，好啦！」上尉望著少年說，同時把包紮的左手縮回，而少年卻不肯放開上尉的手。上尉接著說：「你管好自己的事吧，別再操心別人了。即使傷得不重，不注意也是很危險的。」

少年搖搖頭。

上尉仔細端詳少年片刻後說：「你這麼虛弱，看來流了不少血吧？」

「流血？」少年微笑著回答，「何止是流血呀，您看看就知道了。」少年說完一下子掀開被褥。

上尉目瞪口呆，後退了兩步。

少年只剩下一條腿了，左腿已從膝蓋上頭截斷，殘腿用紗布包紮著，上面滲出殷紅的鮮血。

這時候，一位穿著單薄的矮胖軍醫走過來，軍醫指著少年對上尉說：

「長官，實在不幸，要不是他瘋狂奔跑，那條腿本來是可以保住的，都是因為該死的發炎！當時才必須截肢。我向您保證，他是個了不起的孩子。我為他動手術時，他沒流一滴淚，沒叫一聲，我為他是一個義大利孩子而自豪，我可以拿名譽擔保，他一定出身於優秀世家，願上帝保佑他！」

軍醫說完走開了。

上尉皺了皺雪白的濃密眉毛，目不轉睛凝視著少年，重新給他蓋好被子，然後又全神貫注望著他，但不發一語，而是慢慢把手伸向頭，摘下帽子。

「長官，您這是幹嘛?長官，是因為我嗎?」少年大吃一驚，連聲問。

此時此刻，這個不曾對部下說過一句溫柔話的粗暴上尉，卻用一種熱情、甜蜜而意味深長的語氣回答道：「我只是一名上尉，而你卻是一位英雄！」

接著，上尉向少年張開雙臂，在他的胸前深情親吻了三下。

---

①這兩件物品上印有部隊的番號和個人姓名，少年出發前必須將兩件物品留下，以免落入敵手。

爸爸的話：愛國

二十四日，星期二

如果少年鼓手的故事打動了你的心靈，那麼今天上午那篇「你們為什麼熱愛義大利」，這篇作文就不難寫了。為什麼我愛義大利？任何人都能馬上說出上百個答案來。我愛義大利，因為我的母親是義大利人，因為我的身體裡流著義大利人的血，因為義大利這塊土地安葬著我的父母和我所悼念敬重的人，因為出生的城市在義大利，我說的是義大利語，讀的書也是義大利文；我的兄弟姊妹、同學、朋友，以及我共同生活的這個偉大民族，都屬於義大利，跟我朝夕相處的美麗大自然，我目睹的一切，熱愛、學習、研究、崇拜的一切都屬於義大利。

恩利科，你現在還不能完全體會愛國這種感情，等你長大就會懂了。等你長期僑居異國他鄉而遠途歸來，有天早上從客輪甲板上看到地平線上故鄉的青山綠水時，你就懂得這種感情了，當你將溫柔感情的波濤化作撲簌簌的淚水時，你的內心深處就會不由自主發出吶喊，到了這個時候，你就會理解祖國的意義。你遠離家鄉，身處某個海外城市，一時的感情波濤驅使你來到一群陌生人中間，當你聽到身邊一個陌生工人講義大利語時，就會燃起你對祖國的深情厚意。當有一天，你聽到某個外國人辱罵你的國家時，你一定熱血沸騰，滿腔怒火；當有一天，敵人把戰火燃燒到你的國家，你看到全國各地揭竿而起，全力抵抗，年輕人紛紛應徵入伍，開赴前線，父親吻著兒子說：

「鼓起勇氣來！」母親跟孩子告別說：「祝你們戰無不勝！」只有這個時候，你才會更加強烈、更加深切體會到對祖國的感情。你如果有幸親眼目睹軍隊凱旋歸來時，看到他們隊伍中少了不少人，大家都疲憊不堪，步履蹣跚的樣子，看到被流彈打穿的軍旗，看到長長的車隊滿載著頭裹繃帶、身體傷殘，但眼睛卻閃著勝利光芒的軍人，看到人們不停向他們投擲鮮花，祝福他們，親吻他們時，你才會真正懂得人們為什麼那樣欣喜若狂！恩利科，只有到了那個時候，你才會真正理解愛國的含意和祖國的含意。

祖國是一個偉大而神聖的名字。

如果有一天我看到你從保衛祖國的戰場平安歸來，我會真心呵護你，因為你是我的親生骨肉和靈魂，但如果我知道你因為貪生怕死而僥倖保存了一命，那我絕不會像現在你下課回家那樣滿心歡喜歡迎你，我只能用痛苦的淚水接納你，我無法再愛你，只能痛心抱憾而死！

爸爸

嫉妒

二十五日，星期三

這次以祖國為主題的作文，寫得最好的是德羅西，而沃提尼本以為自己會得第一名呢！

雖然沃提尼有點虛榮又太愛打扮，但我還是喜歡他，我和沃提尼坐在一起，我最清楚他有多嫉妒德羅西，因此我又很討厭他。他想跟德羅西在學業上比個高下，拚命用功，卻始終贏不過德羅西，德羅西在各個方面都勝過他十倍，沃提尼對此總是憤憤不平。

卡爾羅・諾比斯也嫉妒德羅西，但他傲氣十足，藏在心裡，因此別人也看不出來，而沃提尼的嫉妒心卻很明顯。他在家裡常常抱怨老師給分不公平。每當老師提問，德羅西馬上回答出正確答案，沃提尼總是立刻沉下臉，低頭裝作沒聽見，或者一副微笑模樣，不過他是在冷笑呢！

大家都知道沃提尼嫉妒德羅西，所以每次老師一表揚德羅西，大家就不約而同回頭去看沃提尼心懷不滿的表情，而小泥瓦匠總在這個時候對他做兔臉。

今天上午沃提尼又做了蠢事。老師走進教室，當眾宣布考試結果：

「德羅西滿分，第一名。」老師剛說完，沃提尼就打了個很響的噴嚏，老師一下子就明白沃提尼的居心，瞥了他一眼，對他說：「沃提尼，可別讓嫉妒的蛇鑽進你的身體裡，這條蛇會讓人失去理智，腐蝕人的靈魂！」

除了德羅西，每個人都目不轉睛看著沃提尼。沃提尼想說些什麼，但終究沒出一聲，臉色發白，像尊石像坐在那裡一動也不動。

老師講課時，沃提尼在一張紙上寫了大大的一句：「我才不羨慕那些老師偏心才得第一名的人！」他很想把這張紙條送給德羅西。這時候，我看到德羅西隔壁幾個同學交頭接耳，竊竊私語，其中一個用削鉛筆刀在紙上割出一枚紙獎章，上面畫了一條黑蛇，沃提尼也看見了。老師出去了幾分鐘，那幾個同學馬上站起來，來到沃提尼跟前，一本正經將紙獎章送給他。全班同學都準備好好欣賞一下這場精采的鬧劇，沃提尼氣得渾身打戰，這時德羅西大聲說：「給我！」

「好吧，給你！」大家齊聲回答，「你頒給他吧！」德羅西接過紙獎章，撕成碎片。這時老師回到教室，繼續上課。

我盯著沃提尼，沃提尼面紅耳赤。他漫不經心拿起自己寫的紙條，趁別人不注意，偷偷把紙條揉成一團，放到嘴裡，嚼了一會兒，吐在桌下。

放學的時候，沃提尼正好經過德羅西跟前，不知所措的沃提尼把吸墨紙掉到地上，熱心的德羅西趕緊幫他撿起來裝進書包，還幫他整理好書包，繫好帶子。沃提尼一直不敢抬頭看德羅西一眼。

弗朗帝的母親

二十八日，星期六

沃提尼簡直是無可救藥了。昨天上宗教課時，老師當著校長的面問德羅西是否記得《聖經》中的兩句話：「我不管把目光投向何處，都會看到你，我仁慈的上帝。」德羅西回答說記不得了，沃提尼卻脫口而出說：「我記得。」還嬉皮笑臉故意諷刺德羅西，可是他也背不出來。

這時弗朗帝的媽媽突然上氣不接下氣跑進教室，擾亂課堂的秩序。她花白的頭髮十分凌亂，全身被雨雪打得溼漉漉的，推著已被學校退學八天的兒子進來。目睹這種傷心的情景，誰都會為這位母親動情。

可憐的女人撲通一聲跪倒在校長面前，雙手合十，苦苦哀求道：

「校長，請您開恩吧！讓他回校吧！他躲著他爸爸，已經在家藏了三天，要是他爸爸知道了，一定會把他打個半死，願上帝保佑他平安無事！請您可憐可憐他吧！我實在不知道該怎麼辦了！我真心誠意求求您了！」

校長想把她帶到教室外面，但她不肯，只是一個勁痛哭流涕，再三懇求：

「唉，校長，要是您知道這孩子給我帶來多少煩惱，您一定會大發慈悲的，請您開恩吧。我希望他能痛改前非。校長，我再活也沒多久了，我馬上就要去見上帝了，我死以前，真想見到他改過向善，因為他……」說到這裡，她哇的一聲傷心哭起來，「他是我的兒子，我疼愛他，所以我傷透了心，絕望得快要死了。校長，請您讓他回來上學吧，要不然家裡的日子就沒法過了，請您看在我這可憐女人的面子上，高抬貴手吧！」

說完，她用手捂住臉，抽抽搭搭哭起來。

弗朗帝低著頭，絲毫沒有悔恨的樣子。

校長端詳了弗朗帝一會兒，又沉思片刻說：「弗朗帝，回座位去吧！」

弗朗帝的媽媽聽了，馬上把手從臉上拿開，一顆懸著的心終於落地，不斷說著感謝的話，校長連答腔的機會都沒有。她擦乾淚水，朝門口走去，邊走邊急著說：「孩子，要聽話，請大家對他多點耐心。校長，您兢兢業業，以仁愛待人，多謝您了。兒子，你要乖乖的呀。同學，我祝福你們。校長，謝謝您，再會。請大家多多包涵一個可憐的媽媽吧。」她站在門口，用懇求的目光看了兒子一眼，才拖著艱難的步伐離開。她拉了拉長長的披肩，臉色蒼白，弓著背，腦袋不停晃動著。她走到樓梯口，我們都還能聽到她的咳嗽聲。

全班同學都鴉雀無聲，校長仔細看著坐在我們當中的弗朗帝，用激動得發抖的聲音說：「弗朗帝，你想害死自己的媽媽啊！」

我們都一起轉頭去看弗朗帝，這個不要臉的傢伙居然還在那裡嬉笑呢！

媽媽的話：希望

二十九日，星期日

恩利科，你上完主日學回來，滿心歡喜投入媽媽懷抱的情景真是美極了。上帝使我們相互擁抱，我們朝夕相處，永遠也不會分開了。沒錯，你的老師跟你說的話非常好，我覺得很安慰，上帝讓你們擁抱在一起，祂就不會分開你們的。

等我和你爸爸死的時候，我們不用說「媽媽，爸爸，恩利科，我們永別了！」這樣的話太淒慘，太絕望了，因為我們會在另一個世界相會。凡是現在遭受苦難的，在那個世界裡都會得好報；凡是在這個世界上關愛別人，在另一個世界裡將會重新找到他愛的人，在那個世界裡沒有罪過，沒有悲傷，沒有死亡！

但是我們進入那個世界的時候應該俯仰無愧。我的孩子，你要記住，你富有教養的一切舉止，和所有愛你的人之間保持深情厚誼，對同學謙恭有禮，以及對他人無微不至的關懷，都能幫助你邁向那個世界。每次災難，每個痛苦，都帶你一步步接近那個世界，與那個世界成為生命共同體，一起呼吸，因為痛苦能贖罪，淚水可以洗淨污漬。你要做到今天比昨天更與人為善，更愛別人。請你每天早上這樣說：「今天我要問心無愧做好事，讓爸爸高興，讓老師、同學、兄弟和其他人都愛我。」祈求上帝賜予你實現這一願望的力量，你應該這樣祈禱：

「上帝啊，我願做善良、高尚、勇敢、熱情和誠實的人。上帝啊，請幫助我。上帝啊，媽媽向我道晚安時，讓我能對她說：『今晚妳親吻的是一個比昨天更善良、更值得疼愛的孩子！』」

恩利科，即使你到了另一個世界，也要永遠做一個高尚快樂的恩利科，這一點你務必牢記在心。要禱告！你現在還不理解這一點：做媽媽的看到自己的孩子雙手合十禱告，她是多麼歡喜啊！她會覺得自己是天下最優秀的母親！我看到你祈禱時，會感到有人看著你，聽著你的喃喃自語，這個時候我更加相信，有一個至高無上、大慈大悲的神靈跟你朝夕相處，所以我更加愛你，工作更加熱情，更能忍受苦難了，對人能完全寬宏大量了。這樣，等到死神向你招手時，你也可以從容不迫，處之泰然。

偉大仁慈的上帝啊！請讓我死後能再次聽到我媽媽的聲音吧。願我能再次認出我的孩子，重新看到我的恩利科是一個聖潔和永生的恩利科，願他重新投入我的懷抱，永不分離，再也不分開，永生永世都在一起。

恩利科，祈禱吧，我們一起祈禱吧，讓我們永遠相愛，永遠與人為善。我的恩利科多麼討人喜歡，願我們永遠滿懷著這種神聖的期望吧。

媽媽

二月

隆重的頒獎儀式

四日，星期六

今天上午，督學來我們學校頒獎。這位先生留著長長的鬍子，穿著一身黑衣服。快下課的時候，他跟校長一起走進教室，在老師旁邊坐下，詢問幾個學生的名字，然後把第一名頒給了德羅西。頒第二名之前，督學聽一下老師和校長低聲議論。我們都在想：「誰是第二名呢？」

正在這時，督學大聲宣布說：「彼得・波列科西同學應該是本週的第二名，他在家事、學業、書法、品德等方面，得第二名當之無愧。」

聽了督學的話，大家都回頭看波列科西，我們都為他感到高興。波列科西站起來，一時緊張得不知所措。

「到這裡來。」督學說。

波列科西從座位上站起來，來到講臺跟前，督學細心端詳他蠟黃色的小臉和裹在肥大衣服裡的瘦弱身體，專注凝視他溫和但略帶悲傷的眼睛。波列科西想避開督學的目光，但他那雙眼已經透露出他所忍受的各種痛苦。督學先把獎章佩戴在他的胸上，然後溫柔說：

「波列科西，現在我把獎章頒給你，沒有任何人比你更有資格戴這枚獎章。我頒獎給你不只因為你聰明、勤奮好學，還因為你有一副好心腸，而且你堅強勇敢、性情溫和，是父親的好兒子。」接著，他又回頭問全班同學：「是這樣嗎？他值得表揚嗎？」

「是的，的確是這樣。」我們異口同聲回答。波列科西扭動了一下脖子，好像在吞嚥什麼東西似的。他環顧一下四周，激動望著我們，向我們投來無限感激的目光。

督學對他說：「回座位吧，親愛的孩子，願上帝保佑你！」

放學的時候到了，我們班的同學比其他班級先走出教室。我們剛出校門，就在傳達室門口看到一個人，那是誰呢？原來是波列科西的鐵匠父親，他跟往常一樣面無血色，臉色陰沉可怕，頭髮垂到眼前，歪戴著帽子，雙腿打顫，走起路來晃晃悠悠。老師看見他，跟督學耳語了一番，督學馬上找來波列科西，牽著他的手，帶他來到父親跟前，波列科西渾身直發抖。老師和校長也跟著走過來，很多同學也圍攏上來。

「您是這孩子的父親嗎？」督學問鐵匠，語氣輕快，好像他們是老朋友。沒等對方回答，督學接著說：「我真為您高興。您看，他勝過五十四個同學，得了第二名，他的作文、數學和其他功課都名列前茅。他很聰明又善良，將來前途無量，是個了不起的孩子，大家都喜歡他，尊敬他，您應該以這樣的兒子為榮。」

鐵匠目瞪口呆站在那裡聽著，眼睛直勾勾盯著督學和校長，然後又看看渾身發抖、低頭站在他跟前的兒子，好像在回憶他如何虐待孩子，而孩子卻是如何善良，如何靠意志力忍受各種苦難的情形，突然明白了許多道理。這時候，他臉上先是掠過一絲驚奇和茫然，接著皺起雙眉，帶著無限溫柔而傷感的痛苦表情，忽然衝上前去緊緊抱住兒子的頭，把他摟到懷裡。

我們從他們身邊走過時，我順便邀請波列科西星期四跟卡羅納、科羅西一塊兒到我家來玩，其他同學也向波列科西招手致意，有的走向前去跟他打招呼，有的摸摸他的獎章，大家都對他很友好。他的父親看著我們，一臉驚愕，緊緊抱著兒子的頭，而波列科西則是不停哭泣。

決心

五日，星期日

波列科西得獎的事讓我覺得很慚愧，因為至今我還沒有得過名，這些日子我很不用功，不但我自己不滿意，連老師、爸爸、媽媽都不喜歡我，我再也感受不到以前做完功課盡情玩耍的樂趣了，那時我玩得非常痛快，跳呀、跑呀，好像從來沒有玩過一樣。現在我和家人坐在一起吃飯，也沒有以前高興了，心裡總是有陰影，還有一個聲音不斷對我說：「這樣不行，這樣不可以！」

每天晚上，我看見許多童工走在工人中，經過廣場下班回家，他們看起來疲憊不堪，但神情卻很愉快，他們匆匆忙忙趕路，恨不得立刻回家吃晚飯。他們嗓門很大，有時放聲大笑，互相用沾著煤灰的黑手或沾著石灰的白手拍打著肩膀，從天亮一直工作到傍晚。還有比他們更小的孩子，終日在屋頂上、火爐前忙碌著，或者在機器中間來回穿梭，還有的在水裡、在地下……但他們每天卻只有一丁點兒麵包充饑。而我整天幹什麼呢？只是不情不願胡亂寫幾頁作業就交差了事，想到這裡，我真覺得羞愧，一點成就感也沒有，我真沒用！

我心裡很明白，爸爸的心情也很不好，他很想說我幾句，但他始終沒有罵我，只是歎氣，顯然他是耐心等待我變好。

親愛的爸爸，你總是拚命工作，我所看到的、所接觸到的一切東西，一切穿戴和食物，還有能給我知識、給我快樂的一切東西，都是靠你辛苦打拼換來的，而我卻不勞而獲。你凡事都為我操心，受苦受累，而我卻坐享其成。

啊，不能這樣，這太不公平了，我太傷心難過了。從今天開始，我要用功學習，我要像斯達迪那樣握緊拳頭，咬緊牙關，拚命學習，我要全力以赴，專心刻苦鑽研，熬夜念書也絕不打瞌睡，每天早早起床，凡事多動腦子，徹底改掉懶惰和散漫的壞毛病，我要吃苦耐勞，勇敢忍受各種痛苦，生病也不大驚小怪。

這種無所事事的生活和精神不振的狀況應該結束了，這種生活讓人灰心喪志，也帶給別人煩惱。從今以後，我一定鼓起勇氣，努力用功，我要把整個身心、所有力量都投入到學習上。

只有這樣全心努力過後，我才能享受甜蜜的休息，跟夥伴們痛快玩耍，吃香甜可口的飯。也只有好好用功，我才能重新看到老師對我親切微笑，重新獲得爸爸祝福的親吻。

玩具火車

十日，星期五

波列科西和卡羅納昨天到我家來玩，我們非常熱情款待他們，就是親王的兒子也不過如此。卡羅納是第一次到我家，他像熊一樣壯實，個子又高又大，還在念四年級，他怕人家對他說三道四，所以見人總是害羞。

聽到門鈴聲，我們全家人都去開門。科羅西的爸爸在美國僑居六年後終於回國，因此他沒有來。我媽媽吻了吻波列科西，爸爸向她介紹卡羅納說：

「這就是卡羅納，他不僅是個好孩子，還是個正直的男子漢呢！」

卡羅納垂低剃光的大腦袋，對我暗暗一笑。波列科西依舊戴著獎章，他爸爸已經回去工作，一連五天沒喝酒了，總想帶波列科西到工廠去跟他作伴，跟從前判若兩人，所以波列科西格外高興。

我把所有的玩具都拿出來跟他們一起玩，波列科西很喜歡小火車，簡直是迷上了小火車。這種小火車只要上緊發條，便會自己開動，波列科西從沒見過這種玩具，所以一直猛盯著那一節節紅黃相間的小車廂。為了讓他玩個痛快，我把發條鑰匙交給他，於是他就跪在地上玩，竟再也不抬頭了。我從沒見他這麼高興。他老是不停說：「不好意思，不好意思！」他邊說邊向我們打手勢，不想讓小火車馬上停下來。當小火車停下後，他小心翼翼拿起小火車，左看又看，愛不釋手，好像是玻璃做的，唯恐吹一口氣，就把光亮潔淨的小火車變成失去光澤的廢棄品。他擦拭著小車廂，擦了一遍又一遍，然後上下左右仔細翻看，十分開心。

我們站在那裡一直看著他，我看著他細細的脖子和小小的耳朵，有一次我還見過他的耳朵流血呢。波列科西穿著長長的上衣，袖子捲了好幾圈，兩隻細弱的手臂露在袖口外面，他就是舉起這樣的手臂來抵擋別人的拳頭的。

這時候，我多麼想把我所有的玩具和書都拿出來放在他面前啊！我真想把最後一口充饑的麵包給他吃，真想脫下身上的衣服給他穿，我真想跪在地上吻他的手。

我心裡想著：「我起碼得把小火車送給他。」但必須爸爸同意才行。就在這時候，我發現有人將一張小紙條塞到我手裡，我瞄了一眼，原來是爸爸寫的，紙條上寫著：

「波列科西很喜歡你的小火車，他什麼玩具都沒有，你覺得該怎麼做呢？」

我立刻雙手捧起小火車，放到波列科西的手上，對他說：「送給你吧。」

他一臉驚訝凝視著我，好像不明白我的用意。

「我要送給你的，快拿著吧。」我說。

他看看我爸媽，更迷惑不解了。過了一會兒，他問我：「為什麼呢？」

爸爸對他說：「你是恩利科的朋友，他很喜歡你，把這玩具送給你，也算是慶祝你得名吧。」

波列科西怯生生問：「我可以帶回家嗎？」

「當然可以。」我們齊聲回答。

他已經走到門口，但不敢走出去。他太高興了，嘴唇顫抖著向我們表示謝意，樂得不知如何是好。卡羅納幫他把小火車重新包在手帕裡，當他彎腰去拿包好的小火車時，口袋裡塞著滿滿的酥脆麵包棍嘎吱作響。

波列科西對我說：「下次你來工廠看我爸爸工作吧，我送你一些鐵釘。」

媽媽把一小束花插到卡羅納夾克的鈕孔裡，請他送給他的媽媽。

卡羅納扯開嗓門對媽媽說：「謝謝！」他仍然沒有把頭從胸前抬起來，但他那高尚美好的心靈卻在眼睛裡閃現出來了。

盛氣凌人

十一日，星期六

每次波列科西經過諾比斯身旁，要是不小心碰了他一下，諾比斯總是裝模作樣擦擦自己的袖子。這傢伙仗著自己爸爸有錢就傲氣十足，雖然德羅西的爸爸也很有錢，但他從來不會這樣。諾比斯生怕別人弄髒了他的座位，總想自己坐一個位子。他根本瞧不起別人，嘴邊老是掛著輕蔑的冷笑。放學時，大家兩兩成雙排隊走出教室，誰要是不小心踩了他的腳，肯定要倒楣。

為了雞毛蒜皮的小事情，諾比斯無緣無故就把人家罵個狗血淋頭，或者動不動就威脅要把人家的爸爸叫來學校。有一次，他叫燒炭工人的兒子乞丐，他爸爸狠狠痛打了他一頓。我從未見過像他這樣懶散混日子的人，沒人要理他，放學時，也沒人跟他說聲「再見」之類的話。他不會做功課，連鬼都遠遠躲開他，不願幫他一把。他受不了任何人比他好：德羅西得了一等獎，他裝出很瞧不起的樣子；大家都喜歡卡羅納，他就瞧不起卡羅納。不過德羅西根本不理諾比斯，卡羅納也毫不計較，當有人告訴卡羅納說諾比斯講他的壞話時，卡羅納不以為然說：

「他傲慢得有點兒愚蠢，我只能對他嗤之以鼻，他不值得我打他一巴掌。」

有一天，諾比斯恥笑科列帝頭上那頂貓皮帽子，科列帝對他說：

「請你跟德羅西學學怎樣做個正直的男子漢吧。」

昨天，諾比斯向老師抱怨那個卡拉布里亞的孩子用腳碰了他的腿，於是老師問那個孩子：「你是故意的嗎？」

那孩子老實回答說：「老師，我不是故意的。」

老師對諾比斯說：「諾比斯，你太計較小事了。」

諾比斯盛氣凌人說：「我要跟我爸爸講。」

老師發火了，對他說：「你爸爸肯定也會像前幾次那樣說是你不對。在學校，只有老師可以決定誰對誰錯，決定處罰誰。」接著老師平心靜氣對他說：「諾比斯，你要改一改你的毛病才好。對同學要善良有禮貌。你也看得很清楚，不管是工人的孩子還是紳士的孩子，不管是窮人的孩子還是富人的孩子，大家都該像親兄弟那樣彼此相愛，打成一片，為什麼你就不能跟別人好好相處呢？要想得到別人的愛，並非難事，別人喜歡你，你會覺得更快活。你還有什麼要說的嗎？」

諾比斯拿出平常嘲笑別人的口吻，冷冰冰回答：「沒有了，老師。」

老師對他說：「坐下吧，我太失望了，你真是冥頑不靈。」

大家都以為這件事已經結束了，想不到坐在第一排的小泥瓦匠回過頭來，向諾比斯扮了個滑稽的兔臉，逗得全班放聲大笑。老師雖然責備了小泥瓦匠，但自己也不禁捂住嘴巴偷笑。諾比斯也笑了，不過不是開心笑，而是苦笑！

受傷的工人

十三日，星期一

諾比斯和弗朗帝真是天生一對，他們兩人今天上午親眼目睹了可怕的事件，竟然都麻木不仁。

我和爸爸從學校出來時，看到三年級幾個淘氣鬼正跪著，用自己的小斗篷和小帽子摩擦冰面，讓溜冰的速度更快。大街另一邊有一大群人，他們快步走著，個個表情嚴肅，臉色陰沉，低聲說著話，好像受到了某種驚嚇。人群中有三個警察，後面有兩個人抬著一副擔架。學生從四面八方湧來，人群也朝這裡走來。擔架上躺著一個人，臉色煞白，跟死人一樣，腦袋歪向一側的肩膀，頭髮凌亂不堪，還沾滿鮮血，血正從嘴裡和耳朵裡汩汩流出。擔架旁邊，一個懷抱小孩的女人發瘋似不斷大聲叫喊：「他死了！他死了！他死了！」

女人後面還跟著一個男孩，把書包夾在腋下，他也在哭泣。

「怎麼回事？」爸爸問，旁邊有個人說，那人是個泥瓦匠，工作時不小心從五樓摔了下來。抬擔架的兩人站住停了一會兒，很多人怕得把臉撇開不敢看。我看見教我二年級的女老師快要暈倒了，幸虧頭戴紅羽毛的女老師扶著她。這時候，我覺得手臂上有人碰了一下，原來是小泥瓦匠。他臉色發白，渾身直打哆嗦。此時此刻，他肯定想到自己的爸爸，其實我也正想到他的父親。我在學校讀書時起碼是安心的，因為爸爸是在自家的書桌前自在平靜工作，不冒什麼風險，但我有很多同學總是惦記著他們的爸爸，想著他們在高高的橋頭上，或在飛轉的機器輪子旁工作，稍一疏忽便有生命危險，這些同學的爸爸彷彿是上戰場打仗一樣，讓孩子無時無刻不擔心。小泥瓦匠目睹眼前的慘況，全身顫抖得更加厲害了。我爸爸發現後馬上說：

「孩子，快回去吧，快回去看你爸爸，他會平安無事的。放心吧，孩子。」

小泥瓦匠走了，還不斷回過頭來看著大家。

人群又沸騰起來，那女人撕心裂肺連聲喊著：「他死了！他死了！他死了！」

「他沒有死，沒有死。」旁人不斷安撫她，但她已經控制不住自己，只是一個勁兒扯著自己的頭髮。

這時我聽到一個人怒氣沖沖說：「怎麼，你居然還在笑？」

我回頭一看，原來是一個長著大鬍子的人，他正面對面盯著嬉皮笑臉的弗朗帝，接著那人一巴掌把弗朗帝的帽子打落在地，以教訓的口吻說：「有傷患經過這裡，你應該脫帽致敬才對，你這個沒教養的傢伙！」

人群散開了，馬路中間留下一條長長的血跡。

囚犯

十七日，星期五

這的確是今年最離奇的一件事了。昨天上午，爸爸帶我到蒙卡勒利郊區去看一棟別墅，準備租下來，今年在那裡避暑，這樣我們就不去吉埃里度假了。聽說掌管房子鑰匙的人曾經當過老師，現在是房東的祕書。他先帶我們參觀房子，然後請我們到他的房間喝水。桌上擺了一個雕刻得很精緻的圓錐形木製墨水瓶。

他發現爸爸一直看著那個墨水瓶，好像很有興趣，就說：「這個墨水瓶對我來說是個非常珍貴的紀念，先生，如果您想知道來龍去脈的話……」於是他開始眉飛色舞跟我們講故事：

幾年前他在杜林當老師時，為監獄的犯人上了整整一個冬天的課，教室就設在監獄的教堂裡。這是一座圓形建築物，四周圍牆高大光滑，上頭開了許多小窗戶，窗戶上釘著縱橫交錯的鐵條，每扇窗戶後面其實是一間小小的囚室。他就是在這座陰暗寒冷的教堂裡，走來走去為學生上課。他的學生站在黑漆漆的窗口，把作業本靠在窗格上寫字，昏暗中只能隱約看見殺人犯和小偷，一張張憔悴消瘦的臉、亂蓬蓬的頭髮、灰白的鬍鬚及癡呆發愣的眼睛。

在他們當中，有一個七十八號犯人，他比別人都勤奮，學習很用功，總是用充滿敬意和感激的目光看著老師。他當時還很年輕，留著黑油油的鬍子，是一名木工。他並不是邪惡的壞蛋，只是遭遇不幸，他的主人長期虐待他，所以他滿腔怒火，拿起刨子砸過去，正好砸在主人的腦袋上，主人頭部受了重傷，他因此被判入獄多年。三個月內，他學會了讀書寫字，之後他繼續奮發努力，廢寢忘食學習，他愈學習愈明白事理，也愈加悔恨自己的罪過。有一天下課時，他向老師招手，叫老師到他的窗口前，看起來很傷心，他告訴老師明天上午他就要離開杜林，轉到威尼斯監獄服刑了。跟老師告別時，他謙遜而激動，懇求老師讓他握一握手，老師向他伸出手，他吻著老師的手說：「謝謝！謝謝！」說完就走開了。老師手上滿是淚水。從那天以後，老師再也沒見過他。

六年過去了。

「我完全忘記那個不幸的人了。」老師繼續說，「想不到，前天上午有個陌生人來找我，他那黑油油的大鬍子開始有些灰白了，衣著破舊不堪。他問我：『先生，您是某某老師嗎？』我問他：『您是誰？』『我就是七十八號犯人。』他回答，『六年前，您教我讀書寫字。如果您沒有忘記的話，最後一節課您還讓我握您的手呢。現在我刑滿出獄了，專程來將我在獄中製作的一件小東西送給老師留作紀念。老師，您願意收下嗎？』我沒說話，只是站在那裡，他以為我不太願意接受他的禮物，於是一直看著我，好像在說：『六年的苦還不足以洗淨我的罪惡嗎？』他凝視著我，表情痛苦萬分，我立刻伸出手接過禮物。你們看，就是這個。」

我們細心端詳墨水瓶，好像是用釘子尖一點一點刻成的，真不知道他花費了多少心血啊！瓶蓋上雕刻的圖案是一支鋼筆橫放在作業本上，旁邊刻著：**獻給我的老師，紀念這六年，七十八號。**下面用小字刻著：**學習和希望**。

老師沒再說別的，我們就起身告辭了。在從蒙卡勒利返回杜林途中，我的腦子裡始終縈繞著那囚犯的形象，和他站在小窗前跟老師告別的動人情景，在獄中製作墨水瓶的事情更使我難以忘懷，就連做夢也夢見那不同凡響的墨水瓶，直到今天上午我還惦記著這件事。

誰也沒有想到，還有更叫我瞠目結舌的事情呢！我到了教室，我的新位子在德羅西附近，我馬上坐到位子上。等我做完月考的數學題，就迫不及待告訴德羅西這個故事，包括犯人和墨水瓶、瓶蓋上刻著鋼筆和作業本的圖案，以及旁邊的題詞。德羅西聽到「六年」兩個字，突然站起來看了看我，又瞧了瞧坐在前排，專心做功課的科羅西。

「噓！」德羅西抓著我的手低聲說：「你知道嗎？科羅西前天對我說，他看見從美國回來的爸爸拿著一個圓錐形的木刻墨水瓶，是手工製作的，上面還刻著鋼筆和作業本，並有『六年』的字樣。他說他爸爸在美國，其實是在坐牢。他爸爸犯罪時科羅西還很小，根本不記得這件事，他媽媽騙了他，所以他什麼也不知道。噓，注意，別出聲！這件事一個字也不能洩露出去！」

我站在那裡說不出話，一直看著科羅西。德羅西解完數學題，把解題從桌子下面遞給科羅西，並給他一張紙；老師本來讓科羅西抄寫每月故事〈爸爸的護士〉，他接過來替科羅西抄寫。德羅西又送給科羅西幾個蘸水鋼筆尖，還拍了一下他的肩膀。德羅西叫我發誓不會告訴任何人。放學的時候，他匆匆忙忙告訴我：「昨天他爸爸來接他了，今天上午放學時還會來。到時候，你跟著我做就行了。」

我們來到大街上，科羅西的爸爸已經站在馬路對面等兒子。他衣著依然破舊，面無血色，黑鬍鬢已有些灰白，一副心事重重的樣子。

為了引起科羅西爸爸的注意，德羅西握著科羅西的手，故意大聲說：

「科羅西再見。」說完，德羅西向科羅西摸摸自己的下巴①，我也照著他的樣子摸摸下巴，不過我和德羅西的臉頓時都紅了。

科羅西的爸爸目不轉睛看著我們，目光雖然慈祥，卻流露出焦慮不安和迷惑不解，真像給我們潑了冷水，我們的心一下子全涼了。

①指科羅西爸爸的煩惱和痛苦已成為過去，不必多加思慮。

每月故事的話：〈爸爸的護士〉

三月裡一個陰雨連綿的早晨，一名鄉下打扮的少年，腋下夾著包袱，滿身泥水，來到那不勒斯的朝聖者醫院。他遞了一封信給醫院警衛，並打聽父親的情況。他是一個漂亮的年輕人：橢圓形的臉蛋，淺棕色的皮膚，目光深沉憂慮，厚厚的嘴唇半張著，露出雪白的牙齒。

少年從那不勒斯近郊的一個村子來到這裡。他父親一年前離開家鄉到法國去找工作，最近才回到義大利，幾天前在那不勒斯下船，不料上岸後生了病，只好急急忙忙給家人寫了一封簡短的信，告訴家人他已回國並住進了醫院。妻子收到信後坐立不安，他們有個女兒正在生病，還有一個襁褓中的嬰兒要人照顧，妻子無法脫身，只好差遣長子帶一些錢到那不勒斯去照顧父親。少年徒步走了十多英里才抵達那不勒斯。

警衛看了信，叫一名護士帶少年到他父親跟前。

「你父親叫什麼名字？」護士問。

少年怕聽到壞消息，渾身哆嗦著把名字告訴護士。

護士對這個名字沒有印象，於是問：「是不是剛從國外回來的老工人？」

「沒錯，是個工人。」少年回答著，心裡愈來愈著急了，「但不算老。剛從國外回來的，沒錯。」

「他是什麼時候住院的？」護士問。

少年看了看那封信說：「我想是五天前吧。」

護士沉思片刻，好像突然想起來了，說：「啊，對啦，他睡在四號病房最裡面那個床位。」

「他病得很厲害嗎？他現在怎麼樣？」少年問，一臉擔憂。

護士只是看著他，並沒有回答。過了一會兒，護士說：「你跟我來。」

他們上了兩層樓，走到寬敞樓道的盡頭，在一間開著門的病房前停下來。病房裡擺放著兩排床，護士對少年說：「進來吧。」他們進了病房。

少年鼓起勇氣，亦步亦趨跟在護士後面，心怦怦直跳，一一掃視兩排病床和一張張蒼白憔悴的面孔。病人中，有的緊閉雙眼，像是死了一般；有的面露恐怖神色，瞪著呆滯的大眼睛，直勾勾盯著天花板；有的忍受著痛苦，像孩子般呻吟哭泣。病房裡光線暗淡，空氣中瀰漫著濃烈的嗆人藥味，兩個修女手裡拿著藥瓶四處走動，照料病人。

他們走到病房最裡面，護士在一張床前停住，拉開簾幔說：「喏，這就是你父親。」

少年失聲痛哭起來。他把包袱放在地上，俯身把頭靠到病人肩上，用手去拉病人伸開而僵直的手臂，但病人躺在病床上紋風不動。

少年站起身，看著父親又哇一聲哭起來。這時候病人睜開眼睛，凝視少年一會兒，好像認得少年，但沒有開口說話。可憐的爸爸啊！他變得太多了，兒子實在認不出他了，看，他的頭髮全白了，鬍子很長很長，臉部腫脹，面色深紅，皮膚緊繃發亮，眼睛變小了，嘴唇變厚了，模樣變得面目全非，只有額頭和眉稜還是以前的樣子。他呼吸已相當困難。

「爸爸，我的爸爸。」少年連聲呼喊著，「是我呀，您認不得我了，我是奇其洛呀，是您的奇其洛呀，我從老家來的，是媽媽叫我來看您的，您看看我好不好？難道您認不得我了，您說話呀！」

病人仔細端詳他一會兒，又閉上眼睛。

「爸爸，爸爸，您怎麼啦？我是您的兒子呀，您的奇其洛呀。」

病人一動也不動，只是微弱呼吸著。

少年又嗚嗚咽咽哭起來，他拿來一把椅子坐下，耐心等待奇蹟出現，眼睛直直凝視著父親的臉，他想：「醫生一定會好好幫爸爸看病的，他會告訴我爸爸的病情。」少年陷入悲哀的沉思之中。想起父親的善良，許多往事湧上心頭，他想起父親離開那天，站在船頭向他告別的情景，想起全家對父親那次外出打工寄予厚望，想起母親接到父親的來信後，那種淒慘悲傷的樣子。他還想到了死亡，他彷彿能看見死去的父親，看到穿著黑色喪服的母親，與陷入貧困的家庭。他就這樣迷迷糊糊想了很長很長時間。一隻手輕輕拍他的肩膀，這時他才如夢初醒，原來是一位修女。

「我爸爸怎麼了？」少年急著問。

「他是你爸爸嗎？」修女溫柔問。

「是的，他是我爸爸，我是專程來探望他的，他現在到底怎麼樣？」

「孩子，別擔心，醫生馬上就來。」修女沒再多說就走了。

過了半個鐘頭，門鈴響了，醫生由助手陪同來到病房，一個修女和一名護士也跟著走進來。他們一個病床一個病床查看病人。對奇其洛來說，等待的時間實在太長了，好像怎麼也等不到，醫生每向前走一步，少年的焦慮不安就增加一分。醫生終於來到附近的病床。醫生是位高個子老人，背都有點彎了，神情嚴肅。醫生還沒離開附近兩張病床，少年就站了起來，醫生走近他時，他竟哇哇大哭。

醫生端詳著他。

「他是這個病人的兒子，今天上午從老家來的。」修女說。

醫生把一隻手放在少年的肩上，然後俯身給病人診脈，並用手摸摸他的腦袋，邊向修女打聽病情。

修女說：「沒什麼新情況。」

醫生沉思片刻說：「繼續照之前的方法治療。」

少年鼓起勇氣，帶著哭腔問：「我爸爸怎麼樣？」

「放心吧，孩子。」醫生回答，又把手放在少年肩上，「他生了面部丹毒，雖然病情嚴重，但還有希望，好好照顧他吧。你來照顧他，對他大有好處。」

「但他認不出我呀。」少年傷心歎息道。

「他會認出你的，也許明天吧。希望他能好起來，放心吧。」

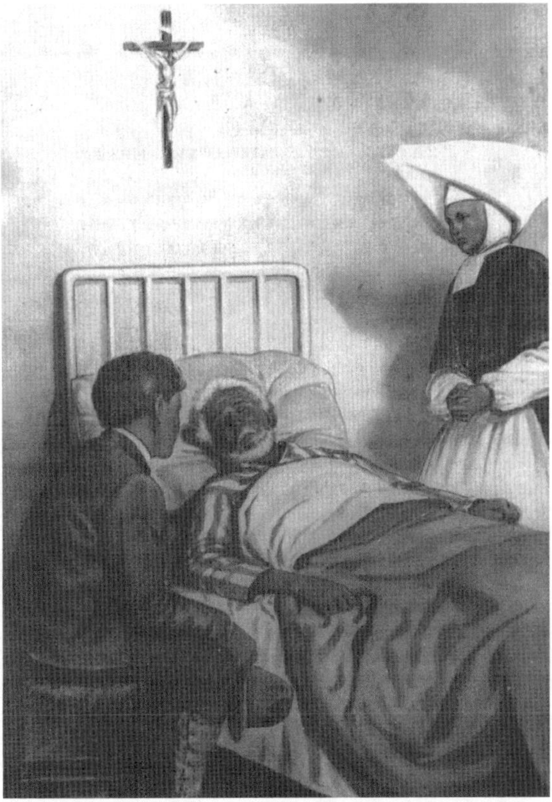

少年本來想再多問一點，可他沒有勇氣。醫生走了，他便開始照顧病人。他什麼都不會，只能給病人蓋好被子，摸摸病人的手，趕走蒼蠅。病人呻吟時，他便俯身看看；修女送藥來時，他就接過杯子和湯匙給病人餵水餵藥。病人有時看著他，但仍沒有清醒過來，好像不認識他，然而他的目光停在少年身上愈來愈久了，特別是當少年把一條手絹放在他眼前晃來晃去時，更是如此。

第一天就這樣過去了。晚上他睡在病房角落裡的兩把椅子上，第二天早晨又開始盡孝心。這一天，病人的眼睛開始泛出一絲絲光彩，聽到少年親切的聲音，病人的瞳孔似乎掠過一絲模糊不清而感激的神情，有時嘴唇微微掀動，好像想說些什麼。病人每次昏睡後就清醒一會兒。這時，他總是睜開眼睛，像是在尋找少年。

醫生又來過兩次，說他的病情比較好轉了。傍晚，少年把杯子送到病人嘴邊時，好像看見病人浮腫的嘴唇上浮現一抹微笑，少年開始覺得欣慰並充滿希望。他多麼希望父親能聽懂他的話啊！哪怕含含糊糊聽懂一些，他也心滿意足了。想到這裡，少年滔滔不絕跟病人講了很久，講到母親和兩個小妹妹，講到全家盼著父親回家的迫切心情。他用熱情洋溢和溫柔無比的語言百般勸慰，激勵病人的求生意志。儘管他常常懷疑病人聽不懂他的話，可是他還是一直說下去，因為在他看來，病人雖然好像聽不懂，但卻喜歡聽他講話的聲音，他的聲音因為滿懷親情和擔心，聽起來特別不一樣。

第二天也這樣過去了，第三天和第四天病人都時好時壞。少年一心一意照顧病人，修女每天送來兩餐，他只勉強吃幾口麵包和乳酪。他很少注意周圍發生的事情：哪個病人已經奄奄一息了；深更半夜修女急忙趕到病房，發出咯噔咯噔的腳步聲；探病親友絕望的痛哭聲和灰心喪氣的模樣；醫院裡一幕幕令人目瞪口呆和恐懼不安的淒慘景象，他都一概充耳不聞，視而不見。

日子就這樣一個鐘頭一個鐘頭過去了，少年總是跟父親在一起，並且細心照顧他，他留心觀察病人的每次呼吸，病人每一個異常的目光都讓他心驚膽戰。他時而滿懷希望，心情輕鬆；時而難受得不得了，坐立不安。

到了第五天，病人的狀況突然惡化，問值班醫生，他只是搖搖頭，好像認為沒有救了。少年全身癱軟，坐在椅子上一臉頹喪，失聲痛哭。不過讓他稍感寬慰的一點是：儘管病人每況愈下，但他的神志好像清醒一些了，病人愈來愈全神貫注凝視著奇其洛，表情也愈來愈溫柔了，只接受兒子給自己餵藥餵水，愈來愈頻繁掀動嘴唇，好像想說什麼。病人多次張嘴欲言的樣子，少年都看在眼裡，他懷著一線希望，用力抓住病人的手臂，喜出望外對他說：

「爸爸，爸爸，鼓起勇氣來，你的病很快就會治好的。病好後，我們就可以走了，可以回去看媽媽了。再堅持一下吧。」

這時候是下午四點，正當少年沉浸於這些甜蜜和希望的想像時，他突然聽到一陣咯噔咯噔的腳步聲經過最近一個門口，接著又聽到一個洪亮的聲音，大聲說了一句話：「修女姐妹，再見！」

少年聽了這個聲音，驀地一躍而起，想大喊但又忍住了。

在此同時，一個男人手裡拎著一個大包袱走進病房，後面跟著一名修女。少年情不自禁尖叫一聲，如同雕像般靜止在那裡。

男人回過頭來向少年打量一番，然後脫口喊道：「奇其洛！奇其洛！」那人說完，向少年跑過去。

少年一下子撲到父親懷裡，激動得說不出話來。

修女、護士和助理醫生都紛紛跑過來，個個呆若木雞，默不作聲。

少年興奮得一句話也說不出來。

父親仔細端詳了病人一會兒後，一次又一次狂吻少年，驚奇得失聲叫道：「哎呀，我的奇其洛，奇其洛，我的孩子。這究竟是怎麼回事？他們把你帶到另一個病人的床前了。你媽媽來信說，她叫你來了，可我一直沒有見到你，我真的絕望了。可憐的奇其洛啊，你來這裡幾天了？怎麼搞成了這副模樣？我很快就好起來了，你知道嗎？我現在身體很好。你妹妹康黛拉怎麼樣？小寶寶也好嗎？他們都好嗎？我們走吧。我的上帝啊，竟會發生這種不可思議的事情！」

兒子斷斷續續把家裡的情況簡單向父親說了。

「現在我太高興啦，太高興啦。」兒子結結巴巴說，「這幾天我的日子很不好過。」接著便不停親吻父親。

但奇其洛說完，並沒有挪動腳步。

「跟我走吧。」父親對他說，「今天晚上我們就可以回家了，走吧。」父親拉著他就要走。

可奇其洛卻只顧著回頭看病人。

「你怎麼不走？」父親迷惑不解問。

奇其洛又望了病人一眼，病人睜開了眼，直盯著他。

這時候，千言萬語如同奔騰的急流從奇其洛的心頭迸發出來。

奇其洛說：「爸爸，別著急，還得等一等。我不能走，還有這位老人呢。我照料他五天了，他一直看著我，我以為他是你，所以我很愛他，他的目光也離不開我。我給他餵藥餵水，我要一直守著他才行，他現在的情況很糟糕，你別著急呀。我沒有勇氣離開他，要是離開他，我心裡會很難過的。我明天就回家，讓我再陪他一會兒吧。我現在絕對不能離開他，你看他那樣看著我，我不知道他是誰，但他很愛我。我走了，他會一人孤苦伶仃死掉的。親愛的爸爸，讓我留在這裡吧。」

「真是個好孩子！」助理醫生說。

父親望著奇其洛，猶豫片刻，然後又回頭看看病人，問護士：「他是誰？」

「跟你一樣的農民。」助理醫生回答，「他也剛從國外回來，跟你同一天住院的。他被送來時已不省人事，說不出話了，也許他家離這裡很遠很遠，可能他也有兒子，就把你的兒子誤認成自己的兒子。」

病人一直注視著奇其洛。

父親對奇其洛說：「你留下吧。」

「他不會在這裡待很久的。」助理醫生低聲說。

「你留下吧，孩子。」父親說，「你真是個心地善良的孩子，我得馬上回家，免得你媽媽擔心。這枚銀幣你留著用吧，再見，我的好孩子，再見。」說完，他擁抱了兒子，並細細端詳他，又吻了吻兒子的額頭，就離開了。

少年回到床邊，病人似乎心裡踏實了，奇其洛又開始照顧他。他不再哭了，跟以前一樣充滿熱心和耐心，照樣餵藥餵水，整理被子，撫摸病人的手，用溫柔的聲音跟他說話，鼓勵他好好養病，不論日夜都待在他身邊，細心照料、服侍他。但病人的情況持續惡化，臉色變紫，呼吸沉重，愈來愈煩躁不安，時常發出含糊不清的叫聲，全身浮腫得更加嚴害，叫人看了就害怕。醫生晚上來查房時，說他撐不過今晚了。

於是，奇其洛更加盡心照料病人，目光始終沒離開病人。病人端詳著他，還不時吃力掀動嘴唇，好像要說什麼，目光常常流露出意想不到的溫柔，但雙眼卻愈來愈小，也漸漸失去了神采。這一夜，奇其洛沒有闔眼。當第一道微弱的曙光射進窗戶時，修女開始巡病房，她來到病床前，看了病人一眼，便匆忙走開了。幾分鐘後，修女跟助理醫生來了，後面跟著一個提燈籠的護士。

「他就剩最後一口氣了。」助理醫生說。

奇其洛抓住病人的手，病人睜開雙眼看了他一下，又閉上了。

這時候，奇其洛似乎覺得病人握了一下他的手，於是驚愕喊著：「他握了我的手！」

助理醫生俯身查看了一下病人，然後抬起頭來。

修女從牆上摘下十字架。

「他死了。」奇其洛悲傷說。

「回去吧，孩子。」助理醫生說，「你已經盡力了，走吧，孩子。祝你好運，你會有好報的，上帝保佑你，再見！」

修女走出去，從窗臺上的花瓶裡取來一束紫羅蘭，遞給奇其洛說：

「沒什麼可送給你的，這束花就當作醫院給你的紀念吧。」

「謝謝。」少年一手接花，一手擦著淚水說，「可我還得走很多路，這樣漂亮的花會白白糟蹋掉的。」說著，少年把那束花散開來，撒在病床上，說道：「我把花留在這裡，當做紀念這位可憐的死者吧。謝謝醫生，謝謝修女姐妹，謝謝大家。」然後又轉向死者說：「永別了。」

他一時不知道如何稱呼死者才好，五天來他一直都親切稱呼他，一下子又從心頭湧向嘴邊：

「永別了，可憐的爸爸！」

說完，他腋下夾著包袱，拖著疲憊的身體，慢慢走出去了。

這時，天剛剛亮。

工廠

十八日，星期六

波列科西昨天晚上提醒我，去看他家位於街頭那邊的工廠，於是今天上午由我帶路，跟爸爸一同去了。

我們快到工廠時，看見卡羅菲手裡拿著一包東西從工廠裡跑出來，他那件寬大的罩衣隨風飄動，他的罩衣下面往往藏著破爛玩意兒，我現在明白卡羅菲用來換取舊報紙的鐵銼屑是哪裡來的了，卡羅菲呀卡羅菲，你這個古靈精怪的小商人。

我們到門口時，看見波列科西正坐在一堆磚頭上，膝蓋上攤著書本溫習功課。他看見我們，馬上起身請我們進去。這是一間很大的房子，裡面滿是煤灰，鐵錘、鉗子、鐵柵欄條和各種形狀的廢鐵，都靠牆排得整整齊齊，角落有一座火舌熊熊的熔爐，爐前有一個小孩正拉著風箱。波列科西的爸爸站在鐵砧跟前，一位年輕夥計正在熔爐上燒一根鐵棍。鐵匠一見到我們就摘下帽子說：

「啊，您果然來啦，這不是送玩具火車的那個好孩子嗎？您來這裡看看我們是怎樣工作，對嗎？喏，來的正是時候，盡量參觀吧。」他說話時臉上掛著微笑，再也見不到以前那種惡狠狠的面孔和兇殘目光了。夥計把燒紅的長長鐵棍從另一端遞給波列科西的爸爸，他把鐵棍放到鐵砧上使勁敲打起來，他要把鐵棍加工成涼臺上用的渦形欄杆。他舉起大鐵錘，翻來覆去掄捶那根燒紅的鐵棍，打得又快又準，不一會兒工夫鐵棍就變彎曲了，然後再細細敲打，便成了美觀的花瓣形狀，鐵棍在他手裡簡直就是任他揉捏的麵團，他高超的手藝著實讓人叫絕。

波列科西看著我們，帶著自豪的眼神，心裡好像在說：「眼見為憑，你們都看見我爸爸有多能幹了吧。」

鐵匠把一條做好的鐵棍放在我面前，看起來像是主教的權杖，問我：「少爺，您這回可親眼見到我是怎樣幹活的吧？」

鐵匠把鐵棍放到一邊，又拿了一根鐵棍放到火上。

「您做得太好啦，您又重操舊業了，對嗎？我看您心情舒暢，工作又有勁了。」爸爸對他說。

「您完全說對了，可您知道這是誰的功勞嗎？」鐵匠邊答邊問，臉有點紅了，直擦汗水。

爸爸裝作不明白的樣子，鐵匠指著兒子說：「他真是個好孩子，上學很用功，又為我爭光。而他爸爸我呢？只顧整天尋歡作樂，對兒子就像對待畜生那樣，我見到他的獎章時……啊，我的小寶貝，我的小不點兒子，過來，過來，快叫我好好看看你。」

波列科西很快跑到他爸爸跟前，鐵匠抱起兒子，放到鐵砧上，抓住他的胳膊說：「快給你這如同畜生的爸爸擦擦臉。」

波列科西親親他爸爸黝黑的臉，他自己的臉也沾得黑漆抹烏的。

「這就好啦。」鐵匠說著，把兒子從鐵砧上抱了下來。

「好啊，波列科西，這就對了。」爸爸也高興附和說。

我們向鐵匠和他兒子告辭，波列科西陪我們出了門。當我們分別時，波列科西對我說：「不好意思。」就把一包釘子塞進我的口袋裡。臨走時，我順便邀請他來我家看狂歡節的盛況。

路上，爸爸對我說：「你送給波列科西的玩具小火車，即使是金子做的，裡面還裝滿了珍珠，但波列科西的高尚行為可以讓他的爸爸改邪歸正，相較之下，小火車也不過是微不足道的贈禮罷了！」

馬戲團小童星

二十日，星期一

狂歡節已接近尾聲，但整座城市依然熱鬧非凡，每個廣場都搭設一排排賣藝的小棚屋，矗立著旋轉木馬。我們家的窗戶下面也搭著一個用帆布支起的帳棚，擁有五匹馬的威尼斯小小馬戲團便在這裡表演雜耍節目。競技場坐落在廣場中央，三輛大篷車停在廣場的一角，馬戲團的人就在車內睡覺和化妝，活像三間帶著輪子、開著小小窗戶的小房子。每間小房子都有一個煙囪，不斷吐出滾滾黑煙；小窗之間的繫繩上晾著小孩的衣物。馬戲團裡還有一個女人，她幫嬰兒餵奶，負責做飯，還要走鋼絲，好可憐啊！

人們提起「街頭賣藝」這幾個字時，往往帶有輕蔑意味，其實他們老老實實賺錢養家，還帶給人們無窮的樂趣。他們實在太辛苦了，天天在大篷車和帳篷之間穿梭奔跑。天氣寒冷，他們衣著單薄，只能利用表演的空檔站著匆匆忙忙隨便扒幾口飯充饑。有時候觀眾把棚屋擠得滿滿的，興致勃勃欣賞演出之際，忽然一陣大風掀開了帆布帳篷，汽油燈也滅了，表演只得告吹。遇到這種情況，他們不得不把票錢退還觀眾，還得連夜修好棚子。

馬戲團裡有兩個孩子，爸爸認識其中一個最小的，他是團長的兒子，他穿過廣場時，爸爸認出他來。去年他在維托利奧•伊曼紐廣場表演馬術時，我們曾見過他。他又長高了許多，快要八歲了，是個長得很好看的孩子，臉蛋圓鼓鼓的，棕色皮膚，看起來很頑皮，濃密黑亮的鬈髮從圓錐形的帽簷下露出來，打扮得滑稽可笑。他穿著一件大布袋似的白色衣服，袖子上繡著黑色圖案，腳穿一雙粗布鞋，活像個小淘氣鬼。他討人喜歡，什麼工作都肯做。我們見到他裹著一條大圍巾，一大早便去幫家人擠牛奶，然後到帕爾多拉大街的馬廄裡去牽馬、照顧小孩子、運鐵環、搬梯子和圍欄、拿繩索，還打掃大篷車、生爐子，有空時就纏著媽媽不放。我爸爸經常從窗口注視他，滔滔不絕談論他和他的父母，看來他的父母都是正正經經的人，很疼愛自己的孩子。

一天晚上，我們去看表演，因為天氣太冷，觀眾寥寥無幾，但這孩子仍然賣力表演，盡力逗觀眾開心。他有時接連翻跟斗；有時抓住馬尾巴，東張西望；有時獨自兩手著地，兩腳騰空，倒立緩爬。他棕色的小臉蛋漂漂亮亮，經常帶著微笑唱歌。他爸爸身穿紅絨衣、白褲子，腳蹬高統靴，手執鞭子，看著兒子表演，愁容滿面。

爸爸很同情這個孩子。第二天畫家德利斯來訪時，爸爸跟他談起這一家人的情形，他說：「這些人拚命工作，可生意卻十分糟糕。我很喜歡那個孩子，我們能為他們做點什麼呢？」

畫家沉思片刻，想出一個主意，於是對爸爸說：「你寫一手好文章，可給《伽澤達日報》寫篇精采的稿子，詳細介紹一下那孩子高超的技藝，我畫一幅他的肖像，連同文章一起刊出。這家報紙是人人都看的，至少這一次會吸引很多觀眾。」

他們倆說到做到。爸爸馬上寫了一篇優美的文章，用詼諧的語言把我們從窗口看到的一切大肆渲染一番，說自己很喜歡這個小童星，所以想要親眼看看他的表演，也很想把他介紹給讀者。畫家也素描一幅酷似真人的漂亮肖像，連同文章一起在週六的《伽澤達日報》上刊登。

果然不出所料，人山人海的觀眾如潮水般湧向帳篷，觀賞週日的馬戲表演。海報上赫然就寫著報紙的標題：「歡迎到場支持小童星演出」。爸爸把我帶到前排的座位上，帳篷門口已貼滿了那張報紙，場內座無虛席，許多觀眾拿著報紙指給小童星看，他滿心歡喜在觀眾席中跑來跑去，團長也高興得不得了，試想有哪家報紙給過他這樣崇高的榮譽呢？他們的小錢箱肯定會塞得滿滿的。

爸爸坐在我旁邊，觀眾中有許多我們認識的人。馬匹的入口處站著我們學校的體育老師，就是那個曾經跟加里波第並肩作戰的人；我們對面第二排座位上，圓臉蛋的小泥瓦匠坐在他身形魁梧的爸爸身旁，他一看到我便對我做了個兔臉；卡羅菲坐在離我稍微遠一點的地方，我見他正在數觀眾人數，並扳著指頭計算馬戲團今天能有多少收入；還有坐在第一排的羅伯提，離我們不遠，可憐的羅伯提膝間夾著拐杖，緊緊靠在砲兵上尉爸爸身邊，他爸爸一手還搭在他的肩上。

表演開始了。滑稽的童星不管是玩馬，還是盪鞦韆、走鋼絲，都表演得很精采。他做完每個動作，觀眾都報以如雷掌聲，很多人還走過去揪揪他的鬈髮。其他藝人，像是走鋼絲的、變戲法的和馬術師，都接著表演各自的節目。表演者穿著的破衣爛衫和銀光閃閃的燈光交相輝映，令人眼花繚亂。因為一時沒有童星出場，觀眾大失所望。

這時候，我看見體育老師在入口處貼近團長的耳朵嘀咕著什麼，團長馬上朝觀眾席上看，好像在尋找什麼人似的，他的目光最後落在我們身上，爸爸立即發現一定是老師告訴團長他就是那個寫文章的人，爸爸不想讓團長來致謝，便起身對我說：「恩利科，你留在這裡，我在外面等你。」

小童星跟他爸爸咕噥了幾句話，又上場了。他站在馬背上，換了四次裝，分別扮演朝聖者、航海員、士兵和雜技演員四種角色，每次經過我面前時，總是看著我。他換裝以後，手拿小丑帽在場內來回走動，大家都朝著帽子投錢幣和糖果。

我準備好兩個銅幣，他來到我面前時，不但沒向我伸出帽子，反而縮了回去，只看了我一眼就走過去了。我心裡很不好受，他為什麼對我這麼不禮貌呢？

演出結束了，團長向觀眾答謝，大家都站起身往門口走。我夾在人流中往外走，到了門口，覺得有人摸了一下我的手，我回頭一看，原來是小童星，一張棕色臉蛋和一頭黑色鬈髮，雙手捧著糖果，正向我微笑呢。

這時我全明白了。

「你願意接受一個小丑的糖果嗎？」他問我。

我點點頭，順手拿了三、四顆糖果。

他接著問：「我可以吻你一下嗎？」

「吻兩下也可以。」我回答，並朝他伸過臉去，他擦了擦臉上的粉，用胳膊摟住我的脖子，在我的面頰上親吻了兩下，並說：「幫我親你爸爸一下！」

狂歡節最後一天

二十一日，星期二

今天面具遊行隊伍經過時，我親眼目睹了一件不幸的事情。幸虧沒有釀成更大的悲劇，但畢竟是非常不幸的事件。

聖卡爾羅廣場張燈結綵，裝點得絢麗迷人，四處飄舞著黃色、紅色，或白色的綵帶，讓人眼花撩亂；大街上人山人海，擁擠不堪，表演者戴著五顏六色的面具來來往往；掛著彩旗的馬車金碧輝煌，緩緩通過廣場，彩車上佈置著華麗的舞台、舞池和小船，還有人裝扮成小丑、勇士、廚師、水手和牧羊女各種角色載歌載舞，讓人目不暇給；喇叭聲、號角聲和鐃鈸的哐啷聲驚天動地，震耳欲聾；面具人對酒高歌，頻頻向行人和窗口上看熱鬧的人揮手致意，群眾也扯起嗓門跟他們唱和，互相投擲柳橙和糖果；遠遠望去，彩旗在馬車和人群上空飄揚，帽盔閃閃發光，羽毛飾物明麗耀眼；硬紙帽、巨形風帽、寬大的禮帽、紅色的寬邊帽、奇形怪狀的兵器、手鼓、響板和瓶子像起伏的海濤，一望無際。人人瘋狂起舞。

我們的馬車駛進廣場時，看到一輛華麗的馬車行駛在我們前面，馬車由四匹馬拉著，鑲金的輓具閃閃發光，裝飾著玫瑰花環，車上坐著十四、五位紳士，他們扮成法國的王公貴族，身穿閃亮的絲綢衣服，頭戴長長的白色假髮，腋下夾著插飾羽毛的帽子，腰間束著佩劍，胸前佩戴彩綢和花邊編結的流蘇，個個英俊瀟灑，光彩照人。他們一邊高唱法國歌曲，一邊投擲糖果和糕點，大家拍手叫好，前呼後應。

突然我們看到左邊有人雙手高高舉著一名五、六歲的小女孩，小女孩害怕得放聲大哭，兩隻小手臂發瘋一樣來回搖動。那人擠開人群，向紳士的馬車走去，其中一位紳士彎腰俯身伸頭向外探望，那個人大聲對他說：「請您帶著這個孩子吧，她在人群中跟她媽媽走散了，求求您抱住她，她媽媽可能離這裡不遠，可能很快就來找她，沒辦法了！」紳士接過孩子，其他人不再唱歌，但孩子一直嚎啕大哭，拚命掙扎，紳士摘下面具，馬車繼續緩緩前行。

果然，廣場對面的盡頭，有個女人發瘋一樣用手肘狠擠猛推，終於擠出一條通道，聲嘶力竭喊道：「瑪麗亞！瑪麗亞！她不見了！別人拐走她了！她被踩死了！」女人狂躁不安，折騰了整整一刻鐘。她陷入了絕望，掙扎著擠擠這裡，又擠擠那裡，在水洩不通的人群中拚命撥開一條通道來。車上那位紳士緊緊抱著小女孩，掃視廣場四周尋找她的媽媽，想盡辦法讓小女孩安靜下來。小女孩雙手掩面，驚恐得不知所措，嗚嗚的哭鬧簡直要把人心都哭碎了。

小女孩的哭聲揪著紳士的心，讓他焦慮不安。其他人紛紛給小女孩柳橙和糖果，但她都不要。小女孩愈來愈害怕，愈來愈神經質了。紳士連聲大喊：「快幫忙找她媽媽！快幫忙找她媽媽！」大家到處尋找女孩的媽媽，可怎麼也找不到。

終於，在羅馬大街入口處，那個女人一陣風似朝馬路這邊飛奔過來。噢，我永遠忘不了這女人的樣子，她簡直不像個人樣了！頭髮凌亂，衣著破爛不堪，臉都變了形。她瘋狂向馬車撲去，發出不知是快樂還是痛苦的喊叫聲，邊哭邊伸出雙手去抓自己的孩子。馬車停住了。

「她在這裡。」紳士說著，親吻了小女孩一下，把她放進她媽媽的懷抱裡，她的媽媽像發瘋一樣把小女孩緊緊摟在懷裡。這時候，小女孩的一隻小手還握在紳士手裡，紳士從右手摘下一枚鑲著鑽石的金戒指，很快套到小女孩的手指上，對她說：「拿回去，將來作為結婚嫁妝吧。」小女孩的媽媽站在那裡愣住了，一臉驚愕，人群爆出熱烈的掌聲。紳士重新戴上面具，同伴放聲唱起歌來，馬車又在暴風雨般的掌聲和歡呼聲中徐徐開動了。

盲人

二十三日，星期四

我們老師病得很厲害，五年級的一位老師來我們班代課。這位代課老師從前曾在盲人學校教書，是學校裡最年長的老師，頭髮全白了，頭上好像罩著一頂白花花的棉花假髮。他講話的方式很特殊，有如哼唱傷感的抒情曲一樣。他對我們很好，知識非常淵博。他一走進教室就看見有個學生的眼睛上包紮著繃帶，馬上走到他的課桌前問他到底是怎麼一回事。他對這個學生說：「孩子，要好好保護眼睛呀。」

德羅西問老師：「老師，您在盲人學校教過書，對嗎？」

「是的，教過幾年書。」老師回答。

德羅西又輕聲細語對老師說：「那麼，請您講講盲人學校的事情好嗎？」

老師在教桌前坐下來。

科列帝大聲說：「盲人學校在尼斯大街。」

於是老師娓娓道出下面這個故事：

你們提到「盲人」時，就好像隨便說說病人、窮人和其他無關緊要的小事那般輕鬆，但是你們真的明白「盲人」代表了什麼嗎？你們不妨想一想，「盲人」到底是什麼意思？他們什麼都看不見，從來都看不見，他們分不清白天和黑夜，看不見天空和太陽，看不見他們的父母和親友，看不見周圍的一切和所接觸的一切。他們生活在永恆的黑暗之中，好像永遠埋在深深的地下。你們不妨試試閉上眼睛，想像自己一輩子都得這樣過日子，你們馬上就會焦急不安，驚恐萬分，因為無法忍受這種逆境而大聲呼叫，甚至會悲痛到發瘋而死。

然而……那些不幸的孩子啊！如果在你們是第一次去看盲人兒童遊戲的樣子，可以聽到他們拉小提琴和吹笛子，發出婉轉悅耳的演奏聲和歡笑聲，還可以看到他們沿著樓梯上上下下，動作敏捷，任意在走廊和宿舍間來來回回……這時候，你們絕對不會說他們是不幸的孩子。

如果你們細心觀察他們的一言一行，特別是那些十六歲至十八歲的盲人青年，會看到他們身強力壯，性情開朗，對自己的失明處之泰然，對生活充滿信心，但是臉上還是帶著憤恨和高傲的表情，不難看出他們現在雖然甘心忍受命運的安排，但他們過去承受過多麼沉重的苦難。有些人，從他們蒼白而溫和的臉上可以看到他們那種逆來順受、充滿悲哀的神情，有時候他們還會背地裡傷心落淚。噢，孩子，你們想一想，在這些人當中，有的人是短短幾天就喪失了視力，有的人是歷經多年的病痛折磨、忍受多次可怕的手術治療後失明的，還有很多人天生就是瞎子。這些人一出生便進入了永無光明的漆黑世界，如同墜入一座黑暗空洞、茫然無際的巨大墳墓，人類的面孔是怎麼回事，他們全然不知。你們可以想像得到，他們已經忍受極大的痛苦，而且還要繼續忍受下去。當他們模模糊糊意識到自己跟正常人有多不一樣時，他們會不禁捫心自問：「我們做錯了什麼，為什麼跟別人不同呢？」

我跟他們一起生活了很多年，每當我想起那個班級的所有孩子，永遠閉著眼睛，漆黑的瞳孔沒有光彩、沒有生命力，再看看你們，深深感覺到你們無比幸福。你們不妨再想一想，整個義大利有兩萬六千名盲人，兩萬六千個人看不見光明，你們懂嗎？這是一支多麼浩蕩的大軍啊，這支大軍需要整整四個鐘頭才能從我們窗前走過去。

老師停了下來，教室裡鴉雀無聲。德羅西問，盲人的感覺是不是真的比我們更靈敏？

老師回答說：

「是的，他們的其他感官特別靈敏，因為他們必須用這些比正常人更好、更發達的感官，來彌補視覺的缺陷。比如說，某天早上在宿舍裡，一個盲人問另一個盲人：『今天有太陽嗎？』這個盲人以最快的速度穿上衣服，跑到院子裡，他只要來回揮幾下手，便能感覺到大氣的暖和程度，於是他跑回屋內報告好消息：『有太陽。』還有，盲人從人說話的聲音便能知道他的意圖，而我們正常人是從眼神來判斷的。他們能年復一年牢記某人的語調和口音，如果屋子裡有好幾個人，即使只有一人開口說話，盲人就能斷定屋內不只一人。他們只要用手摸摸湯勺，便能憑感官知道是否潔淨；女盲人能輕易把染色毛線和天然色毛線區別開來；他們在街上散步時，能根據氣味的不同辨別出周圍是哪種店鋪，要知道，有些氣味我們正常人根本聞不出來。他們玩陀螺時，一聽到旋轉聲，便能筆直走向前，分毫不差一下子將陀螺撿起來；他們滾鐵環、玩九柱戲①、跳繩，或用石塊砌小屋，採摘紫羅蘭花，好像他們都能看得清清楚楚；他們會編蓆子、籃子，會製作五顏六色的草編製品，編得既快又好，駕輕就熟，這一切都要歸功於他們發達的觸覺。觸覺就是他們的視覺，他們最喜歡透過觸覺去推測、掌握、了解物體的形狀，帶他們到工業展覽館並允許他們觸摸展品時，他們像過節一樣歡天喜地，紛紛湧向那些幾何圖案、各種模型和器具，興致勃勃把展品放在手上翻來覆去摸索，才能猜出產品是怎樣做成的，他們管這種動作叫『看』。目睹他們的一舉一動，令人深受感動，也明白了許多事情。」

卡羅菲打斷老師的話問，盲人比別人更能學好數學，對嗎？

老師回答說：「是的，他們照樣學數學和讀書識字，不過他們使用的書是特製的，字是一個個鼓起的，他們用指頭在上面觸摸認字和讀書，也讀得很流利，念錯時也一樣會臉紅，很不好意思，多麼可憐的小傢伙！」

「他們寫字不用鋼筆和墨水，而是用一種金屬穿孔器，按照特殊的字母表，在一塊硬硬的厚紙板上刺出許多深淺不一而分門別類的小孔來，這些小孔在紙板背後就像浮雕一樣非常明顯，他們只要把紙板翻過來，用手指摸著突起的部分，便能讀出自己寫的文字，甚至也能讀出或認出別人寫好的字。利用這種方法，他們能寫作文、互相通信、寫數字、計算。他們雖然雙目失明，但注意力非常集中，不像我們那樣容易分散，因此他們的心算能力特別強。他們很愛讀書，做事兢兢業業，一絲不苟，有驚人的記憶力，對任何事情都過目不忘，談到跟歷史和語言相關的事情，往往滔滔不絕，口若懸河，連很小的孩子也不例外。如果他們四、五個人同坐一張長板凳，第一個跟第三個，第二個跟第四個間隔著說話，不需回頭看誰一眼，也根本不會聽漏一句話，這一切都要歸功於他們有很靈敏和準確的聽覺。」

「我告訴你們，他們比你們都重視考試，比你們更熱愛自己的老師。他們能從腳步聲和氣味辨認出老師，僅僅從老師一句話的語氣便能發覺老師情緒好壞，身體是否微恙；老師鼓勵他們或稱讚他們時，他們希望老師撫摸一下他們，當然，他們也會觸摸老師的手和手臂，以表達感激之情。他們彼此相親相愛，是很要好的夥伴；娛樂活動時，那些平時要好的朋友總是一起玩耍。在女校，她們按照所學不同的樂器，分成若干小組，譬如提琴組、鋼琴組、笛子組，總不分離。她們一旦對某人產生了好感，就很難跟對方分開，在友誼中找到慰藉。她們有很準確的判斷能力，善惡觀念明確而深刻，聽到寬宏大量的義舉和偉大高尚的行為時，她們比任何人都還要激動。」

沃提尼問老師，盲人是不是都十分擅長樂器演奏。

老師回答說：

「他們都熱愛音樂，音樂就是他們的快樂和生命。盲人剛剛入學時，就能靜靜站上三個鐘頭聽別人演奏，他們很快就能學會音樂，演奏時也投入極大的熱情。當老師告訴某個盲人他沒有學音樂的天賦時，他就感到莫大的痛苦，但還是會拚命去學。啊，如果你們有機會聽到盲人學校的音樂，看到他們演奏時昂首挺胸、嘴邊含笑，因激動而臉泛光彩的模樣，看到響徹在永恆黑暗的柔和甜美的樂聲，是如何使他們心醉神迷，你們就會明白音樂是他們神聖的慰藉。如果老師對某個盲人說：『你會成為一個音樂家』時，他一定喜不自勝，臉上煥發出幸福的光彩。如果音樂學得非常好，同時演奏小提琴和鋼琴又出類拔萃的，就會像國王一般廣受愛戴和尊敬；兩人吵了架，都要去找他裁決，明辨是非；摯友的關係變壞了，他就主動去調解，使他們握手言和，重歸於好；向他學習演奏的小孩子往往把他當作父親一樣看待。睡覺前，大家都向他說『晚安』。盲人談論起音樂總是沒完沒了。白天的學習和工作已讓他們疲勞不堪，半夜上床躺下要好好睡個覺時，仍然低聲談論歌劇、音樂老師、樂器和樂隊。剝奪他們讀書和學習音樂的權利就是對他們最大的懲罰，他們會痛苦萬分，誰都不忍用這種方式去懲罰他們。『光明』是我們的眼睛所必需的，而音樂對他們的心靈則是不可或缺的。」

德羅西問老師，能不能去看一看盲人。

老師回答說：「可以，孩子，但不是現在，等你們確實理解那種不幸的含意，真正體會到他們應該得到的那種同情和憐憫之後，再去也不遲。孩子，他們那種情景實在是悲慘。有時候，你們看到他們一動也不動坐在敞開的窗前，盡情呼吸著新鮮空氣，好像全神貫注在欣賞一望無際的綠油油田野，和鬱鬱蔥蔥的青山，可一想到他們現在什麼也看不見，將來也永遠看不見無邊無際的大自然絢麗美景時，你們的心靈就會感到無比沉痛，好像自己在一瞬間也變成盲人了。」

「還有些是先天的盲人，他們從未見過這個世界，腦子裡沒有任何東西的影象，所以他們從來不會感到惋惜。但那些失明才幾個月的孩子，對周圍的一切還記憶猶新，對失去的一切還記在心底，念念不忘。然而隨著歲月流逝，那些最可愛的影像在他們的腦海中逐漸模糊，他們也漸漸忘記愛戴的人是長什麼模樣，這個時候，他們便感到莫大痛苦和無限悲哀。」

「有一天，一個盲人悲痛欲絕對我說：『老師，我好想恢復視力啊，哪怕一瞬間也好，好讓我可以再看看媽媽的臉，我已經記不得她的模樣了。』等媽媽來探視他們時，他們就用手撫摸媽媽的臉，從前額一直摸到下巴和耳朵，細心琢磨一下母親到底是什麼樣子的。他們真不相信自己再也看不見媽媽了，因此一遍又一遍呼喚『媽媽』，求媽媽讓他們再『看』一遍。」

「見到他們，即使鐵石心腸的人也會傷心落淚。若去過那裡一趟再回來，你會覺得看見人、房子和天空反倒是特別開恩，是我們不值得享有的特權。」

「啊，我相信，等你們從他們那裡回來，一定會願意將自己的視力分一點給那些不幸的孩子，給他們一線美好的曙光。對他們來說，太陽無光，母親沒有形象，這是最遺憾的事情。」

---

①埃及考古學家在七千二百年前的古墓中發掘出九塊成形的石頭和一個石球，西元前三至四世紀，德國一種宗教儀式是將代表正義的石球擊向九根象徵邪惡的木柱，俗稱「九柱戲」。一六二六年，九柱戲傳入美國並成為室內活動。十九世紀，九柱戲演變為十柱戲，並改稱「保齡球」，成為一種高尚的娛樂活動。

生病的老師

二十五日，星期六

昨天下午放學後，我去探望生病的老師。老師是因為過度勞累才病倒的，他一天要教五小時正課、一小時體育課，晚上還得到夜校講課兩小時，睡眠時間很少，吃飯也是草草了事。他從早到晚都在忙碌，連喘口氣的機會都沒有，最後把自己的身體搞垮了。這是媽媽告訴我的。

媽媽在樓下大門口等我，我一個人上了樓，在樓梯上正好遇見留著黑鬍子的柯阿提老師，就是那位常常嚇唬我們，卻從不懲罰我們的好老師。他圓溜溜的大眼睛望著我，故意用獅子吼的聲音跟我說話逗我笑，但他自己卻面無表情，我在按五樓門鈴時還笑個不停呢。

一個女僕給我開門時，我馬上不笑了，心裡感到很難過。女僕帶我進一間光線暗淡、破舊不堪的屋子裡，我看見老師躺在一張小鐵床上，鬍子長長的。為了看清楚來客，伸起一隻手放在前額上。他看見是我，非常驚訝，很熱情跟我打招呼：「啊，恩利科！」

我走到他的小床前，他伸手搭在我肩上說：「真是個好孩子，你來看我這個不幸的老師實在太好啦。親愛的恩利科，你看，我竟病成了這個樣子。學校怎麼樣？同學怎麼樣？他們一切都好吧？就算我這老師不在身邊，你們也很乖，對嗎？」

我剛要回答不是這樣，老師就打斷我的話說：「別說了，別說了，我知道你們不想讓我難過，對嗎？」老師說完，歎了一口氣。

我看到牆上掛了許多照片。

他對我說：「你看，這些照片都是我在這所學校教書二十多年來，學生送給我的，他們都是好孩子，照片是送給我留作紀念的。我臨終時，我要看看那些頑皮孩子的照片最後一眼，要知道我這一生都是和他們一起度過的。你小學畢業時，也送我一張照片，好嗎？」老師說完，從床頭小桌上拿了一顆柳橙放在我手裡，然後又說：「我沒什麼東西可給你的，這就算是一個病人送給你的禮物吧！」

我看著老師，不知為什麼心裡非常難過。

老師接著說：「恩利科，你要努力啊。我希望自己能好起來，但要是好不了……你的數學不太好，所以要加油，多多用功。重要的是做事要有堅強的意志，因為不成功有時並不是缺少什麼才能，而是缺乏耐心。」老師說話時呼吸急促，看得出來，他忍受著極大的痛苦。

老師氣喘吁吁說：「我正在發燒，半死不活的。你要孜孜不倦學習呀，數學要多下工夫，多做練習題。一時做不好怎麼辦？沒關係，休息一下，然後再做。還做不出來怎麼辦？再放鬆一下，然後從頭開始。一定要趕上去，但要心平氣和，不能焦躁不安、情緒激動。回去吧，孩子，代我向你媽媽問好。別再來看我了，我們在學校見面吧。萬一見不了，請你時時記得你四年級的老師，要知道，他是很愛你的。」

聽了老師這番語重心長的話，我失聲痛哭起來。老師對我說：「頭低下來靠近我一些。」我把頭低到床頭前，他吻了吻我的頭髮，然後說：「孩子，回去吧。」說完，他把臉轉向了牆壁。

我順著樓梯飛跑下樓，這時候，我好想立刻投入媽媽的懷抱！

爸爸的話：馬路禮節

二十五日，星期六

今天下午，你從老師家回來時，我從窗口一直看著你：你撞到了一位婦人。你走在馬路上的時候千萬要注意，在大街上走路也要守規矩。

如果你在家裡能自我克制，規範自己的行為，大街上是所有人的大家庭，為什麼就不能同樣克制呢？恩利科，你要牢記這些應盡的義務。不論何時，你在街上遇到年邁的老人、窮人、抱小孩的婦人、拄著拐杖的瘸子、彎腰背負重物的人、出殯戴孝的人，都要恭恭敬敬讓路給他們，對於年老、貧窮、母愛、疾病、勞動和死亡，我們必須學會肅然起敬。當你看見馬車快要撞到人的時候，如果是個小孩，你就要飛奔過去拉他一把，救他一命；如果是大人，你就要大叫一聲，提醒他趕快閃避。看見小孩哭了，你要過去關心；老人的枴杖掉在地上，你要馬上幫忙撿起；要是兩個小孩打架，你要拉開他們；要是兩個大人打架，你要馬上躲開，不要去看那殘忍、暴力的場面，看多了，不僅會傷害你的身心，還會讓你變得殘酷無情；如果有人被警察五花大綁，押解著走在大街上，你別擠進人群中去看熱鬧，因為他可能是無辜的受害者；當你看見醫院的擔架，千萬別跟朋友談論，更不能哧哧發笑，因為擔架上也許躺著奄奄一息的病人。也許那是一支送葬的隊伍，說不定明天也會從你家走出一支這樣的隊伍。

社會福利機構裡的人列隊過街的時候，像是盲人、聾啞人士、患佝僂病的人、孤兒，以及被社會遺棄的孩子，你都要表示敬意，因為他們很不幸，理應得到同情；看見長相醜陋可笑或肢體殘疾的人，你不要盯著他們看；走路時遇到燃燒的火柴，要踩滅火苗，否則這星星之火可能讓人付出生命的代價；遊客向你問路時，你永遠要熱情回答他們；不要面對面看著別人發笑，不要無緣無故奔跑；不要高聲喧嘩，大喊大叫。

你要注意自己在馬路上的行為舉止。一個民族的教育程度，首先可從街上的舉止看出來。你在街上看到有人粗暴無禮，缺乏教養，這人在家裡大概也是這樣。

你要仔細研究自己所生活的城市，專注觀察城市裡的每一條街道。有朝一日，你客居異國他鄉，要是你還記得你的故鄉城市，能一幕幕重新回憶你的城市，小小故鄉可愛的一切，那時你將多麼快樂！

故鄉是你生活多年的地方，你在那裡呱呱落地，跟媽媽牙牙學語，邁出了人生的第一步，感受過初次的激動，結識了最早的朋友，開啟你的智慧之窗。故鄉就是你的母親，她教育你，呵護你。好好研究你的故鄉吧，認真研究她的每條街道和她的居民，你要熱愛你的故鄉，當她蒙受恥辱，你要奮起保衛她。

爸爸

三月

夜校

二日，星期四

昨天晚上，爸爸帶我去參觀跟我們巴列迪學校共用校舍的夜校。晚上，夜校燈火通明，工人陸陸續續來到學校。我們到達時，看見校長和老師正怒氣沖沖說著什麼事情，原來剛剛有人用石頭砸碎了窗戶上一塊玻璃，工友急忙跑到外面，抓住一個路過的小孩。但家住學校對面的斯達迪跑來說：「不是他扔的，我親眼看到是弗朗帝。」他又告誡我：「千萬別說出去，不然你就倒楣了。」

「我不怕他。」我回答。

校長對大家說：「弗朗帝非得被永遠開除不可。」校長說著，同時招呼工人，他們三三兩兩走進教室，裡面滿滿坐了二百多人。我從沒見過一間如此有意思的夜校，學生中有十多歲的孩子，還有剛剛下班、蓄鬍子的工人，還有木匠、皮膚黝黑的技師、雙手滿是白石灰的泥瓦匠、頭髮上沾滿麵粉的麵包學徒，他們都帶著書和作業本。教室裡可以聞到各行各業的氣味，像是油漆、皮革、瀝青、燃油等的味道。還有一小隊砲兵廠的工人，他們穿著軍服，由隊長帶隊走進教室。這些學生拿掉桌子底下我們平時放腳用的小木板，很快坐到位子上，開始埋頭學習。

他們有些人拿著作業本向老師請教問題。我看見衣著整齊漂亮，綽號「小律師」的年輕老師，他的教桌前圍著三、四個工人，老師正用鋼筆批改他們的作業；瘸腿老師看到一個染工用紅藍兩種顏料彩繪作業本，忍不住笑了；我們生病的老師已經痊癒，今晚也來了，明天就會幫我們上課了。教室的門敞開著，我見他們上課時一個個目不轉睛，專心的樣子，覺得很驚奇。更令我驚訝的是，據校長說，他們為了及時趕到學校，連飯都顧不得回家吃，是餓著肚子來聽課的。

那些年紀最小的孩子才上課半小時就睏了，有的乾脆趴在課桌上呼嚕呼嚕大睡，老師用筆桿撥撥他們的耳朵，叫醒他們。大人則不是這樣，他們絲毫沒有睡意，總是屏住氣息，連眼睛都不眨一下，聽老師講課。看到這些留著長鬍子的人，坐在我們小小的課桌旁刻苦學習，我深受感動。我們也上樓去看。我跑到我的教室門口看了看，我的座位上坐著一個蓄濃密八字鬍，手上裹著繃帶的人，也許他工作時手被機器弄傷了，然而他堅持慢慢寫字、做作業。

最令我開心的是，我看到了小泥瓦匠的爸爸，就是那個彪形大漢泥瓦匠，他蜷縮著身體，坐在牆角邊他兒子的座位上，兩手托著下巴，眼睛盯著書本，默不作聲、全神貫注聽老師講課。他不是剛好坐在這個座位上，他第一次來夜校上課時，就向校長提出要求說：「校長，請讓我坐『兔臉』兒子的座位吧。」他總是這樣稱呼自己的兒子。

爸爸讓我留到夜校下課時才回家，途中我們看到許多婦女抱著孩子等待丈夫。到了校門口，情況就完全變了，丈夫接過孩子，妻子拿著書和作業本，一家人快快樂樂一起回家。大街上一時人流洶湧，掀起一股嘈雜的聲浪，但不一會兒，一切又歸於沉寂了。最後，校長那高大而疲憊的身影也漸漸消失了。

打架

五日，星期日

這件事在我們預料之中：弗朗帝被校長開除後，總是想伺機報復斯達迪。每天放學，斯達迪都會去托拉哥羅薩大街的女校接他妹妹。於是，弗朗帝就在轉角的地方等斯達迪。

我姊姊希薇亞在放學路上親眼目睹他們兩人打架的經過，回到家，她還心有餘悸。事情的經過是這樣的：

弗朗帝歪戴著壓扁的粗布帽子，躡手躡腳跟在斯達迪後面，為了激怒斯達迪，弗朗帝突然抓住他妹妹的辮子，因為用力很猛，她差點跌了個四腳朝天。女孩大喊一聲，斯達迪回頭一看，原來是弗朗帝。弗朗帝的個子比斯達迪高大得多，力氣也大得多，弗朗帝想：「他最好不要叫，不然我就剝他的皮！」

斯達迪並不害怕。雖然他個子矮小，卻奮不顧身撲向弗朗帝這個四肢發達、頭腦簡單的混蛋，舉起拳頭劈頭就朝他猛捶，但是斯達迪還是對付不了弗朗帝，遭到一頓毒打。這時大街上除了女孩沒有別人，沒人能把他們拉開。弗朗帝把斯達迪摔倒在地，但斯達迪又翻過身，兩人扭打在一起。弗朗帝像捶打門板一樣狠揍斯達迪，不一會兒，斯達迪的半隻耳朵被撕破，眼睛被打傷，鼻子出了血。然而斯達迪是個硬漢，他吼叫著：「你可以打死我，但你要血債血還！」

弗朗帝一個勁兒對斯達迪拳打腳踢，斯達迪被壓在弗朗帝身子下，手腳拚命反抗。

有個女人從窗口喊道：「了不起的小傢伙！」

有的稱讚說：「他盡力保護自己的妹妹，真是個好孩子！」

有的給斯達迪鼓勵：「加油，加油！翻過身來狠狠揍他！」

還有人大罵弗朗帝：「蠻橫無理的傢伙！欺軟怕硬！」

弗朗帝如同狂暴的野獸兇殘極了，他做了個絆腿動作，又把斯達迪摔倒在地，騎到他身上蠻橫問：

「服不服？」

「不服！」

「服不服？」

「不服！」

斯達迪憋足了力氣，猛然翻過身重新站起來，緊緊抱住弗朗帝的腰，又用力把他狠狠摔倒在石子路上，然後用膝蓋頂著他的胸部。

「哎呀，那壞蛋有刀！」有個男人大叫一聲，跑過去要把弗朗帝的刀奪過來。

斯達迪怒不可遏，用雙手抓住他的手臂狠咬了一口，弗朗帝的手被咬傷，鮮血直流，小刀從手裡掉下來。這時候，其他人也紛紛跑來勸架，拉開並扶起了他們。弗朗帝狼狽不堪，拔腿就逃。斯達迪的臉被抓破，眼睛被打得瘀青，但他以勝利者的姿態站在一直哭泣的妹妹身邊，幾個女孩幫他們撿起散落在街上的書和作業本。

「真是個好孩子，保護了妹妹。」周圍的人都這樣說。

斯達迪儘管贏了，但他更惦記的是自己的書包。他細心一本一本檢查書和作業本，看是不是遺失或損壞了，還用衣袖擦去上面的灰塵，又看看鋼筆，接著把所有的東西都裝進書包，用他一貫平靜而嚴肅的口吻對妹妹說：

「我們快走吧，我還有四則運算的作業呢。」

家長

六日，星期一

斯達迪的爸爸身材壯碩，他擔心兒子再遇到弗朗帝，所以今天上午特地來接斯達迪。聽說弗朗帝要被送去少年輔育院，不會再來了。

來接孩子的還有很多家長。其中有科列帝的爸爸，他是賣柴火的，長得跟兒子一模一樣，動作敏捷，性格活潑開朗，兩撇八字鬍相當惹人注意，上衣鈕孔裡掛著綬帶。我經常看見來來往往的家長，所以幾乎認識所有同學的父母。有一個駝背的老太太，頭戴白色風帽，不管狂風暴雨還是大雪紛飛，一天來接送她二年級的小孫子四趟，她幫他脫穿衣服，繫領帶，拍打身上的塵土，把全身清得乾乾淨淨，還檢查作業本，好像在這個世界上，除了小孫子她再沒有可牽掛的了，再沒有什麼可疼愛的了。

羅伯提的砲兵上尉爸爸也經常來，同學經過他面前時，都向他招手致意，熱情問候，他也跟大家打招呼，並且親切與他們握手。他彬彬有禮，向每位同學點頭行禮，即使對那些衣著破爛的窮孩子，他同樣向他們問好，並深深致意。

不過，也常見到令人痛心的事情。一位紳士的兒子死了，他有一個月都沒來，只叫女僕來接另一個兒子。昨天是他自兒子死後第一次來，見到兒子以前的同學，竟一個人躲到牆角兩手捂臉嗚咽哭起來。校長見了，就拉著他的手，帶他到校長辦公室。

有些家長能叫出自己孩子所有同學的名字。附近一所女校的女生和高中的學生也都來接他們的弟弟。有一個曾任職上校軍官的老紳士，只要看到學生的作業本和鋼筆掉在街上，都幫他們撿起來；一些衣著華麗的太太也跟那些戴頭巾、提菜籃的女人喋喋不休談論學校的事情：

「哎喲，這次的考題太難了。」

「今天上午的語法課不知道什麼時候才能講完。」

如果某個班某個學生病了，全校學生的媽媽都會知道，要是他病好了，所有媽媽都會很高興。今天上午，有十來位太太和女工圍著科羅西的媽媽，打聽我弟弟班上一個不幸孩子的情況，這個病得很嚴重的孩子跟她住同一個院子。

我覺得學校使人人都能平等相處，並使他們成為好朋友。

七十八號犯人

八日，星期三

昨天下午，我目睹了一個感人至深的場面。

幾天來，賣菜的科羅西媽媽從德羅西身旁走過時，總是用感動的眼神看著他。自從德羅西知道墨水瓶和七十八號犯人的故事後，就開始關心愛護科羅西，就是一隻手臂殘疾的紅髮孩子。他幫忙科羅西做功課，解答習題，送紙張、鋼筆和鉛筆給他，總而言之，就像對待親兄弟一樣對待科羅西，好像是在補償他爸爸帶給他的不幸和災難，但是科羅西一點兒也不知道原因。

最近幾天，她一直注意著德羅西的一舉一動，目光停駐在他身上流連不去。她是個善良的女人，一心一意只為兒子活。德羅西事事幫助她的兒子，科羅西果然今非昔比了。德羅西是位少爺，是班級第一名，在她看來，德羅西簡直是國王和神仙了，她的眼睛一刻也離不開德羅西，想對他說些什麼，可又不好意思開口。昨天上午，她終於鼓起勇氣，在校門口叫住德羅西說：「少爺，請您多多原諒，您心地這樣善良，厚愛我的兒子，求求您收下一個可憐母親微不足道的禮物作為紀念吧。」說著從菜籃子裡拿出一個用金黃色薄紙板做成的盒子。

德羅西的臉漲得通紅，客氣說：「我什麼也不要，還是留給您的兒子吧。」

女人顯出不悅的樣子，一邊說對不起，一邊囁囁嚅嚅說：「少爺，我想您是不會生氣的，只是一點糖果罷了，沒什麼。」

德羅西微笑著，依然搖搖頭。

於是女人膽怯又從籃子裡拿出一捆蘿蔔說：「您起碼得收下這個，還挺新鮮的，給您媽媽帶回去也好嘛。」

德羅西笑吟吟回答說：「不，謝謝，我什麼也不要。我會盡一切可能來幫助科羅西，但我什麼也不要，還是謝謝您。」

女人急切問：「您沒生氣吧？」德羅西連聲回答說沒有，沒有，微笑著走開了。女人喜出望外感歎道：「噢，多好的孩子。我還沒見過這麼了不起又如此漂亮的孩子呢。」

這件事看起來就算過去了，想不到下午四點，科羅西的媽媽沒來，可是他臉色蒼白、神色憂愁的爸爸來了。他叫住德羅西，我從他打量德羅西的樣子就馬上明白了，他發現德羅西已經知道他的祕密了。他細細端詳德羅西，用他那悲傷而親切的聲音說：「您很愛我的兒子……您為什麼這麼愛他呢？」

德羅西的臉刹那間變得像火一樣紅，他本來想這樣回答：「我愛他是因為他是個很不幸的孩子，還因為您，他的爸爸，從某種意義上說，比一個罪人更倒楣，您用高尚的行為贖了罪，是個好心腸的人。」德羅西沒有勇氣全說出來，因為面前這個人讓別人流過血，又待過六年牢房，他心裡還是有點害怕，甚至還有一種厭惡感。

科羅西的爸爸似乎猜透了德羅西的心思，因此他壓低嗓門，貼著德羅西的耳朵，聲音顫抖著說：「您愛我的兒子，但您不會討厭他的爸爸，不會看不起我，對嗎？」

「噢，不會，不會，正好相反。」德羅西情緒非常激動。

然後科羅西的爸爸突然動作，似乎要用手臂去摟抱德羅西的脖子，但他沒有這樣做，只是用兩根手指捏住德羅西一綹金黃色的鬈髮，輕輕捻一捻，然後又放開了。接著，他把手放在自己的嘴上親吻，用淚汪汪的眼睛望著德羅西，似乎在說，這吻是給你的。最後，他拉著兒子的手匆匆忙忙離開了。

夭折的孩子

十三日，星期一

跟科羅西媽媽住在同一院子的孩子，也就是我弟弟二年級的同學過世了。星期六下午，戴卡迪老師十分悲痛把消息告訴我們老師，卡羅納和科列帝知道以後，自告奮勇請求送葬時幫忙抬小孩的棺材。

這個孩子很可愛，上星期還得過獎章呢。他很喜歡我弟弟，送他一個存硬幣的小撲滿，媽媽見了這孩子總會摸摸他的頭。他戴一頂飾著兩道紅粗布條紋的帽子，他爸爸是鐵路搬運工。

昨天是星期日。我們下午四點半到他家集合，陪同去教堂送葬。他家住在一樓，我們到的時候，很多二年級學生牽著媽媽的手，手拿著蠟燭，已經在院子裡等候，五、六個老師和鄰居也來了。帽子上插著紅羽毛的老師和戴卡迪老師也進了屋子，我們從敞開的窗口看見她們忍不住在哭，孩子的媽媽更是放聲大哭。兩位太太是死者同學的媽媽，帶來兩個花環。

五點時我們正式出發。走在送葬隊伍最前面的一個小孩舉著十字架，然後是神父，接下來便是那副小棺材，可憐的孩子啊！棺材上覆蓋著黑布，上面擺著兩位太太的花環。黑布一端掛著上星期那孩子剛獲得的獎章，和一年來他所得到的三張獎狀。卡羅納、科列帝跟院子裡的兩個孩子抬著棺材。棺材後面是戴卡迪老師，她哭得很傷心，好像死者就是自己的孩子似的，其他老師跟在她後面。學生跟在女老師後面，其中很多孩子的年紀都很小，他們一手拿著紫羅蘭花，一手拉著媽媽的手，望著棺材一臉驚奇，媽媽為他們拿著蠟燭。

我聽見一個孩子問：「以後他不會再來上學了嗎？」

棺材從院子抬出時，突然傳來撕心裂肺的喊叫，原來是死者的媽媽在嚎啕大哭，大家馬上把她扶進屋子裡。

到了街上，我們遇到一所寄宿學校的學生正列隊走過，他們見到掛著獎章的棺材和老師，便全都摘下帽子默哀。可憐的孩子啊，他永遠跟他的獎章長眠了，我們再也見不到他那頂小紅帽了。他活潑可愛，想不到小小年紀就離開人世。

臨終那天，他還勉強坐起來，複習專業詞彙，把獎章放在床上，生怕被別人拿走似的。現在沒人能從你身邊拿走了，可憐的孩子。永別了！永別了！我們巴列迪學校將永遠記得你。安息吧，小朋友！

頒獎前一天

十三日，星期一

今天比昨天快樂多了。啊，三月十三日，明天就是歷年最盛大、最美好的日子，也就是維托利奧・伊曼紐劇院頒獎儀式，但是這次跟以前那種隨便挑幾個孩子幫忙遞獎狀的做法不同。

今天上午放學時，校長來到我們班宣布說：「孩子，告訴你們一個好消息。」接著他叫道：「柯拉奇！」就是那個來自卡拉布里亞的孩子。柯拉奇站起來，校長問：「你明天願意在劇院擔任遞獎狀的工作嗎？」

「當然願意。」柯拉奇回答。

校長說：「很好，這樣卡拉布里亞區也有自己的代表了，這實在再好不過了。市政府決定今年負責遞獎狀的孩子必須代表義大利各個地區，並在所有公立小學的學生中挑選。我們這個城市有二十所小學和五個分校，共有七千名學生。有這麼多學校，要挑選幾名代表各地區的孩子並不太困難。托爾夸多・塔索學校選出的兩名孩子分別代表薩丁島和西西里島；朋孔巴尼學校一位木雕工的兒子代表佛羅倫斯，托馬塞奧學校①的一名學生出生於羅馬，自然擔任羅馬的代表。原籍是威尼托、倫巴第和羅馬涅的有好幾個人，不過要挑選代表當然很容易。蒙維索學校②的那不勒斯代表是一位軍官的兒子。熱那亞的代表和卡拉布里亞的代表柯拉奇都是我們學校的學生，再加上皮埃蒙特區的代表共有十二人。這不是很有意思嗎？這十二個孩子將一起登臺，你們要用熱烈的掌聲歡迎他們，他們雖然還是孩子，但他們像大人一樣代表整個國家，一面小小的三色旗也可以跟一面大旗幟一樣，成為全義大利的象徵，對嗎？你們都要為他們喝彩，讓大家看到你們小小的心靈綻放光采，看到祖國的神聖代表時，即使你們只有十歲，也有愛國的熱誠。」

校長講完話就走了。我們的老師微笑著說：「這麼說，柯拉奇，你就是卡拉布里亞的代表了。」

大家都滿面笑容鼓掌。來到街上，大家把柯拉奇團團圍住，抓住他的手臂和腿，把他高高抬起，拋向空中，歡慶勝利，並高呼：「卡拉布里亞代表萬歲！」這歡呼聲不是隨便開開玩笑，絕對不是，而是因為大家都喜歡他，所以發自內心祝賀他。他高興極了，我們一直把他抬到路口，在那裡我們碰到一位蓄黑鬍子的紳士。紳士也開心笑了，柯拉奇說：「他是我爸爸。」於是我們把柯拉奇推到他爸爸的懷裡，然後一哄而散。

---

①這幾所學校都用名人的名字命名。托爾夸多・塔索（Torquato Tasso, 1544 – 1594），義大利著名詩人。朋孔巴尼（Boncompagni, 1804 – 1880），義大利著名法學家兼政治家。托馬塞奧（Tommaseo, 1802 – 1872），義大利著名文學家，也是愛國者。

②蒙維索（Monviso）是阿爾卑斯山西麓的一個支脈，海拔三千八百四十一公尺，是義大利最長的河流波河的發源地。

頒獎

十四日，星期二

大約下午兩點，寬敞明亮的大劇院人山人海，十分熱鬧。座位和包廂座無虛席，迴廊和舞臺圍得水洩不通。數千個孩子、紳士、貴婦、老師、工人、婦女和嬰兒，個個都春風滿面、喜氣洋洋；人們互相招手致意；飾著羽毛的帽子、彩帶、鬈髮五彩繽紛，令人眼花撩亂，歡樂的吱喳聲此起彼落；紅、白、綠等繽紛的彩帶讓整個劇院煥然一新。舞臺兩邊各有一個小扶梯，領獎者從右邊上臺，領完獎從左邊下臺。舞臺正面有一排紅色的椅子，中間那把椅子的椅背上掛著一頂小巧玲瓏的桂冠，舞臺後面懸掛著一排獎旗，旁邊擺著一張綠色小桌子，上面放著用三色絲帶繫著的獎狀，樂隊就在舞臺下方的樂池裡；到場的男女老師占去教師專用包廂一半的座位；劇院內的長凳和單人座位的走廊上，坐著數百名手執樂譜、準備唱歌的孩子；老師在劇院各個角落穿梭來往，忙個不停，協助那些準備領獎的孩子排好隊伍；家長幫自己的孩子細心梳理頭髮，繫好領帶，做登臺前最後一次梳妝打扮。

我跟媽媽一進入包廂，便看見戴紅羽毛的女老師坐在對面包廂裡，她甜蜜微笑著，臉頰上兩個小酒窩非常好看，顯得嬌媚可愛，跟她坐在一起的是我弟弟的老師，還有身穿黑衣、外號叫「小修女」的老師，以及我二年級那位受人愛戴的女老師。啊，可憐的老師，她臉色慘白，咳嗽得如此厲害，整個劇院都能聽到她連續不斷的咳嗽聲。我還看到四方大臉的卡羅納，和長著金黃色頭髮的納利，納利正緊緊靠在卡羅納的肩膀上。再遠一點的地方，我看見鷹勾鼻卡羅菲正全神貫注收集得獎者的印刷名冊，他已經收集了一大疊，準備用來做生意，明天我們就能知道他想做什麼了。劇院門口坐著賣柴商人和他穿著節日盛裝的妻子，以及他們的兒子科列帝。科列帝是三年級第三名，我很驚訝看見科列帝今天沒戴貓皮帽子，沒穿巧克力色毛衣，打扮得倒像個小少爺。我在走廊上見到了衣領上鑲著花邊的沃提尼，還沒來得及跟他說句話，他就溜掉了。舞臺前兩邊的小包廂裡也坐滿了人，其中就有砲兵上尉和他的兒子羅伯提，他從車輪底下救了個小孩，至今仍然拄著拐杖。

時鐘噹噹敲響兩下，樂隊開始奏樂。督學、教育部長、市長、教育局長和其他官員全都穿著黑色禮服走上舞臺，一個個在紅椅子上就座，樂隊停止奏樂。聲樂學校的校長手執指揮棒走到臺上，他手一揮，所有參與演唱的孩子便全體起立，在他的指揮下開始唱歌，七百個孩子放聲唱出一首悅耳動聽的歌曲，歌聲匯成一氣，共同高歌。全場鴉雀無聲，大家聚精會神聆聽，就像虔誠聽一首美妙清晰而緩慢的教堂聖歌一樣。唱完，大家熱烈鼓掌，隨即場內寂靜無聲，頒獎即將開始。

我三年級那位紅髮明眸的小個子老師走上舞臺，要宣布得獎名單了。大家都焦急等待遞獎狀的十二個孩子走上來。報紙早已公布了各地孩子的代表名單，所以大家都事先知道了這件事，市長和其他官員也跟別人一樣等候他們出現，好奇注視著入口處，整間劇院靜默無聲。

那十二個孩子突然跑上舞臺，排列成行，個個笑逐顏開，這時場內三千人全體起立，爆出如雷掌聲，弄得臺上的孩子不知所措。

「這就是義大利！」臺上有人說話。

我一眼就認出代表卡拉布里亞的柯拉奇，他跟往常一樣，依然身著黑衣服。我們旁邊坐著一位市政府官員，他知道十二個孩子的背景，指著他們向媽媽一一介紹說：

「那個金髮小男孩是威尼斯代表，羅馬代表是那高個子的鬈髮少年……」十二個孩子中，有兩、三個是紳士打扮，另外幾個是工人的兒子，但全都穿戴得乾淨、漂亮。年紀最小的是代表佛羅倫斯的孩子，腰間還繫著一條天藍色圍巾。十二個孩子分別走過市長跟前，市長一一親吻他們，市長身旁一位官員微笑著，低聲向他介紹孩子所代表的城市：「那不勒斯、波倫亞、巴勒莫……」每經過一個孩子，整間劇院都響起一片掌聲。然後，他們跑向綠色的小桌子去取獎狀，老師開始宣讀得獎名單，念出學校、班級和學生的名字，於是得獎的孩子依序走上舞臺，在臺上排成一列。

頭幾個孩子剛剛上臺，樂隊就奏起了輕快的小提琴曲，悠揚的樂曲和動聽的旋律既像行雲流水的纏綿絮語，又像媽媽和老師勸勉孩子的柔聲細語，柔和甜美的曲子在整個頒獎過程中一直迴盪著。

官員坐在臺上，領獎的孩子一一走到他們面前，官員頒發獎狀，並對每個孩子說上幾句勉勵的話，或摸摸他們的頭。

領獎的孩子中，無論是稚齡的孩子、衣衫破爛的孩子，或是一頭濃密長鬈髮的孩子，還是穿著紅白色衣服的孩子，他們走過時，觀禮的學生都拚命鼓掌。幾個二年級學生走過舞台時，突然手忙腳亂，六神無主，不知在什麼地方拐彎好，逗得全場哄堂大笑；還有一個小不點，腰部綁了個很大的紅色絲帶結，走起路來搖搖晃晃，不小心在地毯上絆了一跤摔倒在地，督學趕緊上前扶他，大家拍手開懷大笑；還有個孩子順著臺階滾下來，跌到觀眾席裡，大家驚叫連連，幸虧不算嚴重意外。這裡的孩子個個不一樣，有的樣子很調皮，有的看來驚慌失措，有的臉紅得像櫻桃一樣，有的天真幼稚，有的滑稽可笑，他們剛從臺上下來，便被爸爸媽媽帶走了。

輪到我們學校時，我真是太高興啦，有許多得獎者我都認識。科列帝今天喜氣洋洋，穿戴新衣服，眉開眼笑，露出雪白的牙齒，然而有誰知道今天上午他又運了多少柴呢？市長頒獎給他時，問他額頭上的紅色斑痕是怎麼回事，說著把一隻手放在他的肩上。我在觀眾席裡尋找科列帝的父母，看到他們捂住嘴正笑得前仰後合呢。

德羅西走過來了，他穿著一身深藍色衣服，鈕釦閃閃發亮，一頭鬈髮金燦燦的。他昂首挺胸，步伐輕快，神態從容自若，相貌英俊，惹人喜愛，我真想送個飛吻給他，表達我對他的喜愛。所有官員都想跟他說話，和他握手。

老師接著大聲念道：「朱里奧・羅伯提！」

砲兵上尉的兒子羅伯提拄著拐杖走到臺上，許多孩子對羅伯提捨己救人的事蹟早已瞭若指掌，他的名字和高尚行為很快就傳遍全場，爆出一陣雷鳴般的掌聲和喝彩聲，簡直要把劇院給震翻了。男人站起來看他，女人向他揮動手帕，可憐的羅伯提站在臺中央直發愣，激動得顫抖，不知如何是好。市長把他拉到身邊，發給他獎狀，吻了吻他，然後把掛在椅背上的小桂冠解下來，繫在他的拐杖頭上，接著把他領進舞臺前旁邊的小包廂，親自將他交給了他爸爸。觀眾大喊著「好啊」、「太棒啦」為羅伯提歡呼喝采，上尉把兒子接過來高高舉起，走進包廂，讓他跟自己坐在一起。輕快優美的小提琴樂曲在大廳內迴盪，得獎的孩子一個接一個走過去。安撫教堂學校①的學生幾乎全是小本生意人的孩子；萬吉麗雅學校的學生全是工人的孩子；朋孔巴尼學校的學生很多是農民的孩子；最後幾個是拉依納里學校的學生。

得獎學生領完獎後，七百個孩子高唱一首悅耳動聽的歌曲，接著是市長和教育局長致詞。教育局長結束致詞前對學生說：「你們離開這裡的時候，應該向為你們辛勤耕耘的人致敬，他們把畢生精力、聰明才智、整個心靈、全部的愛都無私奉獻給你們，他們為你們而生，也為你們而死！」他說完指向包廂裡的老師。

於是，走廊上、包廂裡和座位上的孩子全體起立，歡呼著朝老師揮手致意，老師也激動得全體起立，揮動雙手、帽子、圍巾和手帕，與學生遙相呼應。

樂隊又奏起歡快的樂曲，代表義大利全國各地的十二個孩子重新整隊，手拉手走到舞臺前面，全場響起如雷掌聲，鮮花如雨點般向他們撒去，再一次向他們致以崇高的敬意。

---

①原學校名為Schoolhouse della Consolata，是以杜林的「安撫教堂」為名。

吵架

二十日，星期一

今天上午我跟科列帝吵架，並不是因為他得了獎我嫉妒他，不，絕對不是嫉妒他，而是我錯了。

老師安排科列帝坐在我旁邊。本來應該由小泥瓦匠抄寫每月故事〈血濺羅馬涅〉，因他生病了，老師叫我替他抄寫，想不到我正在練習本上抄寫時，坐在我旁邊的科列帝，手臂不小心碰了我一下，於是鋼筆濺出來的幾點墨漬弄髒了我的練習本，我的確生氣了，就隨口罵了他一句。

他卻微笑回答說：「我不是故意的。」

我很了解科列帝，所以我應該相信他的話，可是他的笑容讓我很不愉快，我想：「喔，得了獎就了不起啦。」於是我想報復他。過了一會兒，我也碰他一下，也弄髒了他的作業本。

科列帝氣得滿臉通紅，「你是故意的！」科列帝說著就舉起手來，老師正好看見了，他的手又縮回去說：「我在外面等你。」

我心裡很不好受，怒氣逐漸平息下來。我非常後悔，不，科列帝絕對不是故意的，他是個好孩子，我還記得他在家如何努力工作，如何細心照顧生病媽媽的情形。他來我家玩的時候，我對他真誠相待，爸爸也很喜歡他。我很後悔罵了他，還無理取鬧。

我想起爸爸對我的忠告，他說：「是你的錯嗎？」

「對，是我的錯。」

「那就向他道歉。」

我沒有勇氣向他認錯，那樣實在太沒有面子了。我偷偷看著他，見他絨衣肩上開了線，也許是扛了太多柴的緣故吧，我對他的敬愛之情油然而生，心裡嘀咕著：「鼓起勇氣來，向他承認錯誤。」但「請原諒我」這句話梗在喉嚨，無論如何也說不出口。科列帝斜看了我一眼，但他表露出來的神情不是惱怒，而是痛苦，但這時我以蔑視的目光打量他，告訴他我並不怕他。

他又說：「我們外面見。」

我也回敬一句：「我們外面見。」

我想起了父親以前對我說過的話：「要是你的不對，別人打你，千萬別還手，只要隨便應付一下就行了。」

我心裡琢磨著：「我只防禦，絕不打人。」但是我很不開心，老師講的課我再也聽不進去了。終於放學了，我一個人來到街上，科列帝緊緊跟著我。他叫住我，我手裡握著學生尺等他，他向我走過來，我舉起了尺。

「恩利科，別這樣。」他臉上掛著甜蜜的微笑，邊說邊用手撥開尺。他又和顏悅色對我說：「恩利科，我們握手言和，重新做好朋友吧。」

聽了他的話，我愣住了，一時說不出話來，他用手拉了一下我的肩膀，我跟他擁抱在一起。他吻了我一下說：「從今以後，我們別再吵架了，好嗎？」

我連聲回答：「再也不吵了，再也不吵了。」我們高高興興各自回家了。

回到家裡，我把這件事的來龍去脈一五一十告訴了父親，本想讓他高興高興，想不到父親一下子變了臉，嚴肅對我說：

「是你的不對，你本該先伸手向他道歉才對，更不該向你最好的朋友和一個軍人的兒子舉起尺！」父親說完，拿走我手裡的尺，折成兩截，扔到牆角去了。

姊姊的話

二十四日，星期五

恩利科，因為你對科列帝不好，爸爸責備了你，而你為什麼還對我同樣無禮呢？想到這裡我就很難受，你無法想像我有多痛苦。

你小時候，我總是守在你的搖籃旁邊，度過一個又一個小時，而不去跟朋友玩耍。你生病時，每天晚上我都要起床摸摸你的額頭，檢查你是不是發燒了，這一切難道你都忘了嗎？恩利科，你傷了我的心，要是我們家慘遭不幸，我就會擔起媽媽的角色，像媽媽疼愛自己的兒子一樣疼愛你，你不知道嗎？

等爸媽不在這個世界上的時候，我就是你最好的朋友，是你唯一的親人，可以一起談論我們的祖先，回憶童年。到了那個時候，要是你還需要我，我照樣可以去為你賺錢買麵包，為你付學費，為你含辛茹苦工作。你將來長大成人，我也會一如既往疼愛你。要是有一天，你離鄉背井到很遠很遠的地方，我照樣為你牽腸掛肚。因為我和你一起長大，又有著同一血緣。恩利科，將來你長大了，萬一遇到不幸，又獨自一人，你一定要來找我，一定要來找我說：

「希薇亞，我的好姊姊，讓我回到妳身邊，共同回憶我們過去在一起的美好時光和快樂日子吧。」啊，恩利科，你的姊姊永遠都會張開雙臂歡迎你的。

親愛的恩利科，我現在責備你，也請你原諒，對於你的一些過錯，我不會耿耿於懷。要是你再惹我不高興，那也沒有關係，你永遠是我的弟弟，我將永遠記住懷抱著你的那種親情，也忘不了我們一同愛戴父母和樂融融的情景。我曾看著你茁壯成長，我是多年陪伴你度過美好時光的最佳夥伴。

請你為我寫幾句熱情的話吧，我傍晚再來這裡看看，我是不會生你的氣的。每月故事〈血濺羅馬涅〉本應由小泥瓦匠抄寫，可是他生病了，改由你抄寫。看你累成那個樣子而呼呼大睡，我一夜沒有闔眼，於是就替你把每月故事抄完了，現在放在你左邊的抽屜裡。恩利科，寫幾句好話安慰我吧，拜託！

希薇亞

我沒有資格親吻妳的手。

恩利科

每月故事：〈血濺羅馬涅〉

一天晚上，菲魯裘的家比平常更安靜。他的爸爸開了一家小小的服飾用品店，到弗利城採買去了，他媽媽要帶小妹妹路易吉娜去看眼科醫生，也跟著去了弗利城，要到第二天上午才能回來，白天在他們家工作的女傭天黑前就回家了。已經快到午夜了，家裡只剩下癱瘓的外婆和十三歲的外孫菲魯裘。

菲魯裘的家是一所平房，坐落在大馬路邊，離羅馬涅行政區弗利城的一個村莊僅一箭之遙。他家旁邊原本還有一座房子，但兩個月前被一場大火燒毀了，現在空無一人。這座房子原是一家旅店，殘垣斷壁上還掛著一塊招牌。菲魯裘家的房子後面是一個用籬笆圍起的小菜園，那裡有一扇粗製的小門可以出入。他家的店門同時也是家門，面向大馬路，周圍是一片荒涼的田野，種植一大片桑樹。

夜深人靜。雨不停下，風不停刮，菲魯裘和外婆還坐在飯廳裡沒有睡覺。菜園和飯廳之間還有一間小屋子，裡面堆放雜物。這天晚上，菲魯裘是在外面遊蕩了好幾個鐘頭，十一點才回到家。外婆每天晚上坐在寬大的安樂椅上，懷著惴惴不安的心情，望眼欲穿等著他回來。她因為呼吸困難，不能躺下睡覺，只得整天像釘在椅子上面那樣坐著過苦日子。風雨劈哩啪啦拍打著窗戶玻璃，夜黑

得伸手不見五指。

菲魯裘拖著疲憊的身軀回到家裡，他渾身是泥，上衣撕破了，前額上有一塊石頭擊傷的瘀青。他常用石塊跟別人打架鬥毆，而且還有賭博的惡習，把錢輸個精光，連帽子都丟進溝裡去。

飯廳桌子上點著一盞小油燈，外婆坐在旁邊的安樂椅上。雖然燈光微弱，但菲魯裘剛進門，外婆一眼便瞧見他那副狼狽相。他在外面的放蕩行為一部分是外婆猜出來的，一部分是外婆逼他親口說出來的。

外婆一心一意疼愛菲魯裘，知道他在外面胡作非為，不禁痛哭起來。

「唉，」外婆沉默一會兒說，「你對可憐的外婆沒有一點兒良心，趁著爸媽不在家，叫我傷透了心，你把我一個人天天扔在家裡不聞不問，沒有絲毫同情心。菲魯裘，你可要小心啊，你正在走一條邪惡的路，沿著這條路走下去，你會落得悲慘的下場。我見過很多人開始就像你現在一樣走上這條路的，他們的結局都很糟糕。一個孩子學壞往往一開始就是先離家出走，在外遊蕩，後來就跟別人吵架，賭博輸錢，用石塊打人，動刀動槍，由賭博發展到沉迷於各種惡習，最後淪為盜竊犯。」

菲魯裘靠著櫃子，站在離外婆幾步遠的地方，靜靜聽著沒說話，下巴垂在胸前，蹙緊雙眉，怒氣沖沖，一綹漂亮的栗色頭髮遮掩著額頭，藍眼睛直盯著地面。

「從賭博到偷盜……」外婆痛哭流涕繼續說，「菲魯裘，好好想想吧。你看村裡的惡棍維托・莫佐尼，現在整天在城裡四處閒逛，才二十四歲就進了兩次監獄，他氣死自己的親生母親，他父親因為絕望，逃到了瑞士。你爸爸見到他，連跟他打個招呼都覺得羞愧。那傢伙總是跟比他還壞的一幫人一起鬼混，東遊西逛，這樣下去，總有一天他會被送去服苦役的。唉，他小時候我就認識他，開始做壞事時就跟你現在一樣。你想過沒有，你早晚要把你爸媽逼到跟他父母相同的處境。」

菲魯裘不發一語聽著。其實他的心地並不壞，恰恰相反，他的驕縱並不是出自惡意，而是因為精力過剩和喜歡無所畏懼的冒險行為。他爸爸非常溺愛他，還以為兒子很能幹，經得起考驗，以為兒子有美好的情感、堅強的意志和慷慨大方的品德，於是放任他為所欲為，盼望有一天兒子能夠頓然悔悟，重新做人。他並不狡猾，本質是好的，但固執己見，即便心裡後悔了，但要他說出請求寬恕的話並不容易，像是：「是的，我錯了，我向你保證以後不再犯錯了，請原諒我吧。」有時他也溫柔親切，但由於高傲自大的個性，從不輕易表露自己好的一面。

外婆見他默不作聲，又繼續說下去：

「唉，菲魯裘，你連一句悔過的話都沒對我說。你看，病把我折磨成什麼樣子了。我是快進墳墓的人，你不該一直這樣傷你外婆的心，別再讓我傷心落淚了。我人老了，活不了多久。你的外婆一直疼愛你，你還是初生數月的嬰兒時，我就把你放進搖籃裡，整夜守在你旁邊，搖著你進入夢鄉。為了哄你玩個痛快，我連飯都顧不得吃，你不知道吧。我逢人便說：『這孩子是我唯一的安慰。』真沒想到你現在把我折磨得半死不活。唉，如果你現在像以前那樣聽話，重新做個好孩子，我死了也心甘情願。我帶你去教堂做禮拜時，菲魯裘啊，你還記得嗎？你常常把小石子、花草塞進我的口袋裡；從教堂出來時，你在我懷裡就睡著了，那時候，你很愛我這個可憐的外婆。現在我癱瘓了，如同呼吸離不開空氣般需要你的愛。我已經一腳踏入棺材了，我這個可憐女人在世上再沒有更親的人了，我的上帝啊！」

菲魯袞聽了外婆的話，抑制不住內心的激動，正想撲向外婆懷抱的時候，突然從靠近菜園的小屋子裡傳來喀嚓喀嚓的輕微響聲，但分不清到底是風吹門板的聲音，還是別的聲響。

菲魯袞側耳傾聽，只聽到滂沱大雨嘩啦啦下個不停。

那聲音又沙沙響了一下，這次外婆也聽見了。

「怎麼回事？」過了一會兒，外婆恐懼不安問。

「是在下雨。」菲魯袞小聲說。

老人擦乾淚水說：「菲魯袞，你要聽我的話，從今以後，做個好孩子，別讓你可憐的外婆傷心落淚了……」

沙沙的聲響淹沒了外婆的話。

「好像不是下雨的聲音。」外婆驚慌說，嚇得臉都發白了，「你去看一下。」但馬上又說：「不，別去了。」說完，拉住菲魯袞的手。

兩人屏息靜聽，只聽到雨水嘩啦嘩啦響。

他們聽著聽著，一陣戰慄掠過全身。

那聲響好像是從隔壁小屋裡傳來的喀嚓腳步聲。

「誰？」菲魯袞上氣不接下氣問。

沒人回答。

「誰？」菲魯裘又問，恐懼讓他全身發寒。

話還沒說完，兩個男人竄進屋裡，他們嚇得大聲呼喊。歹徒一個抓住菲魯裘，用手捂住他的嘴，另一個掐住老婦人的脖子。

「要命就別出聲！」第一個人說。

「別吭聲！」第二個人說著，舉起一把刀。

兩個人的臉上都蒙著黑色面罩，只露出窟窿似的眼睛。

這時候，屋子裡只聽見四個人急促的喘息聲和嘩啦嘩啦的雨聲，老婦人被掐得不斷發出嘶啞的喘氣聲，憋得眼珠都快迸出來了。

抓住菲魯裘的那個人附著他的耳朵問：「你爸把錢放在哪裡了？」

菲魯裘嚇得牙齒直打顫，用很細很細的聲音回答：「在那裡……在櫃子裡。」

「跟我來。」那人說。

他捏緊菲魯裘的脖子，把他拖進小屋，地上放了一盞提燈。

「櫃子在哪裡？」那人又問。

菲魯裘氣喘吁吁指著櫥櫃。

那人為了不讓菲魯裘跑掉，逼他跪在衣櫃前的地上，兩腿緊緊夾住他的脖子，要是他敢吭一聲，那人就狠狠夾緊他的喉嚨，讓他連氣都透不過來。歹徒用牙咬著刀，一手提著燈，另一手從口袋裡掏出一個好像鐵釘的利物，插進鑰匙孔扭來扭去，鎖就被撬開了。那人打開櫃子，心急胡亂翻找一陣，等口袋裡鼓鼓脹脹塞滿了錢才關上櫃門，但馬上又打開櫃子，重新搜了一遍，洗劫一空。接著他掐住菲魯裘的喉嚨，又把他拖進房間。另一個人抓住老婦人的脖子，老婦人都快嚇暈了，渾身瑟瑟發抖，頭向後仰，嘴巴張著。

這個人低聲問同伴：「錢找到了嗎？」

「找到了。」同伴回答完，又接著說：「快去門口看看有沒有動靜。」

抓住老婦人的那個人跑到菜園門口，看有沒有人，然後躲在小房間哩，用幾乎是說悄悄話的聲音說：「來！」

抓住菲魯裘的那人向菲魯裘和老婦人晃了晃刀子說：「誰敢說出去，等我回來就宰了你們！」說完瞪著他們兩人。

就在此時，從大路上傳來許多人唱歌的聲音。

小偷聽到歌聲，急忙回頭朝門口張望。因為回頭過猛，蒙在他臉上的面罩掉了下來。

老婦人尖叫一聲：「莫佐尼！」

「該死的老東西！」被認出的莫佐尼吼叫著，「受死吧妳！」

小偷莫佐尼揮刀向老婦人猛撲過去，老婦人昏倒了。

兇手用刀猛捅一下。

菲魯裘絕望大喊一聲，朝外婆飛奔過去，伏在外婆身上，用自己的身體擋住兇手的砍殺。兇手撞了一下桌子，拔腿逃跑，碰翻的油燈也熄滅了。

菲魯裘慢慢從外婆身上滑下來，跪在地上，一直緊緊摟著外婆的腰，頭靠在她的胸前，不吭一聲。

四周一片漆黑。過了一會兒，唱歌的農民遠離而去，最後消失在廣闊的田野。外婆恢復了知覺。

「菲魯裘！」外婆用極為微弱的聲音喊了一聲，嚇得牙齒直打顫。

「外婆！」菲魯裘回答。老婦人很想說話，但說不出來，因為恐懼一直籠罩在她的心頭，舌頭不聽使喚了。老婦人直打哆嗦，她沉默了半晌，才勉強問：「他們還在嗎？」

「不在了。」

「他們沒有殺死我？」老婦人低聲說，不太相信自己還活著。

菲魯裘用很細很細的聲音說：「是的……外婆，您安然無事。親愛的外婆，您脫險得救了，他們把家裡的錢拿走了，但爸爸把大筆錢都帶在身邊。」

老婦人重重吐了一口氣。

菲魯裘跪在地上，一直緊緊摟著外婆說：「外婆，親愛的外婆，您是愛我的，對嗎？」

「唉，菲魯裘，可憐的孩子。」外婆把手放在菲魯裘的頭上，回答說，「這次你受了驚嚇，仁慈的上帝啊，您開開恩，快快點亮燈吧。不，還是暗著就好，我還怕得要命呢。」

菲魯裘回答說：「外婆，我總是給你帶來痛苦……」

「不，菲魯裘，別這樣說，我什麼都不計較了，什麼都忘了，我太愛你了。」

「我常常害您傷心痛苦，但……但我一直是愛外婆的，您能原諒我嗎？外婆，原諒我吧。」菲魯裘吃力說個不停，聲音顫抖著。

「是的，孩子，我原諒你，我真心原諒你，我怎麼能不原諒你呢？孩子，快起來吧。我不責備你了，你是個好孩子，多麼好的孩子。來，我們快把燈點上，只要點上燈，什麼都不怕了，起來吧，菲魯裘。」

「謝謝外婆。」菲魯裘說，但聲音愈來愈弱，「現在……我……我好高興。外婆，您不會忘記我，對嗎？您會永遠記得我……記得您的菲魯裘……」

「菲魯裘！」外婆慌忙喊著，同時用手撫摸他的肩膀，俯身低頭要看看他的臉。

「您要永遠記得我，替我親親媽媽，親親爸爸……還要親親小妹妹路易吉娜……外婆，永別了……」菲魯裘囁囁嚅嚅說，聲音低得幾乎聽不見。

「我的天哪，你到底怎麼啦？」老婦人喊道，氣喘吁吁摸著從她膝上垂落的菲魯裘的腦袋。接著，老婦人發出絕望又撕人肺腑的尖聲喊叫：「菲魯裘！菲魯裘！我的孩子！我的小寶貝！天堂的天使啊，請你們好心幫幫我吧！」

但是菲魯裘永遠不會說話了。這名小英雄為了救外婆，脊背被刀子刺穿，他那美麗而勇敢的靈魂已經飛到上帝那裡去了。

重病的小泥瓦匠

二十八日，星期二

可憐的小泥瓦匠病得很重，老師叫我們去看看他。卡羅納、德羅西和我打算一起去，斯達迪本來也要去，但老師叫我們寫篇加沃爾①紀念碑文，斯達迪說為了寫得更貼切，必須親眼看看紀念碑，所以他就不去探望小泥瓦匠了。為了試探一下傲慢的諾比斯，我們也邀他去，但他只回答說：「不去！」就一聲不響揚長而去了。沃提尼跟我們說抱歉，他也去不了，也許他擔心泥灰弄髒了他的衣服。

下午四點放學後，我們就前往小泥瓦匠家，這時候下起了傾盆大雨。走到大街上，卡羅納停下來，嘴裡嚼著麵包說：「我們給他買點什麼呢？」他邊說邊從口袋裡掏出兩枚銅幣，我和德羅西每人也拿出兩枚銅幣，湊在一起買了三顆大柳橙。

我們上了閣樓。走到門口時，德羅西摘下獎章，放進衣袋裡，我問他為什麼，他回答說：「不為什麼，只是不想給人神氣活現的感覺，我覺得不戴獎章比較容易跟別人打成一片。」

我們敲了敲門，小泥瓦匠身材魁梧的爸爸幫我們開門，帶著驚恐不安的神情問：「你們是誰？」

卡羅納回答說：「我們是安東尼奧②的同學，我們買了三顆柳橙給他。」

「唉，可憐的小安東，我怕他再也吃不到了！」泥瓦匠歎口氣，邊說邊用手背擦眼淚。

他示意我們往前走，一直走進一間臥室，我們看見小泥瓦匠躺在小鐵床上。

他媽媽兩手掩面，俯在床頭，看了我們一眼就馬上回過頭去。另一堵牆上掛著刷子、鎬頭和篩泥灰的篩子，病人腳上蓋著他爸爸那件沾滿石灰的上衣。可憐的小泥瓦匠骨瘦如柴，臉色慘白，鼻子尖瘦，不停粗喘著。親愛的小安東，我的好朋友，你以前是那麼活潑可愛，現在病成這個樣子，我心裡實在難過。只要你再扮一次兔臉給我們看，什麼要求我都答應你，可憐的小安東！

卡羅納把一顆柳橙放在靠近他臉的枕頭上，柳橙散發出甜絲絲的清香，他聞到香味甦醒過來。他馬上抓住柳橙，一會兒又放下了，凝目注視著卡羅納。

卡羅納說：「是我，我是卡羅納呀，你不認識我了？」

病人勉強笑了笑，吃力抬起已不靈活的手，向卡羅納伸過去，卡羅納握住他的手，貼在自己的面頰上說：「小安東，鼓起勇氣來，你會很快好起來的，那時你就可以上學了，老師會安排你坐在我旁邊的，你高興嗎？」

但是他沒說話，他母親失聲嗚咽起來，不停說：「啊，我可憐的小安東，可憐的小安東，你是多麼勇敢善良的孩子呀，上帝要帶走你了。」

「安靜，安靜。看在上帝的面上，別說了。再說，我的腦袋就要爆炸了。」泥瓦匠絕望大喊，然後他焦慮不安對我們說：「孩子，你們走吧，走吧，謝謝你們啦，快走吧。你們留在這裡也做不了什麼。再次謝謝你們啦。走吧，回家去吧。」小安東又閉上眼睛，像死人一樣。

卡羅納問泥瓦匠：「您需要幫忙嗎？」

泥瓦匠回答：「不，不，好孩子，謝謝你啦，快回家吧。」他邊說邊把我們推向樓梯，當著我們的面砰一聲關上了門。我們剛下樓梯走到一半，突然聽到小泥瓦匠喊：「卡羅納！卡羅納！」

我們三人又急忙上了樓。

泥瓦匠的臉色一變，大聲說：「卡羅納，他叫你的名字呢，他兩天沒說話了，這會兒一連叫你兩次。他一定很想你，快上來吧。啊，上帝啊，但願這是個好兆頭。」

卡羅納對我們說：「再見，我要留下來。」他說著，就跟泥瓦匠一起走進屋子。

德羅西熱淚盈眶，我問他：「你幹嘛哭呢？他能說話了，很快就會好的。」

德羅西回答說：「這個我知道，但我想的不是他……想到的是卡羅納心地多麼善良，心靈又是多麼美好啊。」

---

①加沃爾（Cavour，1810－1861），義大利著名國務活動家。

②小泥瓦匠的名字。

爸爸的話：加沃爾伯爵

二十九日，星期三

你要寫一篇關於加沃爾伯爵紀念碑的碑文，你一定能寫得很好，但加沃爾伯爵究竟何許人也，你現在可能還不太了解，你只知道他曾擔任多年皮埃蒙特總理。

就是他把皮埃蒙特的軍隊派往克里米亞，並在車爾納亞河流域大獲全勝；我國軍隊曾在諾瓦拉一敗塗地，是他讓我們獲得無上榮耀；是他向十五萬法國軍隊求援，讓法軍越過阿爾卑斯山，將奧地利軍隊趕出倫巴第；是他在我國革命最嚴峻的時期領導義大利，以他超群的智慧、堅忍不拔的意志、勇往直前的精神和英勇卓絕的鬥志，強力推動祖國統一的神聖大業。

將士在戰場浴血奮戰，他在辦公室同樣經歷了更為嚴苛的考驗。他的宏偉大業如同一座在地震中搖搖欲墜的大廈，隨時都有倒塌的危險。他度過無數個嘔心瀝血、焦慮不安的日夜，工作的緊張使他心力交瘁、身體大傷，甚至隨時有猝死的危險。這樣前所未有的偉大事業和充滿急風驟雨的工作，縮短了他二十年的生命。熱病漸漸吞噬他的生命，即將把他帶入墳墓，然而在這生死關頭，他仍然帶病工作，為國家做最後的拼搏。他臨終前在床上痛苦說：

「好奇怪！我不知道該怎麼讀書了，我讀不懂了。」

醫生幫他抽血，他的病情不斷惡化時，他還念念不忘自己的祖國，焦躁不安說：「我的腦子開始模糊起來，請你們快治好我的病，我必須用自己的全部才能處理國家大事。」

當他已到臨終時刻，全城都處在焦急萬分之中。國王來探望他時，他憂慮說：「陛下，我有很多話要對您說，有很多事情要向您交代清楚，可我病魔纏身，我無能為力，做不到了！」

他那一顆熾熱的心仍然心繫國家，想著剛剛納入義大利版圖的幾個省份和許多未完成的事情，在他陷入深度昏迷前夕，他還憂心忡忡，再三叮囑：「你們要好好教育青年，好好教育他們。治理國家時，要給人民自由權。」

當他陷入昏迷狀態，死神正要向他招手，他還滿懷熱誠，為跟他政見不和的加里波第將軍祈福，為還未解放的威尼斯和羅馬祈禱。他對義大利和歐洲的未來有著獨特的見解，他夢見外國軍隊入侵我國時，便急忙詢問兵種的調度和將領的配置情況，為我們義大利的人民憂心如焚。

你要知道，他的極大悲痛並非來自自身生命的火花即將熄滅，而是眼見自己即將離開，但祖國卻還離不開他。為了祖國，短短數年內就把自己異常充沛的精力消耗殆盡，他是在戰場的吶喊聲中失去寶貴生命的。他的死如同生一樣光榮偉大。

恩利科，你不妨想一想，我們繁重的勞動、我們的憂傷、我們的死亡跟那些胸懷世界的偉人的過度辛勞、嘔心瀝血和極端痛苦相比，算得了什麼啊！

孩子，當你走過那尊大理石雕像時，想一想這一切，這時候你會情不自禁打心裡迸發出一股熱情，面對雕像說：「光榮啊！」

爸爸

四月

春天

一日，星期六

今天是四月一日，再三個月，學期就要結束了！

這是一年中最美好的一個早晨。科列帝的爸爸認識國王，他在學校告訴我，後天他要和他爸爸去晉見國王，叫我也一起去。媽媽還答應我那天順便帶我去參觀瓦爾多科大街的幼稚園，所以我今天特別高興。聽說小泥瓦匠的病好多了，而且昨天晚上老師路過我家時，對我爸爸說：「他很好，很好，放心吧！」所以我高興得不得了。

這是春天裡最美麗的一個早晨，從學校窗口可以看見蔚藍的天空，公園裡的樹木抽出了嫩芽，綠油油的草地散發出清新的氣息；窗臺上擺滿鮮花，窗戶上懸吊著花籃。我們老師從沒笑過，總是板起嚴肅的面孔，可是他今天心情特別好，連額頭上那一條筆直的皺紋也幾乎看不到了。老師在黑板上講解習題時，還不忘跟我們開玩笑。看得出來，老師呼吸到窗外花園裡的清新空氣，聞到泥土和樹葉的濃郁芳香，就像吸飲甘露那樣神清氣爽，又如同在鄉間漫步那樣悠閒自在。

老師講解時，我們聽到附近街道上鐵匠在鐵砧上叮叮噹噹的捶打聲，聽到對面屋裡媽媽哄嬰兒睡覺的搖籃曲，以及遠處車爾納亞軍營裡的號角聲。好像今天大家都特別高興，連斯達迪也笑逐顏開。就在這時候，鐵匠打鐵打得更響了，搖籃曲的歌聲一陣高過一陣，老師停頓下來，全神貫注傾聽著，然後他望著窗外，語氣和緩說：

「天空在微笑，母親在歌唱，老實正直的人在勞動，孩子在學習……生活真美好啊！」

放學從教室出來時，大家就像鳥兒一樣歡欣跳躍。我們排著隊，邁開強而有力的步伐，放聲歌唱，好像四天的假期①就要到來似的。

女老師相互開著玩笑，插紅羽毛的老師跟在孩子後面蹦蹦跳跳，彷彿自己也是一個學生。家長個個歡歡喜喜，滔滔不絕聊著天，科羅西的媽媽在籃子裡裝著一束束紫羅蘭花，濃郁的幽香沁人肺腑。

來到街上，看到媽媽正在等我。老實說，我從未像今天早上這麼高興過。我迎上前去問媽媽：「媽媽，我好快樂喔，為什麼我今天會這麼快樂呢？」

媽媽微笑著回答說：「這是因為春天是美好的季節，而你的心裡又充滿了善良。」

---

①指每年四月份復活節前後的四天假期。

溫伯爾托國王①

三日，星期一

十點整的時候，我爸爸從窗口看見科列帝和他賣柴的爸爸已經在廣場上等我了，於是爸爸對我說：「恩利科，他們正在等你，快去晉見國王吧。」

我像陣風一般跑下樓，來到街上，科列帝和他爸爸看起來比平時更加活潑。我從沒見過他們父子倆像今天上午這般相似過，老科列帝的外衣上掛著一枚軍功勳章和兩枚紀念章，鬈曲的八字鬍兩端微微翹起，尖得像飾針一樣。

我們馬上向火車站方向走去，國王將在十點半抵達。老科列帝銜著煙斗，搓著手說：「你們知道嗎？我從一八六六年戰爭以來再也沒見過他。彈指間啊，十五年六個月就這樣一晃過去了，先是在法國三年，後來在蒙多維我都沒機會見他。我在這裡本來應該能見到他的，但事與願違，他來我們這裡巡視時，我偏偏又不在，只能說是天意。」

他叫溫伯爾托國王就像稱呼一個老戰友那樣親切，說什麼溫伯爾托統率過第十六師呀，當時他只有二十二歲又幾天呀，他愛騎馬呀等等。

「都十五年了。」他大聲說，加快腳步，大踏步向前走，「我真想見見他。我離開他時，他是親王，再見到他時，他成了國王。我也變了，從軍人變成了賣柴火的。」他邊說邊笑。

科列帝問他爸爸：「他見了您，還能認出您嗎？」

老科列帝放聲大笑，回答兒子說：「怎麼可能！我和他完全是兩碼事，他溫伯爾托是一國之君，而我們多得像數不清的蒼蠅，他只能停下一個一個看我們。」

我們來到維托利奧・伊曼紐大街，人群如潮水般湧向火車站，一個山地狙擊連演奏著軍樂走過去了，兩名騎警奔馳而過，天空明淨，陽光燦爛。

老科列帝顯得歡欣雀躍，他說：「是的，能再次見到我的老長官，那是高興得不得了的事。唉，我老得太快了，一想到我肩背行裝，雙手端著槍，在來往如梭的人群中行進，準備參加六月二十四日上午開始的決戰，覺得彷彿是前天發生的事情。溫伯爾托和他的軍官在隆隆的炮聲中走來走去，一刻不停指揮戰鬥，大家望著他，心裡為他祈禱：『但願子彈不會打中他。』我根本沒有想到我會一下子跟他離得那麼近。孩子，我就是在奧地利長矛騎兵的眼皮下看到他的呀。說實話，當時我們兩個相距僅有四、五步遠，那天也是明媚的天氣，碧空如洗，像鏡子般透明，是個大熱天。孩子，我們走快點，也許可以進去了。」

我們來到車站的時候，已是人山人海。馬車、衛士、騎警整裝待命，各個團體打著旗幟迎風招展，一支樂隊奏起了樂曲。老科列帝不顧一切想擠到拱廊底下，但被阻止了，於是他又想擠進入口處第一排，他硬是用胳膊擠來擠去，打開一條通道，還一邊用力推著我們兩個小孩往前走，但洶湧的人潮一會兒把我們推向這裡，一會兒又推向那裡。老科列帝看中了拱廊第一根柱子，但那裡有警察，不許任何人停留，他突然對我們說：

「跟我來。」說完便拉住我們的手，三步併作兩步穿過空地，走到柱子前面，背靠著牆，一動也不動站在那裡。

一位警官走過來對他說：「這裡不能停留。」

「我是四十九兵團四營的。」老科列帝指著佩戴的勳章回答。

警官上下打量他一下說：「那就留在這裡吧。」

老科列帝以勝利者的姿態自豪說：「我早就說了嘛，四十九兵團四營是一句很有魔力的話。我曾在老將軍統率的部隊裡作過戰，難道我不能再次目睹他的風采嗎？那時我看到他的時候離他很近，現在我覺得再看他一眼也是完全應該的。他是我們營的指揮官，身臨其境，直接指揮我營作戰達半個多鐘頭，而不是由營長伍爾里克少校指揮作戰的。我的天哪！」

這時候，他們看見軍官和地方官員在候車室內外來回穿梭，排列成行的馬車停在車站門口，穿著紅色制服的馬夫格外顯眼。

科列帝問他爸爸，打仗時溫伯爾托親王是不是手裡也舉著馬刀。

他回答說：「他當然是手執馬刀，頑強抵擋向他刺來和砍來的長矛、刀劍。惡魔般的敵人啊，向我軍瘋狂反撲。密集的槍彈隆隆作響，敵軍陣容頓時大亂，砲彈像颶風般呼嘯著席捲而去，橫掃一切；亞歷山大的輕騎兵、福賈的長矛騎兵、步兵、長槍騎兵和狙擊兵匯成一股巨流，怒吼著向敵方反攻，驚天動地的喊殺聲震耳欲聾。這時我聽到有人喊：『殿下，殿下！』敵人的長矛已經逼近，我們立即開火，頓時滾滾塵煙沖天而起，什麼都看不清了，過了半晌，硝煙才逐漸稀疏消散，漫山遍野都是死傷的戰馬和騎兵。我轉過身子，看見溫伯爾托騎著馬立在我們中間，泰然自若環顧四周，似乎在問：『夥伴，你們有人受傷嗎？』我們都欣喜若狂向他高呼：『萬歲！』那真是激動人心的時刻。啊，火車到了。」

樂隊奏起曲子，軍官跑上前去，人們踮起腳尖來。

一個警察說：「他不會立刻下車的，各級官員正向他致歡迎詞呢。」

老科列帝再也按捺不住激動的心情，滔滔不絕說：「當時的情景，我至今仍歷歷在目。發生地震、流行霍亂或遇到其他天災人禍時，他都嚴以律己，身先士卒。他當時站在我們中間，那種泰然處之的神態，至今仍留在我腦海中。我敢打包票，他現在雖然成了一國之君，肯定仍記得四十九團四營的事情。要是有一天，把所有當時跟他並肩作戰的人召集在一起，重溫舊夢，他一定會很高興。現在他身邊簇擁著眾多將軍、富人、官員和有功之臣，可那時他手下只有我們這些無名小卒，要是能在久別重逢後，單獨跟他說上幾句話，該多麼愜意呀。我們二十二歲的將軍啊，我們的親王啊，他的安全跟我們軍人息息相關。我已有十五年沒見到他了，我們的溫伯爾托啊，天曉得他怎麼樣了。啊，我願拿名譽擔保，一聽到這支曲子，我的血就沸騰起來了。」

突然爆發的歡呼聲打斷了老科列帝的嘮叨絮語，成千頂帽子高高舉起，四個身穿黑衣的官員登上第一輛馬車。

「就是他！」老科列帝著魔一樣欣喜雀躍，高聲大喊，然後又語氣緩慢說：「我的上帝啊，他的頭髮怎麼都花白了。」

我們三個都摘下帽子，馬車在歡呼聲和揮動帽子的人群中徐徐前駛，我打量著老科列帝的一舉一動，我覺得他比以前更高了，神態嚴肅，臉色略微蒼白，好像變成了另外一個人。突然，他靠著柱子，紋風不動。

這時馬車駛近我們面前，離柱子僅有一步之遙了。

「萬歲！」人們異口同聲歡呼著。

「萬歲！」人們喊過後，老科列帝又喊了一聲。

國王凝神看了看他，然後把目光停留在他的三枚勳章上。

老科列帝聲嘶力竭大喊：「四十九兵團四營！」

聽到老科列帝的喊聲，本來已轉身到別處的國王又朝我們回過頭來，目不轉睛望著老科列帝，還從馬車上伸出手來跟他打招呼。

老科列帝一個箭步衝上前，緊緊握住國王的手。

馬車駛過去，人潮頓時四分五散，我們也被沖散，老科列帝不見了。過了片刻，我們找到他。他喘著粗氣，淚水盈眶，高舉雙手，大聲喊他兒子。兒子飛快向他跑去，他對兒子說：「小寶貝，我的手還熱著呢。」說完，他把手貼在兒子臉上，又說：「這手是國王撫摸過的哪。」

老科列帝靜靜站在那裡，用癡迷的目光望著漸漸遠去的馬車，手裡拿著煙斗微笑著。一群好奇的人上下打量著他。

「他是四十九兵團四營的。」有人說。

「他是軍人，跟國王認識。」

「國王認出了他。」

「他握了國王的手。」

「他向國王呈遞了一份請願書。」有一個人大聲說。

「沒有……」老科列帝突然轉過身子果斷說，「我沒有向他遞交什麼請願書，如果要給什麼東西的話，有樣東西，只要國王開口我就給。」

大家都注視著他。

他只簡單說了一句話：「那就是我的熱血！」

---

①溫伯爾托（Umberto，1844－1900），一八七八年繼承義大利王位。

幼稚園

四日，星期二

正如媽媽答應我的，昨天早餐後她帶我到位於瓦爾多科大街的幼稚園，她要說服園長讓波列科西的小妹妹入學。

我從沒去過幼稚園，到那裡一看，真是太有趣了，幼稚園共有男女小朋友二百個，他們都很小，學校一年級的孩子跟他們相比簡直就是大人了。

我們進去的時候，小朋友正排隊要去食堂吃飯，食堂裡擺著兩排長長的桌子，上面有許多圓形孔洞，每個孔洞上放著一只小黑碗，裡面盛著米飯和四季豆，碗旁放著一把錫製小湯匙。孩子進食堂後，有的一屁股坐到地上，像釘子一樣再也不起來了，這時候，老師跑過來拉起他們，有的乾脆站在碗前面，以為那就是自己的飯，就拿起小湯匙狼吞虎嚥吃起來，一位女老師走過去對他們說：「往前走。」那些小朋友走了三、四步，又吃一口，再往前走……一直走到自己的位置上，這個時候，他們已吃半飽了。在老師「趕快，趕快」的催促聲和吆喝聲中，他們終於安靜下來，開始飯前祈禱。站在裡面幾排祈禱的孩子，有時回頭看看碗裡的食物，滿臉貪吃樣，但沒人再去搶飯吃，只是雙手合掌，仰望天花板祈禱，只是心裡在想著好吃的東西。

祈禱完畢，他們才開始正式用餐。看他們吃飯才有意思呢，有的孩子用兩支小湯匙一起吃；有的用雙手抓著吃；還有的把四季豆一粒粒撿出來塞進口袋裡；也有的將四季豆包在肚兜裡，用力搓來搓去，弄成像漿糊一樣；也有只顧看著飛來飛去的蒼蠅，結果忘記吃飯；還有的不停咳嗽，把米粒噴得到處都是。整個食堂簡直就像養雞場一樣亂哄哄的。有兩排小女孩的頭髮都用紅、綠和天藍色的小絲帶紮起尖尖的小辮子，惹人注目，非常好看。

一位女老師問坐在第一排的八個小女孩：「米是哪裡來的？」

八個小女孩張開塞滿食物的小嘴，唱歌般回答：「從水裡長出來的。」

接著老師命令全體小朋友：「舉起手來！」

幾個月前，他們還在襁褓中，現在居然整齊劃一舉起了小手臂，揮動小手，好似白色和粉紅色的蝴蝶，真是好看極了。

孩子準備到外面玩耍。他們取下掛在牆上、盛著午飯的小籃子，來到院子裡就散開來，然後把籃內的東西統統拿出來，有麵包、熟透的李子、一小塊乳酪、水煮蛋、蘋果、一把煮熟的雞豆和雞翅膀。不一會兒，遍地都是麵包屑和各種食物碎塊，像極為小鳥準備的佳餚。

他們吃東西的樣子千奇百怪，令人啼笑皆非，有的像兔子啃著吃，有的像老鼠吸著吃，有的像貓舔著吃。有個小男孩拿著一條麵包棍抱在胸前，用歐查果在上面擦來擦去，像在擦一把劍；有的小女孩用小拳頭抓著軟滑的乳酪，使勁捏來捏去，乳酪汁像牛奶一樣從指縫間滲出來，滴到袖口裡，她們卻全然不知；有的嘴裡銜著蘋果和麵包，如同小狗般你追我跑；我看見三個小孩用樹枝捅一顆水煮蛋，彷彿裡面有什麼寶貝，過了一會兒，這半顆蛋成了碎塊，掉到地上，她們又像撿珍珠一點一點耐心撿起；要是有人拿著稀奇好看的玩意兒，總是有幾個或十幾個孩子一窩蜂擁上去，彎下身子查看籃內，有如在看井中的月亮。二十個小孩圍著一個手拿白砂糖的小胖子，彬彬有禮向他要糖沾麵包吃。他有的給一點兒，有的糾纏半天，他也就讓他們用指頭沾一下舔著吃。

這時候，媽媽也來到院子裡，一一撫摸孩子，許多孩子圍到她身邊，甚至拉著她的衣角，直仰起他們的小臉望著媽媽，求她親吻一下，小嘴一張一合的，如同嬰兒渴求媽媽哺乳一樣。有個小孩把一瓣咬過的甜橙送給媽媽；還有一個送媽媽一小塊麵包皮；一個小女孩送她一片樹葉；另外一個小女孩一本正經伸出食指給媽媽看，細細一看，原來是前幾天被蠟燭燒傷，起了一個很小很小的腫泡。不知道他們哪裡弄來的，有很小很小的蟲子、破損的軟木塞、鈕釦、從花盆中摘下的花朵……像寶貝一樣全部送到媽媽跟前。有個頭包紗布的小男孩無論如何也要跟媽媽說話，好像是在說他怎麼跌倒摔破腦袋的事情，他結結巴巴嘰咕半天，誰也不知道他究竟說些什麼。還有一個小孩要媽媽彎下身子，然後耳語說：「我爸爸是做刷子的。」

在這段時間裡，孩子惹了不少麻煩，老師跑前跑後，忙得團團轉。有個小女孩因解不開手帕結而急得大哭；有的甚至為爭奪兩粒蘋果籽而相互抓來抓去，大喊大叫；有個小男孩不小心從凳子上翻下去，摔得趴在地上起不來，在那裡哇哇大哭。

我們離開幼稚園前，媽媽又抱了抱三、四個孩子，於是大家從四面八方蜂擁過來，要媽媽一個個親吻他們，他們小小的臉蛋上沾滿蛋黃和橘子汁，有的去抓媽媽的手臂；有的去摸她的指頭，為的是想看看她的戒指；有的去扯她的錶帶，還有的要爬到她身上去揪頭髮。

老師對媽媽說：「小心，別讓他們把您的衣服弄破了！」

但媽媽絲毫不在意他們拉扯，還是不停一一親吻他們，孩子圍得愈來愈緊了，前面的幾個孩子張開手臂要爬到她身上，後面的拚命擠到前面，一起連聲喊道：「再見！再見！再見！」

最後，媽媽終於從院子裡逃出來，但孩子又一窩蜂跑過去，小臉蛋緊貼鐵柵欄，眼巴巴看著媽媽離開。孩子們拿著一片片麵包、一個個美味可口的歐查果，還有乳酪，伸出小手向媽媽揮手道別，齊聲大喊：「再見！再見！明天再來！下次再會！」

媽媽跑著跑著，還是不忘去撫摸那鮮豔玫瑰花環似的上百雙小手。

媽媽總算平平安安來到街上，但她全身都沾滿了麵包屑和油垢，衣服也皺巴巴的，頭髮也凌亂不堪，手裡抓著鮮花，雙眼噙淚，看起來滿心喜悅，就像是剛從節日宴會上出來一樣。我們都走很遠了，還能聽到鳥兒似的啁啾聲：「再見，再見。阿姨，下次再來！」

體育課

五日，星期三

最近幾天天氣一直很好，因此我們不在室內上體育課，改到室外使用運動器材。

昨天卡羅納去校長辦公室時，見到了納利的媽媽，是一位身著黑衣的金髮太太，她要請校長答應讓納利不必參加室外體育課，她撫摸著兒子的頭，費了好大力氣才支支吾吾開口對校長說：「他不能……」

納利十分難過，總覺得自己不上室外體育課很不光彩，於是對他媽媽說：「媽媽，等著瞧吧，別人能做到的，我一定能做到。」

他媽媽默默無言，細細端詳著兒子，既愛憐又疼惜。過了一會兒，她猶豫不決說：「我真擔心同學……」其實她是想說：「我真擔心別人嘲笑你。」

納利猜透了他媽媽的心思，回答說：「有卡羅納在，誰也不敢笑我，只要卡羅納不嘲笑我就沒事。」

最後校長還是讓他上體育課。我們的體育老師曾跟著加里波第打仗而弄傷脖子，他把我們帶到爬竿前，我們必須一個個攀著爬竿往上爬，一直爬到頂端，筆直站在平衡木上。

德羅西和科列帝像猴子般蹭蹭兩下爬上去了；小個子的波列科西，雖然穿著長及膝蓋的長外衣而行動不便，但也還是敏捷爬了上去。為了逗波列科西開心，大家不停學他平時的口頭禪「不好意思，不好意思。」斯達迪急得呼哧呼哧直喘氣，臉憋得像雞冠般紅，咬著牙，像瘋狗一樣坐立不安，看來他是打算豁出去了，最後他果然爬上去了；諾比斯也順利爬上去，站在上面像帝王一樣威風凜凜；沃提尼穿著嶄新的天藍色格子運動服，但也沒多厲害，還是滑下來兩次。

為了容易攀爬，大家的手都塗上了松香粉，聽說是卡羅菲的鬼點子，他把松香粉賣給別人，一包賣一個銅幣，賺了不少錢。

接下來是卡羅納。他一邊嚼著麵包，一邊不費吹灰之力嗖嗖往上爬，像一頭小牛一樣強壯有力，我想就是再背一個人，他也照樣能爬上去。

卡羅納後面便是納利了。他瘦長的手剛剛抱住爬竿，便引起許多人哈哈大笑，大家還跟他開玩笑，瞎起鬨，但卡羅納兩隻粗壯的手臂交叉在胸前，用咄咄逼人的銳利目光掃視每個人的一舉一動，分明是在警告說，即便當著老師的面，那些胡鬧的傢伙也要挨他幾拳頭，於是沒人敢再譏笑了。納利吃力向上爬著，可憐的小傢伙臉都發紫了，呼哧呼哧喘著氣，汗水一滴一滴流下來。

老師說：「下來吧。」

他只說一個字：「不！」又拚命繼續向上爬。

他隨時都有可能從上面掉下來摔個半死，我真替他捏了一把冷汗。可憐的納利，我想要是我像他那樣，媽媽看到了會多麼傷心難過。想到這裡，我是多麼愛納利，我真想助他一臂之力，比如在下面偷偷推他一把，好讓他順利爬上去。

卡羅納、德羅西和科列帝向他齊聲喊道：

「加油！加油！納利，快到了，再加把勁！」

納利憋足了勁，奮力往上爬，發出嘿呦嘿呦的聲音，眼看要爬上去了。

「好啊，再一用力就上去了，加油！加油！」大家一起喊著。

納利已抓住了平衡木，大家拍手叫好。

老師讚不絕口說：「真了不起，行了，下來吧。」

但納利想跟大家一樣站上平衡木，他又一次用力，手肘已攀附著平衡木了，接著腿和腳也上去了，最後終於筆直站到了上面。他喘著粗氣，面帶笑容俯視著我們。

我們再次鼓掌，納利向馬路上望去，我也轉過身子朝那個方向看著。透過院子裡掩映著柵欄的成簇花木，我看見納利的媽媽正在人行道上踱來踱去。

納利從上面下來，大家紛紛向他祝賀，他激動得面頰泛紅，雙眼泛著明亮的光彩，彷彿不是原來那個納利了。

放學時，他媽媽來接他，她抱著兒子，惶惶不安連聲問：「你沒事吧？可憐的孩子，怎麼樣？怎麼樣？」

同學們爭先恐後替他回答：

「他做得很好。」

「他跟大家一樣爬上去了。」

「他很有毅力。」

「他動作俐落。」

「他樣樣能幹，跟我們一樣。」

納利的媽媽露出笑容，她想說幾句感謝我們的話，但怎麼也說不出來，只好緊握三、四個同學的手，撫摸一下卡羅納，然後就帶兒子回家了。

我們看到他們母子二人興高采烈，一邊匆匆忙忙趕路，一邊還比手畫腳大聲說著話，根本不知道有很多人正注視著他們呢。

爸爸的老師

十一日，星期二

昨天，我跟爸爸出了一趟遠門，玩得非常開心。事情的經過是這樣的：

前天午飯時間，爸爸正在看報紙，突然發出一聲驚呼：「我以為他已經去世二十年了！你們知道嗎？我小學的第一個老師叫文琴佐・柯羅塞提先生，他已經八十四歲了，仍然健在。你瞧，這裡還有一則公共教育部授予他執教六十年獎章的消息呢。你知道嗎？六十年啊。他兩年前才退休，可憐的柯羅塞提老師，他現在住在孔托維，從這裡搭火車一小時就到了。我們吉埃里別墅的女園丁，家鄉也在孔托維。」過了一會兒，爸爸接著說：「恩利科，我們明天去看看我的老師。」

整個晚上，除了柯羅塞提老師，爸爸對什麼都不感興趣。小學老師的名字勾起他對童年許多往事的回憶，引起他對孩提夥伴和他已故母親的思念。爸爸感觸良多，對我說：「柯羅塞提啊……他教我的時候才四十歲，他當時的容貌聲音我還記憶猶新。他個子不高，微微駝背，目光炯炯有神，鬍鬚總是刮得淨光。表情嚴肅，但舉止溫文爾雅，富有教養。他像父親般關愛我們，因為如此，他也很難輕易原諒我們的過錯。他出身農民家庭，憑藉著刻苦學習和艱難奮鬥，終於當上了教師。他是個品德高尚的人，我母親很喜歡他，我父親待他如友。他是怎麼從杜林到孔托維的呢？他肯定不認得我了。這沒關係，我認得他。四十四年過去了，恩利科，四十四個年頭啊，明天我們去探望他。」

昨天上午九點，我們來到蘇薩火車站，我本來希望卡羅納也一起去，但他媽媽正在生病，他就不能去了。

這是一個晴朗明媚的春日，火車在綠油油的原野上飛奔，籬笆掩映在花叢和綠蔭之中，花兒吐出縷縷清香。爸爸望著窗外出神，顯得格外高興，不時把手臂搭在我的脖子上，像朋友那樣跟我隨便交談。

他感慨萬千說：「可憐的柯羅塞提！除了我父親，再沒有像我的老師這樣的人如此疼愛我了，我永遠忘不了老師對我的諄諄教誨，也忘不了您對我的嚴厲責備，我常常強忍著這些責備悶悶不樂回家。老師的手又大又粗，我還清楚記得，他進教室後總是先把手杖立在牆角，然後把外衣掛在衣架上，天天如此。他的脾氣始終一個樣兒，總是兢兢業業、滿腔熱忱，每天都像第一次上課那樣認真負責。至今我還記得他當時怎麼看著我，還記得對我說過的那些話：『博提尼，博提尼，你的食指和中指都要搭在筆上！』四十四年了，他的變化該有多大啊！」

我們一抵達孔托維，就馬不停蹄去找我家以前的女園丁，女園丁在小巷子裡開了一家小店鋪，我們很快找到她，她跟她幾個孩子生活在一起。她熱情招呼我們，說了許多歡迎的話，並告訴我們她家的情況：她丈夫在希臘打了三年工，就快要回來了，大女兒在杜林的聾啞學校等等。然後，她指引我們如何到老師家，老師在孔托維是家喻戶曉的，找到他並不難。

我們離開市區，走上一條鄉間坡道，兩旁的籬笆掩映在成簇成叢的花木中。

爸爸一言不發默默走著，完全沉浸在回憶之中，他時而微笑，時而搖頭。走著走著，爸爸突然站住說：「對，那就是他！沒錯，肯定是他！」我們看見一個拄著手杖的老人正下坡向我們迎面走來。他個子不高，鬍子全白了，頭戴寬大的帽子，走路吃力，手在顫抖。「對，就是他！」爸爸邊說邊加快腳步迎上前去。

走到他跟前時，我們停下來，老人也站住了，並注視著爸爸。老人如同以往一樣精神飽滿，雙眼炯炯有神。爸爸摘下帽子問：「您是……您是文琴佐•柯羅塞提老師嗎？」

老人也摘下帽子回答：「正是。」老人的聲音有些顫抖，但還洪亮。

爸爸拉著老師的手說：「太好了！請讓您以前的學生握握您的手吧，您身體可好？我是專程從杜林來看望您老人家的。」

老人一臉驚愕望著爸爸，然後說：「我非常榮幸。我記不清……記不清您何時是我的學生了，對不起，您的名字是……」

爸爸把自己的名字、老師什麼時候教過他、在什麼學校和什麼地方統統告訴了老人。他接著說：「您不記得我是很自然的，可我永遠記得您。」

老人低頭沉思片刻，輕聲念著爸爸的名字；爸爸微笑著，一直看著老師。

老人突然抬起頭，睜大眼睛，用緩慢的語氣說：「阿爾貝托•博提尼？工程師博提尼的兒子？家住安撫教堂的廣場附近？」

「是的。」爸爸緊握老師的手回答。

老人又慢慢說：「那麼……請允許我，親愛的先生，請允許我……」老人說著，上前一步緊緊抱著爸爸。他那白髮蒼蒼的頭一靠近爸爸的肩頭，爸爸便把面頰貼在老師的額頭上。

「勞駕，請您跟我來。」老師說。

老人沒再說話，轉過身子，帶我們到他家去。

我們走了幾分鐘，來到一座打穀場，打穀場後面有一座兩扇門的小房子，一扇門前圍著一堵白牆。老師開了第二扇門，帶我們進房間。

房子的四面牆壁粉刷得白白的，一個牆角放著一張活動床，床上鋪著深藍色白格子的床罩；另一個牆角擺著一張小桌子、一個小書架和四把椅子，牆上掛著破舊的地圖。房子裡散發出蘋果的香味。

我們三個坐下來，爸爸和老師都不說話，相互對看了好一會兒。然後，老師把目光停在磚板地面映出的斑駁光線上，突然說：「啊，博提尼，我想起來了。您母親是位心地善良的太太，您一年級的時候有好長時間是坐在靠近窗戶左排的第一個位子上。您看我的記性是不是還好？您的一頭鬈髮至今我仍然記得清清楚楚，永遠都忘不了……」老師說著，沉思片刻，接著又說：「您是個活潑的孩子，啊，很活潑的孩子。您上二年級時得了喉炎，是別人把您送到學校上課的。您那時很瘦，裹著一條圍巾。四十多年過去了，對嗎？你真了不起，還記得可憐的老師。你知道嗎？前幾年，還有我教過的一些學生來這裡看望我，他們有的當了上校軍官，有的成了神父，有的成了政府官員。」

老師詢問了爸爸的職業後說：「您來看我，我真高興，打心底高興，太感謝您了。有好長一段時間沒人來看我了，親愛的先生，恐怕您是最後一個吧。」

爸爸不勝驚奇說：「哪裡，這話怎麼說的，您身體很好，還很健壯，別說這樣的話。」

老師回答說：「啊，不行啦，不行啦。您沒看見我的手抖動得多麼厲害嗎？」說著，老師伸出手給他看。停了一會兒，老師接著說：「這不是好兆頭。三年前還在學校教書時，我就得了這種病。一開始我並不在意，以為病很快會好，想不到不但沒好，反而愈來愈厲害了。有一天，我連字都不能寫了，啊，那一天，是我有生以來第一次把墨水濺在學生的作業本上。親愛的先生，這對我打擊太大了。後來，我撐了一段時間，但力不從心，終於決定退休。執教六十年後，我要跟學校、學生和我從事的工作告別了，您知道，這真令人痛心，萬分痛心。我上完最後一堂課，學生熱情向我祝賀，並送我回家，我心裡好難受。看來我的生命就到此為止了。大前年，我妻子和獨生子相繼辭世，只剩下兩個孫子在鄉間種地，現在我靠幾百里拉的退休金養老，什麼也做不來，度日如年啊。我唯一能做的事情是每天隨便翻翻過去的課本、課堂筆記本和別人的贈書。您看，就在那裡。」老師說完，指一指小小的書架，又繼續說下去，「那裡有我美好的記憶。我過去的一切全都記錄在裡面，我沒有其餘東西留在這個世界上。」

老師突然用一種快樂的聲調說：「親愛的博提尼先生，來，過來，我要給你一個驚喜。」

老師站起來，走到書桌前，打開一個長長的抽屜，裡面裝著許許多多的小紙包，全都用細繩捆紮得緊緊的，每個紙包的上面都註明年月日。

老師找了一會兒，打開一個小包，翻閱幾頁，抽出一張發黃的紙遞給爸爸看，原來那是他四十年前的課堂作業，這張紙的開頭部分寫著：「阿爾貝托・博提尼，一八三八年四月三日，默寫。」爸爸立刻認出了他孩提時期的粗體字筆跡，他微笑著輕聲朗讀，眼睛突然變得溼潤了，我站起來問他到底是怎麼回事。

爸爸順手環抱住我的腰，把我拉到一旁對我說：「這張紙你看到了嗎？這些都是我母親幫我修改的，她總是替我描『L』和『T』這兩個字母，最後幾行全是她描寫的，她模仿我的筆跡，當我疲勞和打瞌睡時，就幫我完成作業，神聖的母親啊。」爸爸說完，在紙上親吻。

老師打開另外一些紙包，對我們說：「這是我的回憶錄，每年我都抽出每位學生的一份作業保留下來，全部編上號碼，按照順序整整齊齊排列起來，不時瀏覽，讀完這一行再讀那一行，許多往事就浮現在我的腦海，彷彿又回到那逝去的歲月。博提尼啊，多少事一晃眼就一去不復返了，現在只要我一閉上眼睛，那一張張熟悉的面孔，一班班的學生便出現在我的眼前，不知道當中有多少人已不在人世了。許多孩子我至今記憶猶新，那些最好的和最壞的，那些叫我稱心如意的和讓我傷透了心的孩子，我全都記得。不能不承認，在我教過的學生中間，還有一些陰險毒辣的人。您現在看得很清楚，我彷彿已到了另外一個世界，我要一樣愛他們每一個人。」老師說完坐下來，拉著我的一隻手。

爸爸微笑著問：「老師還記得我那時做過什麼惡作劇嗎？」

老人笑笑回答：「先生，有嗎？不，我一時想不起來了，但並不是說您從沒做過淘氣的事。跟您那時的孩子相比，您還算是聰明伶俐的，是個成熟穩重的孩子。我記得您母親非常愛您，您那時是個好學生，今天依然滿懷熱情來看我。您怎麼能在百忙之中，風塵僕僕專程來看一位風中殘燭、可憐的教書匠呢？」

爸爸滿懷深情回答：「柯羅塞提先生，您聽我說，我還記得母親第一次陪我上學的情形。那是母親有生以來第一次跟我分離兩個鐘頭，第一次把我帶出家門，離開父母，把我交給一個陌生人。對於像我母親那樣的人來說，我從家門進入學校，就如同進入社會一樣。從那次以後，一連串痛苦但必要的分離便開始了，這個社會第一次把她的兒子從她身邊奪走，再也不會把一個完整的兒子還給她了。她萬分激動，我也深受感動，為了把我託付給您，她用顫抖的聲音跟您說話，她要離開學校時，還不忘透過門上的孔眼，眼淚汪汪跟我話別。這個時候，您一手對她比了個手勢，另一手按在胸前，好像在說：『夫人，請相信我吧。』從您的手勢和目光中，我看得出您對我母親的一切情感和想法瞭若指掌，那目光彷彿在說：『夫人，別擔心，鼓起勇氣來。』那是一種誠心誠意的許諾，保證您一定呵護我、疼愛我和寬容我。當時的情景刻骨銘心，永生不忘。正是這種溫馨的回憶激起我從杜林來拜訪您的強烈願望。四十年後，今天終於如願以償，來到您的身邊，親口對您說一聲，親愛的老師，謝謝您了。」

老師沒有說話，只是用手撫摸我的頭髮。他顫抖的手從我的頭髮摸到前額，又從前額摸到肩上。

爸爸望著光禿禿的牆壁、破舊的床鋪、窗臺上的麵包和小油瓶，這一切景物彷彿在說：「可憐的老師，難道他執教六十年後所得到的回報就僅只如此嗎？」

善良的老人今天顯得格外高興，他興致勃勃談起我們家的事情，回憶起當年的其他老師和爸爸的同學。有些人還記得，有些已記不起來了。他們談興很濃，天南地北說了半晌。爸爸要請老師到市內吃午飯，兩人的談話不得不告一段落，老人熱情回答：「謝謝，謝謝。」但他似乎猶豫不決。爸爸拉住老人的手再三請他去，老人說：「您看，我這可憐的手抖動得這麼厲害，怎麼吃飯呢？再說，那樣也會給別人帶來麻煩的。」

爸爸說：「老師，我們會幫著您的。」老師終於同意了，並微笑點點頭。

老人一邊關門，一邊連聲說：「天氣真好，天氣真好。博提尼先生，老實說，我一生都將記得這一天。」

爸爸攙著老師，老師牽著我的手，一同順著山坡小道走下來。路上我們遇見兩個牽著奶牛的赤腳小女孩，和一個背著一大捆草的男孩從我們身邊大步走過。老師告訴我們，那兩個女孩和那個男孩都是三年級的學生，他們上午去趕牛放牧或在田裡幹活，下午再穿上鞋子到學校上課。快到中午了，路上我們沒再遇見任何人。沒走多久，我們來到一家餐館，圍著一張大桌子坐下，老師坐在我和爸爸中間，開始用餐。

餐館像修道院般靜悄悄的，老師顯得特別愉悅。由於心情太激動，他的手抖得更加厲害，簡直無法吃飯了。爸爸替他切肉，幫他掰開麵包，把鹽放進碟子裡。老師喝酒時，雙手緊緊握著杯子，但杯子還是碰得牙齒格格作響。老師滔滔不絕談到他年輕時讀過什麼書、當時的課程表、上級對他的讚賞，以及最近幾年學校的規章制度。老師一向安靜的臉龐泛起微微紅暈，像年輕人一樣有說有笑，風趣橫生。爸爸一直仔細端詳著老人，沉思遐想，忽而又笑容滿面，那種表情就像有時在家裡看著我那樣。

老師把酒濺到胸前，爸爸立即起身用餐巾幫他擦乾，老師笑瞇瞇說：「不，先生，不能這樣。」老師還用拉丁語說了幾句話。最後，他舉起手中不斷晃動的酒杯，十分嚴肅說：「來，為了您，親愛的工程師先生和您兒子的健康，也為了紀念您善良的母親乾杯！」

爸爸緊握老師的手回敬說：「來，為我的好老師健康乾杯！」站在一旁的餐館老闆和其他人笑吟吟注視著我們，彷彿也為自己的家鄉有這樣一位德高望重的老師而高興。

過了兩點鐘，我們離開餐館，老師執意送我們到火車站去。爸爸走過去攙扶老師，老師拉住我的手，我拿著他的手杖。來到大街上，人們都駐足望著我們。大家都認識老人，還不時跟他問候。

我們經過一個地方，突然聽到從窗內傳來朗朗讀書聲，和一個字母一個字母的拼讀聲。聽到這聲音，老人停下來，一副很難受的樣子。

老師說：「親愛的博提尼先生，這些年我日子好難過，現在我只能聽聽孩子們的讀書聲，再也不能回到他們之中了，已經有另一個老師接替我了。這『音樂』我聽了六十年，早已深深迷戀上了，我再也沒有孩子，是沒有家庭的孤苦老人。」

爸爸一邊往前走一邊對老師說：「不，老師，您還有許多的孩子，他們遍布世界各地，跟我一樣時刻惦記著老師呢！」

老師悲觀失望說：「不，不，我再也沒有學校，再也沒有學生了，沒有了學生，我活不了多久了。對我來說，安息天國的喪鐘即將敲響。」

爸爸說：「不，不，老師，不能這樣說，連想都不應該想，您做了那麼多好事，大家都有目共睹。您把畢生精力都獻給了崇高的教育事業。」老人白髮蒼蒼的頭在爸爸的肩膀上靠了一會兒，接著握握我的手。

我們進入車站，火車馬上就要開動了。

「再會，老師！」爸爸吻著老師的面頰說。

「再會，謝謝您！再會！」老師邊說，邊用他抖動的手緊握爸爸的手，並緊緊貼到自己的胸前。

我也跟老人親吻，他已淚流滿面了。

爸爸先把我推進車廂。當他正要登上火車時，他從老人手裡很快拿過那根粗陋的手杖，把自己那根鑲有銀製圓頭、刻著縮寫字母姓名的漂亮手杖遞給老人，誠心誠意說：「就當作對我的紀念吧。」

老人想把手杖還給爸爸，再換回自己的手杖，但他已經進了車廂，車門也關了。

「再會，我的好老師。」

「再會，我的孩子，願上帝保佑您，是您安慰了我這個可憐的老人。」火車開動時，老人說。

「再會，老師！」爸爸激動高聲說。

但老師搖搖頭，彷彿在說：「我們不會再見了。」

「會的，會的，我們還會再見的。」爸爸又說。

老師舉起顫抖的手，指向天空說：「在那上面再會吧。」

就在老師把手指向天空的剎那間，他的身影從我們的視線裡消失了。

大病初癒

二十日，星期四

萬萬沒想到，跟爸爸那次愉快的旅行之後，我竟有十天的時間沒再出過家門，因為我病了，而且嚴重到命在旦夕的地步。我聽到媽媽的抽泣聲；看到爸爸臉色蒼白，眼睛直直凝視我；姊姊希薇亞和弟弟輕聲細語說話；戴著眼鏡的醫生有時來看我，說一些我聽不懂的話。真的，我差點就要跟大家永別了。可憐的媽媽！我昏迷了三、四天，不省人事，老是迷迷糊糊做噩夢。我依稀看到我二年級的老師來到床前，因為怕驚醒我，用小手絹捂住嘴巴不咳出聲來；我模模糊糊記得我現在的老師俯身吻我，鬍子還扎到我的臉。睡意朦朧中，我隱隱約約看到科羅西的紅髮、德羅西的金黃色鬈髮和穿著黑色衣服的卡拉布里亞男孩。卡羅納還送給我一顆帶葉的柳橙，他媽媽也正在生病，所以來沒多久就走了。

後來，我從長長的昏睡中甦醒過來，感覺好多了，我看到爸媽微笑的面容，聽到希薇亞哼著小曲，這是多麼悲傷的夢啊。此後，我開始一天天好起來。來探望我的小泥瓦匠還扮了個兔臉給我看，逗得我忍不住笑了，這是我生病以來頭一次開心大笑。小泥瓦匠病後臉變得比較瘦長，但兔臉照樣做得好極了，可憐的小傢伙啊。科列帝來了，卡羅菲也來了，他送給我兩張自己新製作的摸彩券，中獎者可以獲得一把多功能小刀，這小刀是他從貝爾托拉大街一位舊貨商那裡買來的。昨天我睡覺的時候，波列科西也來看我，他沒有叫醒我，只是把臉頰輕輕貼在我的手上，他是從爸爸的鐵工廠直接來的，臉上還沾滿煤灰，在我的衣袖上留下黑糊糊的痕跡，我醒來後看到真高興。

僅僅幾天工夫，樹木都抽出嫩綠的葉兒。爸爸把我扶到窗口，我看見孩子背著書包跑著上學，心裡很羨慕。我也會很快回校的，我多麼希望趕快看到同學，看到我的課桌、校園、街道，聽一聽近來學校裡發生的種種事情，重新翻開我的書和作業本，我覺得自己好像一年沒看書了。

可憐的媽媽瘦了，一臉蒼白；可憐的爸爸完全是一副疲憊不堪的模樣。來看我的同學踮起腳尖走近我，輕輕親吻我的額頭，想到我們終有一天要分開，我就覺得非常感傷。我跟德羅西和另外幾個同學將繼續一起學習，但其他人呢？第五個學年一結束，我們將各奔東西，再也見不到面了，我以後生病，也不能在床頭見到他們了。卡羅納、波列科西和科列帝，那樣善良和勇敢的孩子，他們都是我可愛的夥伴，以後卻再也見不到了！

爸爸的話：勞工朋友

二十日，星期四

恩利科，為什麼說「再也見不到了」呢？這完全取決於你自己。上完五年級，你要上中學，他們要去打工，但你們可能還在同一座城市共同生活很多年，怎麼會不再相見呢？你將來上了高中或大學，還是可以到店鋪和工廠去找他們，見到兒時夥伴一個個成了會工作的大人時，這是值得高興的事情！

不管科列帝和波列科西將來到什麼地方，希望你能想盡辦法找到他們，即便只是短暫跟他們相聚幾個鐘頭，談論社會，品味人生，一定能從他們那裡獲益良多，學到與他們的技能、所處的社會地位，和我們的國家息息相關的事情。要知道，這些知識是無法從其他人身上學到的。我想坦白告訴你，如果你不能保持這種友誼，將來就不容易再跟與你不同階級的人做朋友，這一點無論如何你要牢記。如果做不到，你就只能生活在單一社會階層中，只能與同階級打交道，就好像一位學者只讀一本書一樣，枯燥乏味。

我提醒你：從今以後，你一定要跟善良朋友保持聯繫，即使終有一天會分開，也應該如此。優先培養跟他們的感情，因為他們是工人的兒子。你不妨留心觀察一下：社會就跟軍隊一樣，上層社會的人是軍官，而下層社會的工人就是軍隊的普通士兵，但這並不代表士兵沒有軍官高貴，因為貴賤之分在於勞動而不在於金錢，在於價值而不在於級別。如果真要論功勞的話，那麼功勞應該屬於士兵和工人，因為他們往往付出很多，卻只分得很少的報酬。

首先，你要敬愛同學之中那些勞工的孩子，敬重他們父親的辛勤勞動和犧牲奉獻，不要以錢財的多寡和階級的差別來衡量人，只有卑鄙小人才以這種差異來決定自己的好惡和待人的態度。你不妨想想，正因這些工人和農民揮灑熱血工作，才讓我們國家欣欣向榮。

你要敬愛卡羅納，敬愛波列科西，敬愛科列帝，敬愛小泥瓦匠！在他們這些小小勞工身上有著王子般的高貴品德。你要對自己發誓說，不論你的人生將來如何變遷，都永遠不能從你心中奪走兒時友情；你還要發誓，再過四十年，假如你在火車站認出某個滿臉煤灰的司機正是卡羅納時，雖然你現在不需要發誓，但我相信那時你即便是位參議員，也一定會登上火車去摟住他的脖子的！

爸爸

卡羅納的母親

二十八日，星期五

我剛回到學校，便聽到一個悲痛的消息。因為卡羅納的媽媽病得很厲害，他已經很多天沒來上學，而他媽媽於上星期六晚上去世。昨天上午老師一進教室就對我們說：「卡羅納的媽媽去世了，這個可憐的孩子遭逢巨大不幸，受到沉重的打擊。他明天要來上課，請你們從今天起對他的萬分悲痛表示同情，以撫慰他創傷的心靈。孩子，你們要嚴肅持重，真誠對待他，不許跟他開玩笑，不許在他面前放聲大笑。」

這天上午，可憐的卡羅納比較晚來學校，我一見到他，心裡彷彿挨了重重一擊，十分難受。他面容枯槁，眼睛紅腫，兩腿站立不穩，倒像是他自己也病了一個月似的。他身著黑色喪服，我幾乎認不出他來了，心裡不由得泛起一陣同情和憐憫，大家都屏息凝神望著他。

卡羅納走進教室，他腦海裡隨即掠過以往學校裡一幕幕情景：那時候，媽媽幾乎每天都來接他；考試的時候，媽媽總是俯身囑咐他應注意的事情；課堂上，他常常思念媽媽；放學時，他總是迫不及待跑出去迎接媽媽……想到這一切，他感到絕望而放聲大哭。這時候，老師把卡羅納拉到身邊，把他抱在胸前對他說：「哭吧，痛痛快快哭吧，可憐的孩子。但你要堅強，你媽媽已經不在這個世界上了，但她能看見你，依然愛著你，還生活在你的身邊。總有一天，你會再見到她的，因為你跟你母親一樣善良正直。孩子，你要堅強。」

老師說完，隨卡羅納來到座位上，挨著我坐下，我不敢看他。他把好多天都沒有打開的書和作業本拿出來，當他翻開書，看到書上一幅母子牽手的插圖，突然雙手抱住腦袋，又一次失聲痛哭起來。老師暗示大家暫時別管他，於是開始上課。我本想跟他說幾句話，但又不知說什麼才好，只好一手輕觸他的手臂，在他耳邊輕聲說：「卡羅納，別哭了。」

他沒有答話，也沒有抬起頭，只是把他的手放在我的手上。

放學的時候，大家都沒有跟他講話，只是圍在他身邊，用肅穆的目光默默注視他。

我看見媽媽在等我，就跑過去撲進她懷裡，可是媽媽把我推開，只是目不轉睛看著卡羅納。我本來不明白媽媽的用意，過了一會兒，我發現卡羅納一個人孤零零站在一邊看著我，眼神充滿難以描述的悲傷，那神情彷彿在說：「你可以擁抱媽媽，我卻再也不能了，你媽媽還健在，我媽媽卻去世了。」

這時候，我才明白媽媽推開我的用意。想到這裡，我沒有拉媽媽的手，就一個人走了。

朱塞佩・瑪志尼

二十九日，星期六

今天上午卡羅納來上學的時候，臉色蒼白，眼睛哭得又紅又腫。為了安慰他，我們在他課桌上放了幾件小禮物，他只是看了一眼，也沒有很在意。老師為了幫卡羅納打打氣，準備讀一篇文章給他聽。朗讀之前，老師先通知我們說，明天下午一點我們要到市政府去參加公民榮譽獎章的授獎儀式，獎勵一個從波河中救起兒童的少年。下星期一，老師將描述這次頒獎典禮的盛況，讓我們聽寫，作為這個月的每月故事。接著，老師轉向低著頭的卡羅納，對他說：「卡羅納，鼓起勇氣來，跟大家一起把我朗讀的文章寫下來。」於是，我們拿起筆，老師開始讀：

朱塞佩・瑪志尼，一八〇五年生於熱那亞，一八七二年在比薩去世。他是一位偉大的愛國者，也是才華橫溢的作家，還是義大利革命的啟蒙者和先驅。他擁有滿腔愛國熱忱，四十年中始終過著漂泊的貧困生活，雖遭迫害和放逐，仍堅持遵循自己的道德準則，始終不改變自己的決心。朱塞佩敬重母親。他從母親身上遺傳到許多優點，繼承母親的堅強意志、高尚品德和純潔靈魂。當他一位忠實的朋友因母親去世而悲痛萬分時，他寫信安慰這位朋友。下面引用的幾乎是這封信的原文：

「朋友，在這個世上，你再也見不到自己的母親了，這是一個殘酷的事實。我現在不想去見你，因為你現在的痛苦雖然非常沉重，但又非常神聖，你不得不忍受，不能不自己去戰勝。你要明白我這句話的含意：必須戰勝痛苦。悲痛中存在著不神聖亦不純潔的消極想法，這些消極的想法不僅會玷污純潔的靈魂，還會使靈魂陷入軟弱和低落的境地，你必須戰勝。但不可否認，悲痛中還存在著能使靈魂變得偉大文雅的高尚精神，這是你應朝夕相隨且永遠保持的精神。人世間任何事物都無法取代善良母親的位置，不論在痛苦中，還是在安適中，只要一息尚存，你就該永遠想著自己的母親，緬懷她，熱愛她，哀悼她，這樣才算對得起她。啊，親愛的朋友，請牢記我的話：死亡並不存在，死亡什麼都不是，沒有人可以理解死亡。生命就是生命，遵循自己的法則，那就是活下去。你昨天雖然還有一位母親在世上，今天你卻有一位在天堂的天使。一切美好的事物都是永恆的，隨著塵世生活的流逝而不斷強大，母親的愛也是如此，她現在比任何時候都愛你。為了她，你也要對你自己的行為更加負責，你能不能在另一個世界跟她再次相會，完全取決於你自己，取決於你的表現。為了敬愛你的母親，你必須變成一個出類拔萃的人，把你的歡樂帶給她。從今以後，做每件事情時，不妨捫心自問：我母親會同意嗎？你去世的母親成了一名與你相隨的守護天使，你必須向她報告自己的一言一行。你要堅強善良，要經得住絕望和庸俗悲痛的磨練，在偉大靈魂經受巨大苦難時，你要保持鎮靜，因為這是你母親的願望。」

老師接著說：「卡羅納，你要堅強，要平靜下來，這是你母親的願望，懂嗎？」

卡羅納點點頭，同時，大滴大滴的淚珠撲簌簌滾落在他的手上、作業本上和課桌上。

每月故事：〈公民英勇行為〉

下午一點，老師帶我們到市政府大樓參加頒獎儀式，讚揚那位從波河英勇救人的孩子。一面巨大的三色國旗在市政府大樓正面的陽臺上迎風招展。

我們來到市政府的中庭時，裡面已有很多人。中庭的正中央盡頭擺著一張鋪紅布的長桌子，上面放著獎狀，桌子後面是一排鍍金椅子，讓市長和市政府官員坐。市政府的工作人員統一穿著天藍色襯衣和白襪站在那裡，中庭右邊站著一隊佩戴勳章的警察，他們旁邊是一隊海關關員，中庭左邊是穿著節日制服的消防隊員和一些沒有列隊、前來看熱鬧的士兵，這群士兵當中有騎兵、狙擊手和砲兵，四周擠滿了士紳、市民、軍官、女人和孩子。

我們跟其他學校的師生擠在一個角落裡，旁邊有一群看來十歲到十八歲的平民孩子，有的在哄然大笑，有的在高談闊論，原來他們是家住波河街道的孩子，是今天得獎那位少年的同學和朋友。大樓的所有窗口都擠滿了市政府職員，圖書館的迴廊裡也站滿了人，他們扶著欄杆四處眺望。市政府大樓對面建築物的露臺上，也有一群公立學校的女學生，和蒙著天藍色面紗的「軍人慈善協會」的小姐在圍觀，這裡簡直就像一個大劇院。大家興高采烈交談著，不時朝鋪著紅布的桌子那邊張望一下，看有哪些人露面。拱廊裡的樂隊奏著緩慢的曲子，明媚的陽光照在高高的牆上，眼前景色真是美好。

突然中庭裡、迴廊上和窗口處響起一片掌聲。

我踮起腳尖向前觀望。

桌子後面的人群向兩邊散開，我看見一個男人和一個女人走向前來，男人帶著一個男孩。

那男孩便是從河裡救了同伴的少年。

男人是孩子的父親，是一名泥瓦匠，盛裝出席；女人是孩子的母親，個子不高，頭髮金黃，穿著黑色衣服；男孩也是滿頭金髮，個子瘦小，身著灰色夾克。

見到這麼多人，聽到陣陣掌聲，三個人手足無措楞在那裡，既不敢抬頭看，也不敢動。一位市政府工作人員把他們三人帶到右邊的桌子旁。

整個中庭一時鴉雀無聲。過了一會兒，大家再次鼓起掌來。男孩抬頭向窗口望去，又向「軍人慈善協會」的小姐站著的地方瞧了一眼。他手裡拿著帽子，不知該如何是好。我覺得他的臉型有點像科列帝，但臉色更為紅潤，他的父母很緊張，一直盯著桌子。

住波河街道的孩子本來站在我們身旁，現在紛紛往前推擠，向少年打著手勢，有節奏呼喊著：「皮！皮！皮諾特！」由於孩子一再喊他的名字，少年終於聽到喊聲，於是回頭微笑望著朋友。

這時候，全體警察突然立正，市長進場，後面跟著各級官員。市長身著白色服裝，佩戴長長的三色綬帶，走到桌子前站住，其他人立在他後面和兩側。

樂隊停止奏樂，市長做個手勢，全場剎那間寂靜無聲。

市長開始講話。他一開始講話的內容我沒有完全聽懂，但我知道他講了少年的事蹟，然後他提高嗓門，清晰洪亮的聲音在整個中庭迴盪，後來的話我一句也沒漏掉。

「……當他從岸上看到驚恐萬狀的夥伴在水裡拚命掙扎時，便脫掉衣服，毫不猶豫跑過去救那孩子。別人對他大喊著：『你要當心，別淹死呀！』他卻不理睬。別人抱住他，他掙脫出來；別人再喊他時，他已縱身跳進河裡。河水暴漲，就算大人下水也有生命危險。他憑著小小的軀體和一顆火熱的心，全力跟死亡搏鬥，他及時抓住沉在水下的孩子，將他拖出水面，他奮力撥浪擊水，那孩子死抓住他不放，洶湧的波濤向他猛撲過去，將他捲來捲去，他有時掙扎著浮出水面，有時不見了蹤影。他那頑強的意志和毫不動搖的決心實在不像一個孩子，反倒像是一個大人，像一個父親奮不顧身去救自己的兒子，那是自己的希望和生命啊！少年慷慨無私的英勇行為終於感動了上帝，溺水的兒童得救了。他把落水者抱到岸上，和其他人一起進行搶救。事後他回到家裡，只把自己的救人行為簡單跟家人講了一下。

各位，這是多麼高尚的行為啊。大人的英勇行為固然值得尊敬，但對於沒有任何野心、沒有任何私利、力氣不如大人，卻表現出極大勇氣的孩子來說，沒人要求他，他卻自願承擔救人義務，他的英勇行為更是值得稱讚。各位，我不再多說什麼了，再多的讚美之詞也無以形容這種純潔的靈魂。你們看，這位勇敢高尚的少年就站在你們面前。諸位戰士，請像對待同袍般向他致敬；在場的母親，請像對待兒子般為他祈福；孩子，你們要記住他的名字，把他的樣貌印在腦海，銘刻心中，永世不忘。孩子，過來吧，我以義大利國王的名義，授予你公民榮譽獎章。」

一陣陣歡呼聲此起彼伏，響徹雲霄，迴盪整個廣場。

市長從桌子上拿起獎章，掛在少年胸前，然後跟他擁抱親吻。

少年的母親用一隻手捂住了眼睛，父親下巴垂在胸前。

市長和少年的父母緊緊握手，拿起用絲帶繫著的嘉獎令遞給母親，然後轉過身對少年說：「今天是值得紀念的日子，是你光榮的一天。當然，也是你父母幸福的一天，你要終生走在這條崇高光榮的道路上。再見！」

市長離開了，樂隊奏樂，頒獎儀式似乎就要結束了。就在這時候，消防隊員向兩邊散開。突然，一個女人將一個八、九歲的男孩推到人群前面，那女人馬上不見了，男孩向得獎的少年撲過去，投入少年的懷抱。

群情激奮的歡呼聲和如雷的掌聲又一次在中庭迴盪。大家霎時全明白了：原來他就是從河裡被救起的那個孩子，是來向救命恩人致謝的。男孩吻過少年，拉著他的手臂一起往外走，後面跟著少年的父母，四人同時向大門口走去。他們很費力穿過讓路的嘈雜人群，亂哄哄的警察、士兵、女人和孩子你推我擠，爭先恐後，紛紛踮起腳尖來看少年。凡是少年經過的地方，大家都走上前去撫摸他的手臂，他來到同學跟前時，大家都高高揮動著帽子，與他同住一條街的孩子掀起一股更嘈雜的聲浪，過去抓他的手臂，扯住他的夾克，不斷高呼：「皮！皮！皮諾特萬歲！英雄皮諾特！」他正好經過我面前，我抓住機會好好看看他。他臉泛紅暈，滿心歡喜，獎章上繫著白、紅、綠的三色絲帶。他母親高興得流出了眼淚，父親用手捻著鬍子，由於過分激動，他的手直顫抖。人們從窗口和陽臺探頭俯身向他們拍手致敬。

他們經過門口的拱廊時，「軍人慈善協會」的小姐紛紛從露臺上拋來三色堇、紫羅蘭和雛菊的花束，花兒如雨點般落在他們的頭上，散落在地上。很多人趕快拾起花兒，獻給少年的母親。樂隊奏著緩慢而美妙的曲子，許許多多的聲音匯合成婉轉悅耳的歌曲。這歌聲迴盪著，一直傳到遠處的河岸。

五月

媽媽的話：患佝僂病的孩子

五日，星期五

今天，我身體不太舒服，於是請假一天沒去上學，跟媽媽去了殘疾兒童學校，她要介紹警衛的孩子進殘疾兒童學校，但到了學校後，她並沒有讓我進去。

恩利科，你知道我為什麼沒讓你進去嗎？把你這樣一個健全茁壯的孩子帶到那些不幸的孩子中間，太惹人注目了。他們跟健康孩子比較的機會愈多，痛苦也就愈大，多麼令人痛心！我進到學校，不由得傷心落淚。裡面大約有六十名男孩和女孩，有的骨骼變形，備受折磨；有的手足僵硬或扭曲；有的小小的身軀佝僂。可憐的孩子啊！其中也有面目俊秀、目光慧黠、表情豐富的孩子。有個小女孩的鼻子尖削翹起，下巴如同老太婆那樣嶙峋尖瘦，但微笑卻是天仙般甜蜜。有的孩子正面看上去很漂亮，不像有殘疾，但轉過身子，就叫人難過得心都揪在一起。醫生正在為他們檢查身體，他們站在凳子上，撩起衣服。醫生用手輕輕拍打他們鼓脹的肚子，摸摸腫大的關節。這些可憐的孩子一點也不會害臊，可以看出，他們已經習慣這樣脫衣服讓人從頭到腳檢查。現在他們處在身體狀況良好的時期，幾乎感覺不到什麼疼痛，但又有誰知道，在他們身體變形的初期，曾經忍受多麼大的痛苦。隨著疼痛日益加重，這些可憐的小傢伙漸漸失去人們的疼愛，總是孤苦伶仃被遺忘在偏僻的角落，乏人問津；他們營養不良，常常被人嘲笑、受人冷落，長期遭到繃帶的束縛，長期忍受矯正器的折磨。看到他們隨著老師的口令，從凳子底下伸出上著夾板、裹著繃帶的腫大關節和變形雙腿做體操，真叫人心疼。這些腿原本該是讓人溫柔輕撫的肢體啊！有的孩子由於腰弓背駝，站不直身子，只好屈著身體，倚著拐杖，一動不動待在那裡。有的孩子想伸開手臂活動筋骨，卻因喘不過氣而臉色煞白，只好重新坐下，但還是滿臉堆笑，想掩飾心中的焦慮不安。

恩利科啊，像你這樣健康的孩子不知道珍惜自己的身體，以為身體的好壞無關緊要，這是不對的。做母親的往往把嫵媚可愛、活潑健壯的孩子當作寶貝大肆宣揚，為擁有漂亮的孩子而自豪。想到這裡，我恨不得把所有這些可憐的小傢伙緊緊抱在胸前。假如我一人生活，沒有家累，我真想對他們說：「我要永遠留在這裡，我要把人生獻給你們，為你們效勞，我願做你們的母親，直到人生最後一天為止。」他們還唱歌，用一種微弱悲哀卻又柔和甜美的聲音唱歌，這是發自肺腑的聲音。老師表揚他們時，他們顯得非常興奮，老師走過他們的座位時，他們就去吻老師的手和手臂，因為他們對給予他們恩惠的人都懷有深深的感謝，想表示他們的真切敬意。女老師對我說，這些小天使一個比一個機靈，學習都很用功。老師是一位熱情洋溢的年輕女子，她生活在需要她撫愛和呵護的不幸孩子中間，善良的面孔時時罩著愁雲。親愛的姑娘，在所有靠自己的勞動而勉強度日的人們當中，再也沒有任何人的工作比你的更為神聖了！我愛妳如同自己的女兒！

媽媽

犧牲

九日，星期二

我媽媽很善良，我姊姊希薇亞跟母親一樣，心胸寬廣，品德高尚。

這次的每月故事叫做〈尋母記：從亞平寧山脈到安第斯山脈〉，因為篇幅太長，於是老師分配給我們每個人負責抄寫幾頁。昨天晚上我在抄寫時，希薇亞悄悄踮腳走進來，輕聲細語對我說：

「你跟我到媽媽那裡去一下。今天早上我聽到爸爸媽媽嘀咕著什麼，爸爸好像有一筆生意沒做好，心裡很難過，媽媽安慰他，叫他別灰心喪氣。我們全家的生活遇到了困難，懂嗎？這就是說，我們手頭有點緊了。爸爸說，全家必須有所犧牲才能度過難關，我們兩個也得做出一些犧牲，對嗎？你有這種心理準備嗎？好吧，我現在就去跟媽媽說，你要保證會按我說的去做，你只要在旁邊點頭表示同意就行了。」我們說做就做。希薇亞立刻拉著我，帶我到媽媽那裡。媽媽正心事重重做著針線活。我在長沙發的一頭坐下，希薇亞在另一頭坐下，迫不及待對媽媽說：「媽媽，我有話對你說，我們兩個有話對你說。」母親驚訝望著我們，希薇亞接著說：「爸爸沒有錢了，對嗎？」

「妳在說什麼？」媽媽紅著臉問，「沒這回事，妳怎麼知道？誰說的？」

「是我自己發現的。」希薇亞堅定回答，「媽媽，妳聽我說，我們兩個也要做出犧牲才對。妳曾答應五月底幫我買扇子，幫恩利科買顏料，現在我們什麼都不要了，我們不想再多花錢了。沒有這些東西，我們照樣高興。」

媽媽想說點什麼，但希薇亞搶先一步又說：「不，就這樣，我們決定了。現在爸爸沒有錢，我們不吃水果，也不要吃其他多餘的東西，喝湯就行了，早飯只吃麵包，這樣一來，我們可以少花些錢。以前，我們花太多錢了。我們向您保證，即便這樣，我們還是會如以往一樣開開心心的，恩利科，你說對嗎？」

我點頭稱是，希薇亞用手捂住媽媽的嘴，接著說：「好了，我們會永遠開心的，我們還可以犧牲其他一些東西，例如不要再買衣服和其他東西了，這是我們心甘情願的。我們還可以賣掉所有的禮物，我自己的東西也可以全部賣掉。我可以幫妳做家事，不要再雇幫傭了，我想整天跟妳一起幹活兒，妳吩咐我做什麼我都做，我時刻準備聽妳的吩咐，我都準備好了……」希薇亞摟住媽媽的脖子繼續說：「只要爸爸媽媽不再生氣，只要看到你們恢復以往在希薇亞和恩利科面前那般的精神安寧、心情舒暢就行了，因為我們非常愛你們，甚至願意為你們獻出所有！」

媽媽聽完這些話，露出高興的神情，那模樣是我從來沒有見過的，她那樣熱情吻我的額頭，也是我從未經歷過的。她又哭又笑，半晌說不出話來。然後，媽媽叫希薇亞放心，說她弄錯了，家裡狀況並沒有她想的那麼困難，媽媽一次又一次對我們表達謝意，整個晚上都是樂呵呵的。

爸爸回來後，媽媽把一切都告訴了他，可憐的爸爸，他一句話也沒說。

今天早晨坐上飯桌時，我們又驚喜又難受，因為我在餐巾下發現了顏料盒，希薇亞在餐巾下發現了扇子！

火災

十一日，星期四

今天上午，我抄完分配的那一部分每月故事〈尋母記：從亞平寧山脈到安第斯山脈〉，老師還有指定一份作文，可以自由選題，我正在想題目的時候，突然聽到樓梯上不知哪裡來的吵鬧聲。很快有兩名消防隊員走進家門，請爸爸允許他們檢查一下火爐和煙囪，因為屋頂有一根煙囪著火了，不清楚是誰家的。

爸爸說：「好的，請吧。」雖然我們家沒有失火，他們還是一間一間仔細查看，還把耳朵貼在牆上，聽聽我們家連接其他樓層的煙道有沒有燒起來的聲音。

他們到處查看時，爸爸對我說：「嘿，恩利科，你的作文有題目了：消防隊員，你把我講的內容大意寫下來就行了。」

這件事發生在兩年前的一個深夜。那天晚上，我從巴爾博劇院出來，剛來到羅馬大街時，便看到一片不尋常的火光，很多人從四面八方奔向那裡，原來是一棟房子失火了。窗口噴出火舌，屋頂冒出濃煙，男人和女人在窗臺前擠成一團，發出絕望的叫喊，大門口的喧囂嘈雜聲此起彼落，人們大喊大叫：「他們要被活活燒死了。消防隊，快救命呀。」

這時候，第一輛消防車抵達了，從市政府趕來的四個消防隊員跳下車，像風一樣衝進屋子裡。他們剛衝進去，就發生了一件令人頭皮發麻的事情：一個女人聲嘶力竭叫喊著，先是從四樓的窗口探出頭來，接著跨過陽臺的欄杆，雙手抓住欄杆往下滑，背朝外懸吊在半空。濃煙和火舌從窗口冒出來，就要燒著女人的頭髮了。這時人們恐怖驚叫起來，原來三樓驚慌失措的住戶報錯樓層，消防隊員接獲誤報，打穿了三樓的一堵牆，衝進屋子裡才聽到人們連連喊叫：「四樓！四樓！」

他們又奔向四樓，屋內一片狼藉：樓道裡火焰熊熊，濃煙滾滾，嗆得人透不過氣來。屋樑咯吱咯吱直搖晃。為了救出被火圍困的住戶，他們別無他法，只得從屋頂走過去。於是他們旋風似衝向屋頂，濃煙中隱約看見一個黑影站在瓦壟上，原來是搶先上來的消防隊隊長。要從屋頂到達被火焰包圍的屋子，只能經過閣樓和屋簷之間一條非常狹窄的空地，整個屋頂都狂冒火焰，只有那一塊空地覆蓋著冰雪，但卻沒有任何可抓握的地方。「那裡過不去！」下面的人大聲喊道。

隊長沿著屋頂的邊緣往前走，大家屏聲靜氣，注視著他的一舉一動，最後他終於過去了。一陣陣歡呼聲響徹雲霄，隊長繼續向前跑，來到起火地點，舉起斧頭砍著樑木和瓦塊，鑿開一個洞口，準備下到屋子裡。此時女人仍然懸在窗外，火勢愈來愈猛，馬上就要燒到她的頭髮了，眼看她要支撐不住了。隊長鑿出洞口後，摘去皮肩帶，跳進屋子裡。其他消防隊員也趕來了，並緊跟著他下去。

這時候，波爾塔雲梯①送到了，架在窗臺上方的房簷下。窗口依然噴著火舌，屋內傳出撕心裂肺的嚎叫，彷彿一切都晚了。

人們吼叫著：「沒救了！」

「消防隊員也要活活燒死了。」

「全完了。」

「全死了。」

突然，隊長的身影出現在火光四射的窗口，那女人摟住隊長的脖子，隊長伸出雙臂緊抱女人的腰身，把她拉上來，拉進屋子裡。人們異口同聲的叫喊淹沒了火舌劈啪劈啪的聲響。但其他人怎麼辦？他們怎麼下去？另一窗口與這一窗口還有一段距離，梯子搆不著怎麼救人呢？正當隊長在煩惱的時候，突然一個消防隊員出現在窗口外面，他右腳踩在窗臺上，左腳踩在梯子上，橫跨半空，其他隊員把遇險的住戶從屋裡一個個遞給他，他抱住後再遞給站在梯子上的另一個隊員，住戶踩好梯子後，最下面的隊員再一一接住他們，消防隊員就這樣順利將全部遇險者安全送到地面。

第一個脫險的是懸在欄杆上的那個女人，接著是一個小女孩，然後又是一個女人，最後是一個老先生，遇險者全數獲救。消防隊員也下來了，隊長是第一個上去而最後一個下來的，人們熱烈鼓掌歡迎消防隊員。消防隊長不顧困難和危險，置死生於度外，是所有遇險者的救命恩人，他下來時，大家懷著敬佩和感激的熾熱心情，一邊歡呼一邊伸出手臂，像歡迎一位凱旋英雄那樣歡迎他。原本沒沒無聞的消防隊長，現在大家都知道他叫朱塞佩·羅比諾，而且聲名遠播。

說到這裡爸爸問：「你懂嗎？這就是勇氣。那種聽到呼喊救命就二話不說，本能如閃電直衝上去的勇氣。過幾天，我帶你去看看消防演習，順便讓你認識羅比諾隊長，我想你會很高興認識他的，對嗎？」

我回答說是。

「這位就是。」爸爸說。

我猛然轉身，只見兩個消防隊員檢查完畢，正要往外走。

爸爸指著那位衣服上佩戴著金銀飾帶，個子不高的消防隊員對我說：「快跟羅比諾隊長握握手。」隊長停下腳步，微笑著向我伸過手，我上前緊緊握住他的手，然後他向爸爸打了個招呼就走了。

爸爸說：「你要記住這個時刻，因為一生中跟你握手的也許不止千人，但像他的手那樣有價值的，可不多啊！」

---

①波爾塔雲梯是裝在卡車和機輪上的長梯，由若干零件組裝而成。這種梯子最早是由義大利吉瓦索城的機械師保羅・波爾塔於十九世紀中葉在杜林設計製造的，而後在全世界廣泛應用，該梯以他的名字命名。

每月故事：〈尋母記：從亞平寧山脈到安第斯山脈〉

很久很久以前，一個熱那亞的十三歲少年出身於工人家庭，他獨自一人離開熱那亞到美洲去找他的母親。

少年的家庭屢遭不幸，窮困潦倒，債臺高築，母親為了養家糊口，為了讓家庭擺脫困境，兩年前到阿根廷首都布宜諾斯艾利斯的一個富人家當女傭。那時傭人在美洲能得到豐厚的報酬，於是不少義大利的勇敢女子不遠千里，長途跋涉到那裡去工作，短短幾年，她們就能掙一大筆錢回國。可憐的母親哭乾了眼淚，捨不得離開兩個兒子，他們一個十八歲，一個十一歲。但是她最後還是鼓起勇氣，滿懷著希望出發了，整趟旅途一帆風順。她的丈夫在熱亞那有一位堂兄，在那裡定居多年，開了家店，她剛到布宜諾斯艾利斯不久，便透過堂兄的介紹，在一戶殷實人家找到工作。這家人給她很多傭金，待她也很好，她照著事先安排好的方法，跟家人保持正常的通信聯繫：丈夫先把信寄給堂兄，然後堂兄再轉給她；她給家人的信則交給堂兄，堂兄再寫上自己的隻字片語，寄到熱那亞。她每月掙八十里拉，因為她沒有什麼花費，每三個月就能給家裡寄上一筆錢。丈夫是個品行端正的正人君子，他用這筆錢逐步還清了債務，重新贏得了好名聲。他在家鄉辛勤做工，對自己的為人處事十分滿意。可家裡沒有妻子，總是顯得冷冷清清，尤其是小兒子一直想念媽媽，無法忍受遠離媽媽的痛苦，因此常常憂愁悲傷。在這種情況下，丈夫是多麼盼望妻子早日回國啊！

一年就這樣過去了。她在一封短信中提到自己身體不太好，但從此以後就再也沒有她的音信了。家人曾兩次寫信給堂兄，但沒有回信；寄信給雇用她的那戶阿根廷人家，因為地址寫得不全，可能沒有收到，也沒回信。丈夫和兒子擔心她發生了不幸，於是寫信給義大利駐布宜諾斯艾利斯的領事館，請他們幫助尋找。過了三個月，領事館回信說，他們在報上刊登了尋人啟事，但是既沒人來領事館接洽會面，也沒人提供這方面的任何消息，除非有什麼特殊情況，一般不會發生什麼意外，他們猜測，也許她覺得當傭人有損家庭名聲，為了保全親人的面子，這位善良的女人向那戶阿根廷家庭隱瞞了真實姓名。

又過了幾個月，婦人還是杳無音信，丈夫和兒子坐臥不安，小兒子更是傷心得不得了，怎麼辦呢？找誰幫忙呢？丈夫的第一個想法是自己去找妻子，但工作怎麼辦呢？他去了，誰賺錢養活孩子呢？大兒子剛能賺幾個錢，家裡很需要他，顯然他不能去，他們父子三人就這樣整天焦慮不安，面面相覷，在萬分痛苦中度過日子。一天晚上，小兒子馬爾科語氣堅定說：「我要到美洲去找媽媽！」

父親沒說話，只是搖搖頭，一臉憂慮。孩子的想法是好的，但這是不可能的事，一個十三歲的孩子到美洲去，要走一個月的路程，實在不容易。但孩子堅持要去，他今天要求，明天要求，天天如此頑強執著，像個通情達理的大人，他理直氣壯說：「很多人都去了，他們比我還小呢，不就是坐船去嗎？只要坐上船就沒事了。別人能去，我也能去。到了那裡，我就去找堂伯的店鋪，那裡有很多義大利人，會有人幫我指路的，找到堂伯，就等於找到了媽媽。假如找不到堂伯，我就去找領事館，請他們幫忙找那戶阿根廷人家。不管發生什麼事，那裡總能找到工作的，我也可以找一份工作賺錢，起碼可賺到回家的路費。」

就這樣，他漸漸說服了父親。父親很器重他，覺得他頭腦靈活，又勇氣可嘉，既能吃苦耐勞，又有自我犧牲的精神，這種優秀品德加上他這趟是要尋找他所敬重的母親，為了這神聖的目的，他一定能迸發出雙倍的勇氣來。另外，船長是父親的老朋友，船長聽說此事後，答應給他一張免費到阿根廷的三等船票。

父親猶豫片刻，還是答應了他的要求，就這樣決定了。父親為他準備衣服，給他幾枚銀幣，把堂伯的地址交給他，在四月一個迷人的夜晚，將他送上了船。

站在即將啟程的輪船的扶梯上，父親熱淚盈眶，親了小兒子最後一次，依依不捨說：「馬爾科，我的孩子，鼓起勇氣來，為了神聖的目的，你放心去吧，上帝會保佑你的。」

可憐的馬爾科啊。他有著堅強的意志，準備面對旅途中最嚴峻的考驗，但一看到美麗的熱那亞從地平線上漸漸消失，四周一片煙波浩瀚的海水，巨大的船上全是背井離鄉的農民，沒有任何認識的人，他背著一個跟自己命運息息相關的小包袱，沮喪的情緒一下子湧上心頭。兩天來，他像一條狗一樣蜷伏在船頭，幾乎什麼也沒吃，恨不得痛痛快快大哭一場，各種悲觀的古怪念頭一一掠過他的腦海，始終縈繞在他腦海裡最痛心、最可怕的念頭就是母親死了。在昏昏欲睡中，他總是朦朦朧朧看見一個陌生人用憐憫的目光細細打量他，附在他耳邊低聲說：「你母親死了！」他醒來後，心裡憋得透不過氣來。

輪船過了直布羅陀海峽①之後就能看見大西洋，看到眼前情景，他又重獲勇氣和希望，但這只不過是短暫的慰藉。四周總是一片浩瀚無垠的大海，天氣愈來愈熱，可憐的馬爾科憂心忡忡，孤苦伶仃……這一切都增添了他的哀愁。死氣沉沉和一成不變的生活使他心煩意亂，彷彿病了般神志不清。他覺得自己在海上已有一年的光景。每天早晨醒來，發現自己總是在一望無際的大海中漂泊，一次又一次驚訝失望。美麗的飛魚常常嗖嗖飛落船上，熱帶地區奇妙的晚霞和厚厚的雲層映照成血紅色，夜晚的海面粼光閃閃，整片大海像是燃燒著的熔岩。在他看來，這一切好像都不是真實的，而是朦朧中看到的奇觀。遇上壞天氣的時候，他索性一直關在艙裡打發日子。船上一片狼藉，抱怨和怒罵聲不絕於耳，他覺得自己的末日即將來臨。有時大海風平浪靜，暗黃色的海水一望無垠，天氣酷熱得叫人無法忍受。煩惱永無止境，險惡的日子永遠沒有結束的時候，精疲力竭的旅客四腳朝天，一動也不動躺在甲板上，彷彿死人一般。旅行沒有盡頭。大海，天空，天空，大海，昨天是這樣，今天是這樣，明天還是這樣，天天如此，永恆不變。

他往往一連幾個鐘頭靠在船舷上，癡呆發愣望著無邊無際的大海，恍恍惚惚想著母親，想來想去，直到閉上眼睛，進入夢鄉。他再次看到那陌生人的面孔，用憐憫的神情打量著他，貼著他的耳朵說：「你母親死了！」聽到這聲音，他猛然驚醒過來，眼睛直勾勾望著水天相連的地平線，重溫夢幻中的情景。

船在海上航行了二十七天，最後幾天最好過了，天氣晴朗，空氣清新。馬爾科在船上認識了一位善良的倫巴第老人，他兒子是阿根廷羅薩里奧附近的農民，老人要到那裡去探望兒子，馬爾科把家裡的事情一五一十告訴老人，老人拍著他的後腦勺說：「孩子，放心吧，你母親肯定平安無事，她見到你會很開心的。」

老人的陪伴安慰了他，原先悲觀的不祥預感，慢慢轉變成了愉悅的希望。他坐在船頭，依偎在吧嗒吧嗒抽著煙斗的老人身旁。在迷人的星空下，顛沛流離的農民引吭高歌，他翻來覆去，想像著到達布宜諾斯艾利斯的情景：他來到那條大街上，找到堂伯的店鋪，一陣風似飛跑過去，迫不及待連聲問道：「我母親怎樣了？她在哪裡？快帶我去看她，快帶我去看她。」於是他和堂伯飛快奔跑，爬上樓梯，門開了……他的自言自語到此為止，他的想像也到此為止，他沉浸在無法形容的脈脈溫情中不能自拔，便偷偷摘下戴在脖子上的小小聖像親吻，並輕聲細語禱告一番。

啟程後的第二十七天，他們終於到達了阿根廷共和國的首都布宜諾斯艾利斯，無邊無際的拉普拉塔河②蜿蜒曲折流過這座城市，輪船就在岸邊下錨停靠。

這是五月的一個晴朗的早晨，天空浸染了胭脂色的彩霞，朝陽絢爛。在馬爾科看來，這朝霞似錦的好天氣是個好兆頭，他按捺不住激動的心情，欣喜若狂，因為母親離他僅有幾英里遠，再過幾個鐘頭，他就能見到母親了。他來到美洲，來到一個新的世界，是冒著風險、獨自一人來的，現在回想起來，漫長的旅程只不過是小事一樁，他像是做著美夢飛到這裡，現在才醒過來似的。為了預防身上錢財被人全部偷走，他把積攢下來的錢分成兩份裝好，結果還是被人偷走了一份。他既不吃驚也不難過，而是感到十分幸福。現在他只剩下幾個里拉了，但沒關係，反正他馬上就能見到母親了。

馬爾科手提包袱，隨同其他旅客一起登上小汽船，小汽船把他們接送到離岸很近的地方。下了小汽船，又上了一艘名叫「安德烈．多里亞號」的小船，最後在防波堤上了岸，然後他跟那位倫巴第老人道別，大踏步向城裡走去。

馬爾科來到第一條馬路的街口，叫住一個過路人，向他打聽羅斯阿爾提斯大街怎麼走。這個人正好是一位義大利人，他好奇看著馬爾科，問他識不識字，馬爾科點點頭，那人指著馬爾科剛剛走過的街道說：「識字就好。你一直往前走，每個轉角路口都寫著街道的名字，你看看名字，就能找到你要找的街道。」

馬爾科向那人道謝後，就一直往前走，這是一條筆直而看不到盡頭的狹窄街道，兩旁是像小別墅一樣的白色低矮房子，街上車水馬龍，行人熙來攘往，喧囂嘈雜的聲浪震耳欲聾，五彩繽紛的大幅旗幟迎風招展，上面用粗大的字體寫著輪船前往各個城市的廣告。每走一段路，他都左顧右盼一番，走著走著，來到另外兩條依然是望不到盡頭的筆直大街，兩旁依然是白色低矮房子，依然車水馬龍，人潮洶湧。說到底，這裡就是像海洋一樣無邊無際的美洲大平原，這城市好似寬大無邊，不管你走了幾天，幾個星期，到處都是一樣的房子，彷彿整個美洲都是這樣的。

馬爾科細心看著每條街道的名稱，費勁讀著那些古怪的名字，每走到一條新的街道，他的心就怦怦跳個不停，嘀咕著這就是他要找的街道。因為他想或許會遇見母親，於是注視著路上每一個女人的面孔。有一次，他看見前面的女人很像母親，血液直往上湧，等追上去一看，原來是個黑人。

他走著走著，不由自主加快腳步，他走到一個十字路口，靜止不動站在人行道上念起路口的街道名，這就是阿爾提斯大街，他回頭一看，門牌是一一七號，而堂伯的家是一七五號。他再次加快腳步，跑步來到一七一號門前，這時候，他不得不停下來喘口氣，心裡連連念著：「媽媽啊！媽媽啊！再過一會兒，我真的就要見到妳了！」

他繼續往前跑，來到一家服飾用品店的前面停住腳步，就是這個店鋪。他抬頭一看，見到一位頭髮灰白、戴眼鏡的女人。

「孩子，你有事嗎？」女人用西班牙語問。

「這是法蘭西斯科・梅列里的鋪子嗎？」馬爾科費了很大的勁才擠出一句話。

「法蘭西斯科・梅列里死啦。」女人用義大利語回答。

馬爾科的胸部彷彿挨了一記重拳般難受。「他什麼時候死的？」

「唉，早死啦，死了幾個月了。他做生意賠了本，便離開這裡了。聽說他去了離這裡很遠很遠的巴哈布蘭卡，剛到那裡就死了。這個鋪子現在是我的。」

馬爾科的臉刷一下變得慘白，急忙又說：「梅列里認識我母親，她在梅奎納茲先生家當傭人，只有梅列里能告訴我母親到底在哪裡，我就是為了尋找母親才來美洲的。我們的信是透過梅列里轉交給她的，我必須找到母親。」

女人回答說：「可憐的孩子，我不知道你母親在哪裡，不過我可以問問後院的那個男孩，他認識在店裡替梅列里買賣東西的年輕人，他也許知道點什麼。」

女人到鋪子的後面去叫那男孩，孩子聽到有人叫他就跑了過來。

女人問他：「你還記得那個替梅列里做事的年輕人嗎？他是不是有時候會送信去給一個有錢人家的女傭？」

孩子回答說：「太太，我知道這件事，他有時會送信去梅奎納茲家，就在阿爾提斯大街的盡頭。」

馬爾科高興得大聲說：「好啊，多謝太太！請您把門牌告訴我。您知道嗎？要是不知道，請讓他帶我去。」

馬爾科又轉向男孩懇求說：「小哥，馬上陪我去一趟，我還有些錢。」

小男孩禁不住馬爾科一再央求，沒等女人吩咐就爽快回答說：「好，我們走吧。」說完，就帶頭快步走了出去。

路上他們倆一句話也顧不得說，走走跑跑，一直來到這條很長很長的大街盡頭，穿過一座小白房的狹長過道，在一處很漂亮的鐵柵欄前停下來。這是一座小小的院落，裡面擺滿了盆花。

馬爾科按了一下門鈴，一位小姐從裡面走出來。

「這裡是梅奎納茲的家嗎？」馬爾科焦急不安問。

「以前他住在這裡，現在是我們澤巴羅斯家住在這裡。」小姐用西班牙腔調的義大利語回答。

「那麼，梅奎納茲家搬到什麼地方去了？」馬爾科問，心裡怦怦直跳。

「搬到科爾多瓦③去了。」

馬爾科驚叫起來：「科爾多瓦？科爾多瓦在什麼地方？他們家的女傭在哪裡？她是我母親呀！女傭是我母親！他們也把我母親帶走了嗎？」

小姐打量著馬爾科說：「我不知道，也許我父親知道。他們離開時，我父親認識他們，請你們稍微等一下。」

小姐跑進屋裡，不久她跟她父親一塊兒走出來，他是位高個子、花白頭髮的紳士。他目不轉睛端詳了一會兒眼前這位金黃頭髮、鷹勾鼻的少年，看起來是一個討人喜歡、酷似熱那亞小海員的模樣，然後用十分蹩腳的義大利語問：

「你母親是熱那亞人嗎？」

馬爾科點點頭。

「對啦，她跟他們一家人一同走了，我親眼見到的。」

「他們到什麼地方去了？」

「到科爾多瓦城去了。」

馬爾科喘了一口氣，無可奈何說：「那……那我到科爾多瓦去找她。」

紳士帶著憐憫的神情感歎說：「啊，可憐的孩子，可憐的孩子，科爾多瓦離這裡有幾百英里呢。」

馬爾科的臉色蒼白得像死人一樣，一隻手緊緊抓住鐵柵欄門不放。

紳士十分同情他，於是開了門說：「進來，進來，進來再說，看能不能想點辦法。」紳士先坐下，也請馬爾科坐下，讓他原原本本講自己的情況，紳士屏息凝神傾聽，又想了一會兒，然後很認真問：「你沒有錢了，對嗎？」

「我還有……還有一點兒。」馬爾科回答說。

紳士沉思片刻，然後坐到桌子前寫了一封信，封好後交給馬爾科說：「義大利小子，你聽著，你帶著這封信到波卡市，那座城鎮有一半居民是熱那亞人，離這裡約兩小時的路程，路上的人會給你指路的。你到了那裡，就去找信上寫的這個人，那裡的人都認識他，你把這封信交給他就行了。明天他會安排你到羅薩里奧，他會把你介紹給那裡的某個人，他會安排你去科爾多瓦的旅程。到了那裡，你就可以找到梅奎納茲家的人和你的母親。喏，這裡有幾個里拉，請拿去用吧。」紳士把幾個里拉放到馬爾科手上，接著說：「孩子，你去吧，拿出勇氣來。那裡到處都是你的同鄉，他們不會不理你的。孩子，再見！」

馬爾科實在找不出其他答謝之辭，只道了聲「謝謝」，就拎著包袱告辭了。他告別了給他帶路的小男孩，穿過布宜諾斯艾利斯喧鬧的大街，帶著悲傷和驚奇向波卡慢慢走去。

從啟程那一刻直到第二天晚上發生的一切，讓馬爾科的記憶模糊不清，思維紊亂，活像是沉浸在夢境中的熱病患者。他感到疲勞不堪，灰心喪氣，惶惶不安。當天夜裡他是在波卡一戶骯髒不堪的人家，跟一位碼頭搬運工睡在一起，白天一整天他都坐在一堆樑木上，迷夢般望著來來往往數千隻客船、貨船和小汽艇來打發時光。一直等到第二天黃昏，他才搭上一艘滿載水果、開往羅薩里奧的大帆船。他坐在船尾，這艘船的駕駛是三個皮膚曬得黝黑的強壯熱那亞人，聽他們講話時熟悉可愛的鄉音，馬爾科的心裡稍微感到一點寬慰。這次航行持續了三天四夜，對於小小的旅行者馬爾科來說，是一次驚奇不斷的旅程。他們三天四夜都在這條不可思議的巴拉那河④上航行，義大利的波河跟巴拉那河相比，簡直是一條小溪了，整個義大利全長的四倍也沒有這條河長。

船在雪團般的浪花中緩慢溯流而上，穿行在許多長長的沙洲小島中，這些沙洲早已成為蟒蛇和老虎的藏身之地，覆蓋著橘子樹和柳樹，看起來活像浮動的林海。船時而行駛在狹長的運河上，彷彿永遠沒有盡頭，時而駛進浩渺無際、風平浪靜的湖面，然後又沿著一個群島縱橫交錯的水渠，在一片蔥綠的群島中繞行，四周靜謐無聲。小船航行了好長一段路程，蜿蜒連綿的河岸、寬闊寂寥的水域，在在使人覺得這是一條陌生的河流，可憐的小船在這從未有人涉足、神祕莫測的地方進行了首次探險！

愈往前行駛，這條可怕的河流就愈讓馬爾科感到驚慌不安，他想像著母親可能是住在離河流源頭不遠的地方，要走上好多年才能到達。他與水手每天兩餐只吃一點麵包和鹹肉，水手見他滿面愁容，從不主動跟他說話。他夜間睡在甲板上，時常突然就被晶亮的月光照醒，顯露出驚恐的神情，月亮的銀輝灑滿一望無際的水面和遠處的河岸，照耀得河面如白晝一樣明亮。馬爾科心裡非常痛苦，默默重複念著：「科爾多瓦！科爾多瓦！」在他看來，這是一座神祕的城市，是別人講童話時提到的城市，可是他又想：「媽媽也曾經來過這裡，也曾經看過這些島嶼和河岸！」於是他馬上覺得母親經過的這個地方不再顯得古怪和荒涼了。

夜裡一個水手唱起歌來，歌聲令他想起媽媽哄他睡覺時唱的催眠曲，最後一夜，他聽著水手的歌聲，竟抽抽噎噎哭起來。水手停止唱歌，大聲對他說：「小傢伙，鼓起勇氣來。你中了什麼邪？一個熱那亞人難道因為遠離家鄉就哭紅鼻子嗎？熱那亞人往往是懷著自豪感，洋洋得意走遍天涯海角的。」

聽了水手的話，馬爾科重新打起精神來，為自己的血管裡流著熱那亞人的血液而自豪。想到這裡，他昂首挺胸，用拳頭捶打著船舵。

「是的，就是走遍全世界，不論走上多少年，走多長的路，我也要勇往直前，直到找著母親。」馬爾科暗暗下定決心，「即使倒下，也要倒在她的腳下。啊，但願我能見她一面。我要鼓起勇氣來，不達目的不罷休！」

他就是懷著這樣的心情，在一個滿天紅霞的寒冷清晨，乘船到達巴拉那河上游的羅薩里奧。來自各個地區的上百艘輪船在這裡下錨，桅杆和彩旗倒映水中。

上了岸，馬爾科拎著包袱，按照波卡那位紳士給他的名片地址，進城去找當地一位阿根廷紳士。進入羅薩里奧市區，馬爾科覺得好像來到一座早已熟悉的城市，這裡到處都是不見盡頭、輻射各方的筆直馬路，兩邊也都是低矮白色房子，屋頂上架著一束束密如蛛網的電報線和電話線，馬路上人群熙來攘往，車水馬龍，掀起一股股嘈雜的聲浪。他頭腦發昏，覺得又回到了布宜諾斯艾利斯，再一次來找堂伯了。他在街上東找西找，左拐右彎，大約繞了好幾個小時，好像又回到最初那條街道上。經過再三打聽，他終於找到了那位阿根廷紳士的住處，他按了門鈴，一個面有慍色、貌似農場總管的粗壯高大金髮男人向門外探出頭來，操著外國腔，毫不客氣問：「你找誰？」

馬爾科說出名字。

那人回答說：「昨天晚上，主人帶著全家去了布宜諾斯艾利斯。」

馬爾科頓時目瞪口呆，連一句話也說不出來了。過了一會兒，他才結結巴巴說：「但是，我……我這裡沒有熟人，我是孤苦伶仃的一個人啊。」說著，他把名片遞給那漢子。

那大漢接過名片，掃了一眼，態度粗暴說：「我不知道該怎麼辦，一個月後主人回來，我再交給他吧。」

馬爾科忍不住叫起來：「但是，我……我一個人，我很需要幫忙啊。」

「哎喲，算了吧，你們國家討人厭的傢伙在羅薩里奧還少嗎？快滾吧，滾回你們義大利去討飯吧。」說完，他當著馬爾科的面，砰一聲把鐵柵門關上了。

馬爾科像一尊石像，紋風不動呆立在原地，然後馬爾科就拎著包袱慢慢離開了，他的心像刀割似難受，腦袋昏昏沉沉，一下子陷入思緒萬千之中不能自拔。

「怎麼辦？該去哪裡？」他喃喃自語道。

若乘火車從羅薩里奧到科爾多瓦，大約需要一天的時間，但是他只剩少少幾個里拉了，除去一天的花費，幾乎花光盤纏了，到哪裡去籌旅途需要的錢呢？他可以去幹活兒，但能幹些什麼活兒呢？到哪裡去找活兒？他也可以去討飯。哦，不，不，像剛才那種被人拒之門外、丟人現眼、受盡侮辱的事情絕對不幹！絕對不幹！寧可死掉，也不幹那種事！

他雖然一直這樣想，但一看到他面前那條道路，長得不能再長，消失在一望無際的田裡，他的勇氣便立刻煙消雲散了。他把包袱放在人行道上，背倚著牆坐在包袱上，兩手抱著頭，欲哭無淚，傷心絕望到極點。

過路行人的腳時常碰著他，車子在嘈雜的大街上疾駛而過，幾個孩子停下來望著他，時間就這樣一分一秒過去了。

突然有個人用夾雜著倫巴第方言的義大利語問他：「孩子，你怎麼了？」聽到問話，馬爾科猛地打了個寒噤。

他抬頭一看，忽然站起來，驚奇叫道：「哦，是您！」

原來是馬爾科在旅途中結交的那位倫巴第老人，其實老人比馬爾科還要驚訝，還沒有等老人開口，馬爾科便迫不及待把自己的遭遇原原本本告訴他：「我現在身無分文，我必須工作，請您幫我找份差事，好賺幾個錢度日。我什麼工作都能做，搬東西、清掃街道、幫人買賣，或當農民種地都行，只要有口飯吃，賺點錢，快點找到母親就行了。看在上帝的面子上，可憐可憐我，幫我找個差事吧，我已到了山窮水盡的地步了。」

老人無可奈何抓抓下巴，環顧了一下四周，對馬爾科說：「哎喲，別說這種傻話了。找工作嘛，說起來容易，做起來難啊。再想想吧，難道在如此眾多的同胞中還沒辦法籌到三十里拉嗎？」

馬爾科望著老人，彷彿看到了一絲希望。

「你跟我來。」老人說。

「去哪裡？」馬爾科拿起包袱問。

「跟我走就是了。」

馬爾科跟著老人走了。他們兩人默默沿著街道走了好長一段路，老人在一家旅店門前停下來，旅店的招牌上面畫了一顆星星，下面寫著「義大利之星」幾個大字。老人伸長腦袋往店內看了看，興高采烈回過頭招呼馬爾科說：「嘻，我們來的正是時候。」

他們走進一間大房子，裡面擺著幾張桌子，坐著很多人，邊喝酒邊高談闊論。老人走近第一張桌子，從他跟桌旁幾位客人打招呼的樣子來看，就知道他是不久前才認識他們的。那幾個人喝得滿臉通紅，酒杯碰得叮噹叮噹響，時而大聲嚷叫，時而哈哈大笑。

老人站在那裡向大家介紹馬爾科，他直接說：「各位朋友，這個可憐的孩子是我們的同鄉，隻身一人從熱那亞到布宜諾斯艾利斯尋找母親。在布宜諾斯艾利斯，別人對他說：『你母親不在這裡，到科爾多瓦了。』他經別人幫忙，乘船三天四夜才來到羅薩里奧，他出示名片找人，結果別人瞧不起他，不理他，他現在一個子兒都沒有，既孤單又傷心絕望，但他是個心地善良的孩子，我們大家想想辦法吧，他沒有前往科爾多瓦去找母親的路費，我們總不能眼睜睜看著他不管吧？」

六個人拍著桌子，你一言我一語說起來：

「唉呀，絕不能這樣，我們當然要管！」

「他是我們的同胞呀！」

「小傢伙，快過來！」

「我們都是離鄉背井的人。」

「這孩子多討人喜歡呀！」

「大伙兒快把錢拿出來！」

「真是個了不起的孩子，你一個人出門在外，還真有膽量。」

「小傢伙，來喝一杯！」

「放心吧，我們保證你能見到你母親。」

說著說著，有的摸摸他的臉，有的拍拍他的肩，還有人幫他把包袱從身上解下來。鄰桌的其他義大利人都圍攏了過來，馬爾科尋母的事情不脛而走，立刻傳遍了小旅店，還有三個阿根廷人從隔壁房間跑過來看他，不到十分鐘，老人的帽子裡就收集到四十二里拉。

老人轉過身對馬爾科說：「你看到了嗎？在美洲，辦事是很爽快的。」

另一個人把酒杯遞給馬爾科，大聲說：「喝吧，為你母親的健康乾一杯！」

大家舉起杯來，馬爾科重複著剛才那個人的話說：「為母親的健康……」他的話梗在喉頭，激動得說不出話來，突然放下酒杯，摟著老人的脖子，抽抽噎噎哭起來。

次日天剛濛濛亮，馬爾科便滿懷著希望的憧憬，臉上掛著幸福的微笑，起程前往科爾多瓦了。惡劣的天氣平添了幾分愁緒，所以這種愉快心情沒有持續多久便煙消雲散了。天氣悶熱難忍，烏雲翻滾，天空灰濛濛一片，空蕩蕩的火車在荒無人煙、無邊無際的田野上奔馳，馬爾科孤零零一人坐在長長的車廂裡發愁，這列火車像是專門運送傷患似的愁雲罩頂。他向外左右張望，看到人跡罕至的無垠荒漠上出現零零落落、歪七扭八的小樹，彷彿在向人們訴說惱怒和痛苦，零星點綴的綠意使整片荒原籠罩在悲哀和淒涼的氛圍中，看上去好似一片漫無邊際的墓堆。

馬爾科打了一會兒盹便醒了，車廂外面景色如故，途中各站冷落荒涼，活像隱居者的住所。火車進站了。車內車外渺無聲息，毫無生機。馬爾科覺得全車只有他一個乘客，連人帶車被遺棄在茫茫荒野中。在他看來，每一站都像是最後一站，過了這終點站後，馬上就要進入神祕陰森的恐怖之地了。刺骨的寒風狠狠抽打著他的臉，他四月底離開熱那亞時，家人根本沒有想到他會久待到冬天，所以他至今仍然穿著夏天的衣服。

過了幾個鐘頭，他開始感到渾身冷冰冰的，經過無數夜晚的愁不成眠，加上情感激動引起的心力交瘁，他終於昏睡過去了。他睡了很長時間，醒來後渾身都要凍僵，痲木酸痛，非常難受。

他想像自己病倒了，死在漫長的旅途中，被遺棄在渺無人煙的田野，被狼狗和猛禽撕成碎片，就跟在鐵路兩旁看到的牛馬骸骨一樣，想到這裡，他頓覺毛骨悚然，厭惡的眼神斜視四周。他惶惶不安全身疼痛，四周寂靜無聲一片灰暗。他總是展開想像的翅膀，胡思亂想一番，結果更加悲觀失望，譬如到了科爾多瓦，他一定能找到母親嗎？如果她沒有在那裡怎麼辦？那位現在住在阿爾提斯大街的先生搞錯了地址怎麼辦？假如母親死了怎麼辦？

他這樣翻來覆去想了又想，不知不覺又睡著了，他夢見深夜來到科爾多瓦，聽到大街上所有門窗內都有人衝著他連聲大喊：「她不在這裡！她不在這裡！」他驚醒了。驚恐不安中，他看見車廂另一頭坐著三個裹著花圍巾的大鬍子男人，正望著他低聲說話，不禁引起了他的懷疑：這些人一定是殺人犯，想殺掉他，搶走他的包袱。寒冷、病痛、害怕的情緒重壓在他的心頭，因惶恐不安而產生的種種幻覺使他神經錯亂，那三個人一直死死盯著他，其中一個向他走來，於是他失去了理智，張開雙臂向那人跑去，大喊大叫道：「我一無所有，是個可憐的孩子，我是孤零零一個人從義大利來找母親的，千萬別傷害我呀！」

那些人聽了他的話，一下子全明白了，頓時起了憐憫之心，撫摸安慰他，講了很多他聽不懂的話。他們見他凍得牙齒直顫，就把一條圍巾裹在他的身上，叫他躺下睡覺，天黑時他睡著了，火車到了科爾多瓦，那幾個人才把他叫醒。

好啊！他深深吸了一口氣，感到非常輕鬆，飛奔出車廂，向一個鐵路員工打聽梅奎納茲先生的地址，那人告訴他一座教堂的名字，然後說：「梅奎納茲家住在那座教堂的附近。」馬爾科趕快向那裡奔去。

天黑以後，他進了城，他覺得彷彿又回到了羅薩里奧，這裡依然是相互交錯、不見盡頭的筆直街道，兩旁依然是鱗次櫛比、白色低矮的房子。街上行人稀少，在昏暗的、稀稀拉拉的路燈下，他偶爾遇上幾個古怪面孔、皮膚發青的陌生人走過。走了好久，終於他抬頭看見了那座巨大而奇特的教堂，尖頂高高直入夜空。全城黯淡無光，無聲無息，他向一個神父問路，很快找到了這座教堂和梅奎納茲家。他伸出顫抖的手按了門鈴，另一手緊緊按住胸膛，因為他的心快要跳到喉頭了。

一位老婦人提著油燈開了門。馬爾科一時說不出話來。

「你找誰？」老婦人用西班牙語問。

「找梅奎納茲先生。」馬爾科說。

老婦人雙臂交叉在胸前，搖搖頭說：「哦，你也要找梅奎納茲先生？我看啊，這件事該到此為止了，三個月來煩死人啦，看來在報紙上登啟事還不夠，還必須張貼在馬路的拐角上，昭告天下梅奎納茲先生到圖庫曼⑤了。」

馬爾科做了個傷心絕望的動作，氣急敗壞說：「唉，真倒楣！我註定要死在路上，找不到母親了，我快要發瘋了，非自殺不可。上帝啊！那地方叫什麼名字？在哪裡？離這裡有多遠？」

老婦人很同情他，回答說：「唉，可憐的孩子，這可不是小事一樁，圖庫曼離這裡有四五百英里遠呢。」

馬爾科雙手掩面，哭著說：「現在我該怎麼辦？」

「可憐的孩子，我能說什麼呢？我也不知道。」老婦人回答。過了一會兒，她突然想出一個主意，連忙對他說：「對了，孩子，我想起來了。你沿著這條街向右轉彎，走到第三家門口，你會看到一個院子，裡面住著一個綽號叫『首領』的商人，明天一大清早他會跟著運貨車和牛群去圖庫曼，你去問問他，看他願不願意帶你去，路上你可以替他幹點活兒，也許他會在車上幫你挪出一個座位來，快去吧。」

馬爾科拿起包袱，邊跑邊向老婦人道謝，跑了兩分鐘，來到那座寬敞的院落，看見一些人正在燈光下將一袋袋糧食裝載到數輛大車上。這種車很像街頭藝人的活動屋，屋頂圓圓的，車輪高高的。有個個子很高的長鬍漢子，披著一件黑白格子的斗篷，腳蹬長統靴子，正指揮著大家幹活。

馬爾科走到那人跟前，告訴他自己是從義大利來尋找母親的，並怯聲怯氣提出搭車的請求。

這個人就是車隊的首領。他從頭到腳打量了馬爾科一番，用生硬的口氣回答說：「沒有位子了。」

馬爾科央求道：「我有十五里拉，可以全部給你，路上我可以幫您做點事，比如給牲口提水、餵飼料，幹什麼都行，只要給口飯我就心滿意足了。先生，給我個座位吧。」

首領又瞧了他一眼，用比剛才稍微客氣的語氣說：「實在沒有位置了。再說，我們也不去圖庫曼，我們要到另一座城市聖地牙哥・德埃斯特羅，你若搭我們的車，中途你就得下車了，這樣一來，你還得走一大段路呢。」

馬爾科激動說：「啊，這沒問題，我會想辦法走完那段路的，我可以用走的，請放心吧，不管發生任何情況，我都會走到底的。先生，給我個座位吧，請可憐可憐我，別把我一個人扔在這裡。」

「你可要想清楚，路上還得走二十天呢！」

「沒關係。」

「這段路很辛苦啊。」

「再苦再累我也能忍受。」

「下了車，你得一個人走。」

「我什麼都不怕，只要能找到母親就行，可憐可憐我吧。」

首領提燈照照馬爾科的臉，又端詳一番，然後說：「好吧。」

馬爾科吻了吻首領的手，首領離開時又補充說：「今夜你就睡在貨車裡，明天早晨四點我叫醒你，晚安。」首領說完走了。

次日清晨四點，一列長長的車隊借著點點晨星的閃閃亮光，浩浩蕩蕩、轟隆轟隆出發了。每輛車由六頭牛拉著，後面跟著一大群備用輪替的牲口。

馬爾科被叫醒後，坐到一輛車子裡的糧袋上，又馬上進入了夢鄉。當他再次醒來時，車隊已經停在一片偏僻荒涼的原野上了。陽光下，車夫圍圈而坐，在支起來的鐵架上烤著小牛肉，一陣風吹來，火焰熊熊劈啪作響。車夫一起吃飯、一起睡覺，然後又一起出發。他們就這樣吃了睡，睡後又走，走走停停往前趕路，組織嚴密得跟士兵行軍一樣，每天早晨五點出發，九點休息，下午五點再上路，夜間十點停下來睡覺。車夫騎著馬，用長長的竿子驅趕著牲口，馬爾科幫忙生火做飯，餵牲口，擦燈，打水。

阿根廷就像模模糊糊的幻影從馬爾科的腦海中一一掠過：廣闊的棕色灌木林，房舍稀疏的村莊，房子的正面都砌著紅色的堞口。一些無邊無際的空曠地，也許是古代的巨大湖泊乾涸後留下的鹽池，視線所及，全是白花花、亮晶晶的鹽灘。不管走到哪裡，總是茫茫無垠的原野，荒涼偏僻萬籟無聲。偶爾也能遇上兩、三個騎馬的旅客，後面往往有一群野馬追趕，宛如一陣風飛馳而過。這樣的旅行日復一日，天天如此，跟在大海上一樣，真是漫長的旅程，無窮的煩惱，不過幸運的是天公還算作美。

馬爾科不僅成了車夫使役的奴隸，還成了發洩怒氣的對象，有人粗暴對待他，用威脅的語言辱罵他，什麼活兒都讓他去幹，卻得不到絲毫的溫暖，他們強迫他去扛很重的飼料袋，派他到很遠的地方去打水，他累得死去活來，夜夜不得安眠。車子劇烈顛簸著，車輪和木軸吱嘎作響，發出震耳欲聾的噪音，折磨得他心煩意亂。有時狂風大作，漫天的褐色沙塵橫掃一切，風沙捲進車內抽打他的衣服，直往他眼睛和嘴裡鑽，吹得他不能睜眼，也不能呼吸，大風就這樣一直怒吼咆哮著，壓抑得讓人難以忍受。

馬爾科累得要死，經常失眠，他衣服襤褸，蓬頭垢面，骯髒不堪。由於每天從早到晚挨打受氣，他愈來愈灰心喪氣了，要不是首領偶爾對他說幾句關心的話，他簡直要喪失尋找母親的信心了。他常常躲在車上別人看不見的角落裡，趴在那個只剩下破布爛衣的包袱上暗自落淚。他愈來愈虛弱，愈來愈沮喪了。每天早晨醒來望向車外，看到的永遠是一望無垠、連綿起伏的原野，宛如陸地上的茫茫海洋，他禁不住喃喃自語說：「唉，我過不了今晚啦，過不了今晚啦，一定會死在路上的。」

馬爾科愈來愈勞累，車夫對他也愈來愈兇狠了。一天早晨，一個車夫趁著首領不在時，說他送水送晚了，竟動手打了他，於是其他人群而效尤，也對他拳腳相加，指使他做事的時候還不忘踢上一腳：「你這個流浪漢，吃我一記！這拳是給你母親的！」

馬爾科的心都碎了，他終於病倒了，接連三天發高燒，裹著被子躺在車廂裡呻吟，誰也不理他，只有首領來給他送點水喝，摸摸他的脈搏。他感覺自己快死了，傷心絕望一次又一次呼喚著母親，央求母親助他一臂之力。

「哎喲，媽媽，媽媽，快救救我吧，我真的快要死啦。哎喲，可憐的媽媽，我再也見不到你了。可憐的媽媽，妳見到我時，我已死在路上啦。」他邊喊邊雙手合十祈禱。

後來，在首領的照料下，馬爾科一天天好起來，終於痊癒了。但接下來是這次旅程中最艱難的日子，他要孤身一人走完剩下的路。他跟這些人同行了兩個多星期，當他們來到前往圖庫曼和聖地牙哥・德埃斯特羅的交叉路口時，首領告訴他分別的時候到了，並指點他以後的路怎麼走，為了減輕他的煩憂，首領幫他整理好包袱，親自放到他的肩上。首領怕自己一時情緒激動，只草草打個招呼，什麼話也沒說，就向馬爾科告辭了。馬爾科想親吻首領的手臂表示感謝，卻沒能來得及。其餘的人雖然殘暴虐待他，這時看他孤身一人，也情不自禁動了惻隱之心，在他離去時，他們都一一向他揮手道別，馬爾科也向他們招手還禮。當這一隊人馬在紅塵飛揚的原野上消失的時候，他才悲傷踏上自己的旅程。

馬爾科才剛剛上路，心裡就感到一絲寬慰。這麼多天以來，他們總是穿行在一望無際、景色單調的荒野，而現在展現在他面前的是懸崖峭壁、鬱鬱蔥蔥的山脈、白雪皚皚的峰巒，他頓時想起了阿爾卑斯山，覺得好像回到了自己的祖國。眼前的這山脈便是美洲大陸的屋脊——安第斯山脈，這起伏的群山從火地島一直綿延到北極海，跨越一百一十個緯度，愈往北走，離熱帶地區愈近，天氣也愈來愈暖和了，他感到心情舒暢。

走了好長一段路，才偶爾見到一些小小的村落和店鋪，這時他才買了一些食物充饑。他有時也遇見騎馬的男人，還看到一些婦女和兒童一動也不動，神情嚴肅坐在地上，這些人的面孔對他來說是完全陌生的，他們膚色如土，眼睛偏斜，顴骨突出，目不轉睛盯著他，有的為了瞥他一眼，機械而緩慢轉動腦袋。他們是印第安人。

第一天，他不停趕路，一直走到精疲力竭才停下來，然後躺在一棵樹下睡覺。第二天，他沒走多少路。他情緒低落，鞋底磨破，腳都走到破皮出血了。因為吃得很差，他的腸胃變得虛弱。傍晚時，他突然心生恐懼。他在義大利就聽說美洲國家毒蛇猖獗，這時他停下來，似乎聽到了毒蛇沙沙的爬行聲，頓時感到毛骨悚然，拔腿就跑。半路上，一陣辛酸湧上他的心頭，他不禁傷心哭了。

他心裡想：「要是媽媽知道我現在這般擔驚受怕，她會多痛苦啊！」想到這裡，他重新鼓起勇氣。為了擺脫恐懼，他再次回憶起母親的許多事情，母親離家時對他千叮萬囑的情形至今仍歷歷在目，記憶猶新。他小時候，母親對他體貼入微，經常幫他蓋好被子，有時還把他抱在懷裡，溫柔說：「多陪我一會兒吧！」就這樣，他把頭挨近母親的頭，兩人膩在一起好久好久。

想著想著，他喃喃自語道：「親愛的媽媽，我還能再見到妳嗎？媽媽啊，旅程結束後，我能回到妳的身邊嗎？」

馬爾科走呀走呀，一直穿行在從未見過的樹林中間，走在遼闊的甘蔗園裡，跋涉在茫茫無垠的大草原上。朝前望去，群山蓊鬱蔥蘢，氣勢雄偉，還有重疊突兀的怪峰刺向晴朗的天空。四天、五天，一星期就這樣過去了。

他的體力急劇減弱，腳上磨出了鮮血。一天暮色蒼茫時，他去問路，終於聽到好消息：「這裡離圖庫曼還有五英里的路程。」

他興奮驚叫起來，於是加快了腳步，好像剎那間就恢復了活力，意氣風發，但這不過是一時的幻覺而已。他終因體力不支，精疲力盡，突然倒在溝旁，然而他的心由於欣喜若狂而怦怦直跳，夜晚的群星閃爍著燦爛的銀輝，在他看來，夜空從未像現在如此美麗過。他躺在草地上，凝視著群星密布的夜空沉思，想到母親也許此刻也正仰望星空呢，他情不自禁念著：「啊，媽媽，妳現在在哪裡？這個時候妳在做什麼？妳的馬爾科離妳很近了，妳想念我嗎？」

可憐的馬爾科！假如他現在知道母親病得有多嚴重，他一定會拿出超乎尋常的力氣加速行走，提前趕到母親那裡去。

他母親正在患病，躺在梅奎納茲先生豪宅一樓的臥室裡，梅奎納茲一家對她關懷備至，盡心盡力照料她。當梅奎納茲先生必須馬上離開布宜諾斯艾利斯時，馬爾科那可憐的母親已重病纏身，她並沒有因為科爾多瓦的好天氣而身體好轉，後來她一直沒有收到丈夫和堂兄的回音，心中興起一股不祥的預感，使她如坐針氈，始終拿不定主意去留，她擔心不知何時會收到不幸的消息。這一切使她的病情意外惡化。

最後她得了重病，罹患絞窄性腸疝氣，臥床不起已有十五天，只有外科手術才能救她的命。當馬爾科呼喚母親的時候，男女主人正守在她的床前，對她好言相勸，要她接受手術，但她斷然拒絕，只是一味哭個不停。圖庫曼的一位名醫上個月來過一次，也無濟於事。

她說：「不，親愛的主人，你們不必為我費心了，我再也沒有力氣了，動手術也一定會沒命的，讓我這樣死去反而更好，我不在乎自己的性命了，一切都完了，最好讓我在聽到家裡的不幸消息之前死去。」

主人對她苦苦相勸，並叫她鼓起勇氣，安慰她說，寄往熱那亞的信件很快就會收到回信，手術一定要做，為了孩子一定要動手術。這麼長時間以來，孩子的事情一直揪著她的心，現在提到孩子，一股焦慮不安的愁緒又籠罩她的心頭。聽完主人的話，她頓時失聲痛哭起來，然後雙手合十，悲痛欲絕說：「我的孩子啊，我的孩子啊，也許他們已不在人世了，最好也讓我死去吧。好心腸的主人啊，我謝謝你們，衷心謝謝你們，還是讓我死去吧，手術肯定也治不好我的病。好心腸的主人，謝謝你們的關心照料，我死在這裡是天意，我已經決定了。」

男女主人一再安慰她，不斷說：「不，別這樣說！別這樣說好不好！」主人說完，拉著她的手安慰相勸。

她早已耗盡氣力，最後完全閉上了眼睛，昏昏欲睡，如同死人一般。微弱的燈光下，主人一直注視著眼前這位令人尊敬的母親，心裡無限同情。她為了自己的家庭，不辭勞苦來到離她的祖國六千海哩的地方，最後居然客死異鄉，這位可憐的母親是多麼誠實，多麼善良，多麼不幸啊！

馬爾科肩上背著包袱彎著腰，一瘸一拐走著，第二天清晨，他一鼓作氣，精神飽滿來到圖庫曼。這是一座新興的城市，也是阿根廷共和國最繁華的都市之一，他覺得好像又回到了科爾多瓦、羅薩里奧和布宜諾斯艾利斯：同樣是筆直綿長的街道，同樣是低矮的白色房子，然而這裡處處給人面目一新的感覺，色彩繽紛的花草散發出沁人心脾的芳香，燈火輝煌，碧空如洗而深邃，他好像從來都沒見過這樣的城市，即使在義大利也沒見過。他沿街往前走，心裡不由得澎湃洶湧，彷彿重新回到布宜諾斯艾利斯。他抬頭觀望街上所有的門窗，注視著所有走在路上的女人，期盼能遇上母親。他想向路上的人打聽，可是又沒有勇氣叫住任何一個人，所有站在門口的人都轉過身來望著這個衣衫破爛、滿身塵土、遠道而來的可憐孩子，他努力在人群中尋找一張值得信任的面孔，以便提出那個可怕的問題。一家掛著義大利文招牌的鋪子映入他的眼簾，裡面有一個戴眼鏡的男人和兩個女人，他慢慢走進鋪子，鼓起勇氣問：「先生，能告訴我梅奎納茲家在哪裡嗎？」

「是不是梅奎納茲先生的家？」老闆問。

「對，就是他。」馬爾科細聲細氣回答。

老闆說：「梅奎納茲一家人已不在圖庫曼了。」

馬爾科一聽，心如刀割，不禁絕望得大叫一聲。

店主和兩個女人站起來，附近的幾個人也向這裡趕來。

「孩子，怎麼回事？有什麼事嗎？」老闆說著，把他拉進鋪子讓他坐下，又對他說：「別著急啊，你怎麼了？梅奎納茲現在不住在這裡，但離這裡不遠，只有幾小時的路程。」

「在哪裡？在哪裡？」馬爾科像死而復生般清醒過來，忽然跳起來急忙問。

店主回答說：「離這裡有五十英里，就在薩拉迪羅河畔，那裡正在建造一座規模巨大的蔗糖廠，附近有一片住宅，梅奎納茲先生就住在那裡，大家都認識他，走幾個鐘頭就到了。」

「一個月前我還去過他家。」聞聲趕來的一個小夥子說。

馬爾科睜起圓鼓鼓的眼睛望著他，一臉蒼白，急切問：「你見過他家的女傭嗎？她是義大利人。」

「是熱那亞人，對嗎？我見過呢。」

馬爾科悲喜交加，哇一聲哭起來，又哭又笑了一會兒後，他斬釘截鐵說：「會經過哪些地方？快告訴我街道名稱，我現在就去，路怎麼走，快告訴我。」

大家異口同聲對他說：「得走一天呢，你已經過度勞累，還是先休息一下，明天再走也來得及。」

「不行，不行，請快告訴我路怎麼走，我一刻也不能等了，馬上出發！就是死，我也要立刻就去！」

人們見他心意已決，也不好再阻攔他，便對他說：「孩子，願上帝保佑你。穿過樹林時千萬要小心，小傢伙，祝你一路平安！」

還有一個人送他出城外，為他指路，又囑咐叮嚀一番，一直目送他上了路。馬爾科背著包袱，一瘸一拐向前走去，幾分鐘後便消失在路邊的密林中。

這天夜裡，可憐的女人已病得奄奄一息，她疼痛難忍，發出撕心裂肺的慘叫聲，一直神志不清，幾個服侍她的女人慌了手腳，不知如何是好。女主人坐立不安，時常來看望她。醫生次日上午才能趕來，這樣一來，就算她本人願意動手術也太晚了。想到這裡，大家都擔憂不已。

當她的疼痛稍稍緩解時，從她的神情可以看出，她受的最大折磨不是肉體的痛苦，思念遠方的親人才是煎熬她精神的最大心病。她臉色慘白，雙目失神，臉龐扭曲變形，抓著頭髮，傷心絕望，肝腸寸斷喊道：「我的天哪！我的天哪！我就要死在這裡，再也見不到他們了，我可憐的孩子，他們要失去母親了。我的小寶貝，我可憐的親生骨肉，我的馬爾科還那麼小，就要失去母親了，多麼可愛、多麼活潑的孩子啊，你們不知道他是多麼好的孩子。如果夫人您知道的話，也會跟我一樣疼愛他的。我要離家時，他怕再也見不到母親了，抱住我的脖子捨不得放開，那傷心痛哭的模樣真叫人心疼。我可憐的孩子，我的心都要碎了。哎呦，當時我要是真的傷心得死去，也不至於落到今天的地步，最起碼當時他還跟我說了句寬慰的道別話，但現在什麼都沒有，一切都完了！可憐的孩子，他是多麼愛我，又多麼需要我啊。沒有母親，他將一貧如洗，就快去討飯了。馬爾科啊，馬爾科，沒有我，他將忍饑挨餓，乞討維生。啊，我永恆的上帝！不，我不能死！醫生，快叫醫生來！快來呀，快給我開刀，切開我的胸部，就是把我治成瘋子，我也心甘情願，只要救我一命就行。我要治好病，我要活下去，我要離開這裡，馬上回家，明天就走。醫生，快救救我吧！救救我！」

其他女傭抓住她的手，撫摸著她，再三安慰她，懇求她安下心，跟她講上帝，講希望，她終於安靜下來。

然而過了一會兒，她又突然發作起來，時而失聲痛哭，手抓花白的頭髮，時而像小孩哎喲哎喲叫喚呻吟，發出長長的嘆息，迷迷糊糊說：「啊，我的熱那亞，我的家，還有大海。唉，我的馬爾科，我可憐的馬爾科，你在哪裡？我可憐的小寶貝呀。」

這時正值午夜。可憐的馬爾科沿著一條溝渠已經走了數個鐘頭，累得筋疲力盡，現在他又走進茫茫林海，巨大的樹木遮天蔽日，粗大的樹身如同大教堂的圓柱昂然挺立。月光透過樹枝灑下斑斑點點細碎的銀輝，昏暗朦朧中，影影綽綽可以看到密密層層、形態各異的樹身：有的筆直、有的傾斜、有的歪扭，盤結交錯，形狀可怖，有如群雄逐鹿；有的像坍塌已久的高塔，亂七八糟橫臥一地，上面長滿斑駁的苔蘚。看上去，那些層層疊疊的樹幹，就像怒氣沖沖的人群步步逼近敵手，然後扭打在一起似的。在這片蒼鬱幽深的密林中，還有一些大樹參天聳立，遙相對望，像泰坦巨神手持飾纓穗的長矛直衝雲霄。這千奇百態的龐然樹林構成一幅色彩斑斕而巨大的自然畫卷，蔚然壯觀，馬爾科從未見過這種大自然恩賜的迷人奇觀，不時驚奇得發呆。

但馬爾科並沒有陶醉在大自然的美景中，他的心緒馬上又飛到母親身邊。他的身體已十分虛弱，腳底磨出了血。只有在茫茫林海中狹長的空地上，才可偶爾看到星羅棋布的小小房舍，如同大樹底下的蟻塚一樣，偶爾還可看到幾頭水牛酣睡在路旁。馬爾科雖然力氣殆盡，但他已忘記勞累，雖然孤身一人，卻毫無畏懼，遼闊的林海反而使他的心胸開闊。一想到離母親愈來愈近，他就有了如同成人的力量和勇氣。他曾在大海上漂泊過無數日夜，遇過驚險的場面，經歷痛苦和磨難……這一切他都以鋼鐵般的意志戰勝了，想到這裡，他不由得昂首挺胸，高貴而沸騰的熱那亞熱血湧上心頭，頓時心潮澎湃，內心充滿了自豪和勇氣。近兩年來，母親留給他的印象已漸漸模糊淡薄，但現在又變得清晰起來。這對他來說，真是件新奇的事情，他似乎又看到了母親完整清晰的面孔，這面孔他已經很久沒看見了，現在母親彷彿近在眼前，她容光煥發，表情豐富。母親的眼睛、嘴唇，全部儀態、一切動作和內心想法都從他腦海中一一掠過。他想著想著，不由得加快了腳步，一種新的愛意、一種難以形容的溫柔在他的身上和心裡增生滋長著，甜蜜、寧靜的淚水順著面頰撲簌簌滾落。他在黑暗的路上走著，情不自禁開始跟母親對話，想像不久後將貼著母親的耳朵說心裡話：「媽媽，我在這裡！我來了，就在妳跟前，我再也不離開妳了。我們一塊回家去，在回去的船上，我要緊緊靠著妳，誰也不能把我們分開，永遠……永遠不分離，直到生命結束！」

不知什麼時候，月亮的銀色光圈漸漸暗淡，遮天蓋地的樹頂上慢慢染上灰白的黎明曙色。

這天早晨八點，圖庫曼的一位年輕醫生在助手的陪同下來到病人床前，最後一次勸馬爾科的母親動手術，梅奎納茲夫婦也頻頻勸她快動手術，但這一切努力都白費工夫。病人深感體力消耗殆盡，不再相信手術會治好她的病，她斷定自己將不久於人世，已經生命垂危，最多只能再活幾個鐘頭，因此寧可自然疼痛死去，也不願白白挨刀再受劇烈的疼痛。

醫生關照說：「手術一定要做，這樣可以救你一命，只要拿出一點勇氣就行，假如不動手術，就必死無疑。」

但醫生的良言相勸也徒勞無功。

病人用很微細的聲音回答說：「不！不！我不怕死！我不要忍受這毫無用處的痛苦了，謝謝醫生。還是讓我平靜死去吧，我命該如此。」

醫生失望了，束手無策，只好低頭不語，其他人也不再多說。病人轉向女主人，奄奄一息交代後事。

「親愛的夫人，您的心地是多麼善良啊！」病人淚流滿面，費力說，「請把我這些錢和物品交給義大利領事館的領事先生，請他們轉給我的家人，我願家人平安無事。現在我有預感，此時此刻我的家人都還活著。勞駕，請您幫忙，替我給家裡寫封信……說我一直想念他們，一直為他們……為我的孩子工作……最讓我痛心的是我不能再見他們一面了……我是勇敢死去的……我向來逆來順受，聽天由命。我為家人祝福，囑咐丈夫和大兒子好好照料可憐的馬爾科，我的小寶貝。在這最後的時刻，我還是把他放在心上的……」說到這裡，病人狂喜起來，雙手合掌說：「我的馬爾科！我的孩子，我的生命！」

她含淚掃視四周，沒有看到女主人，因為女主人不知何時悄悄被人叫走了。於是，她尋找男主人，男主人也不在，只剩下兩個護士和醫生的助手在照顧她。這時候從隔壁房間傳來匆忙的腳步聲、快聲快語的低沉說話聲，以及抑制的驚歎聲。病人呆滯無神注視著房門口，彷彿期盼著什麼。過了幾分鐘，她看見一臉奇異表情的醫生走進來，後面跟著主人夫婦，他們倆同樣神情怪異，三人都以捉摸不定的眼神望著她，並低聲相互交談了幾句，她依稀聽見醫生對女主人說：「最好是馬上。」但病人被蒙在鼓裡，不明白這話的意思。

女主人用顫抖的聲音說：「約瑟法，我有個好消息告訴妳，聽了別太激動。」

病人全神貫注凝視著女主人。

女主人愈來愈激動了，接著說：「妳聽了這個消息一定會高興萬分的。」

病人睜大眼睛。

「有人來找妳了……一個您最愛的人！」女主人說。

病人一聽，猛然抬起頭來，時而望望女主人，時而望望門口，眼裡閃爍著喜悅的光芒。

「剛剛來了一個意想不到的人！」女主人補充說。女主人由於過分激動，臉都刷白了。

「誰？」病人用哽咽而奇特的聲音喊道，露出驚恐的神色。

過了片刻，病人突如其來尖叫一聲，一骨碌爬起來，兩手撫著額頭兩側，兩眼睜得圓鼓鼓的，猶如一尊雕像靜止不動端坐床上，彷彿見著了幽靈鬼魅。

馬爾科衣著破爛，滿身塵土，醫生拉著他的手臂站在門檻上。

病人連呼三聲：「天哪！天哪！我的天哪！」

馬爾科飛奔過去，母親伸出乾瘦的手臂，用盡全身力氣把馬爾科緊緊抱在懷裡，抽泣聲剎那間變成嚎啕大哭，終因喘不過氣來而撲倒床上。

但病人很快恢復了活力，欣喜若狂，狂吻馬爾科，連聲詢問：「你怎麼來到這裡的？為什麼？真的是你嗎？長得這麼高了。誰帶你來的？一個人嗎？沒有生病嗎？馬爾科，真的是你嗎？我不是在做夢吧？天啊！快告訴我。」她突然又改變口氣說：「不，別說了，等等再說。」又轉過頭來，迫不及待對醫生說：「醫生，快！我真想快點好起來，我準備好了，別耽誤時間，你們快把馬爾科帶走，別讓他聽見。我的馬爾科，沒什麼事，請放心吧，以後我會原原本本告訴你的。馬爾科，過來，我再親你一下，好，走吧。醫生，我準備好了！」

馬爾科被人帶開了，男女主人和其他女人也都出去，關上了門，只有醫生和助手留在房裡。梅奎納茲先生想帶馬爾科到遠一點的房間，但馬爾科不肯走，像釘子般立定不動。

「這是怎麼回事？我媽媽怎麼了？醫生在裡面做什麼？」馬爾科連聲問。

梅奎納茲先生仍然想帶走他，於是耐心開導他：「過來，到這邊來，我馬上告訴你。你媽媽病了，需要動一個小小的手術。來，跟我來，我如實告訴你。」

馬爾科停下來回答說：「不，我要留在這裡，請您在這裡告訴我。」梅奎納茲先生一邊拉著他走，一邊跟他說話，馬爾科緊張擔憂得渾身瑟瑟發抖。

突然間，彷彿受了致命一擊的一聲號叫響徹整個病房。

馬爾科傷心絕望哭起來：「我媽媽死了！」

醫生從屋內走出來，對馬爾科說：「你媽媽得救了！」

馬爾科看了醫生一眼，然後撲通一聲跪在醫生腳前，抽泣著說：「醫生，謝謝您！」

醫生急忙把他扶起說：「起來吧。你是勇敢的孩子，是你救活了你的母親！」

---

①直布羅陀海峽是連接地中海和大西洋的要道。
②巴拉那河在布宜諾斯艾利斯附近匯入烏拉圭河後，便稱為拉普拉塔河，全長兩百二十公里。
③阿根廷第三大城市，是商業、文化和交通中心。
④南美洲第二條大河，全長四千七百多公里。
⑤阿根廷北部最大的城市。

夏天

二十四日，星期二

熱那亞的馬爾科是我們今年認識的一個小英雄，在他之後還有一個，六月份最後一篇「每月故事」裡還將介紹一位勇敢的少年。這學年還有兩次月考，二十六天課，六個星期四①和五個星期日，共十一個假日。

現在學校裡已處處充滿學年即將結束的氣氛。校園裡枝葉繁茂，鮮花怒放，在操場上投下陰涼的綠蔭，學生都穿上了夏裝。看到各個班級的學生進進出出的情景，覺得眼前的一切跟過去數月大不相同，真是有趣。同學披在肩上的濃密長髮不見了，把頭髮剃得光光的，剪得短短的，光著小腿和脖子，各式各樣的草帽上繫著的布帶一直飄垂到背後。大家都穿著漂亮的襯衫，打著五顏六色的領帶。那些年紀最小的孩子穿戴得紅紅綠綠，翻領的衣衫上滾著花邊，飾著纓穗。為了讓人耳目一新，媽媽常常會在孩子衣服上縫幾塊色彩鮮豔的布片，即便是最窮的人家也會這樣做。有很多孩子沒戴帽子，看樣子像是從家裡慌慌張張趕來學校的。有的孩子穿著白色的體育服。戴卡迪老師班上的一個孩子從頭到腳都打扮得紅紅的，好像煮熟的龍蝦，還有幾個孩子穿著水手服裝。

小泥瓦匠要算是裝扮得最好看的了。他戴一頂寬大的草帽，很像頂端擺著燈罩的半截蠟燭，他戴著帽子做兔臉的樣子實在滑稽可笑。科列帝摘下貓皮貝雷帽，改戴一頂灰綢旅行貝雷帽。沃提尼穿著蘇格蘭式的服裝，打扮得漂漂亮亮。科羅西露出胸脯，波列科西則穿著一件寬大的鐵匠藍色工作服，瘦瘦的身子在衣服裡面晃來晃去。卡羅菲打扮得怎麼樣呢？他不得不脫掉冬天那一身小商人模樣的罩衣，這樣一來，他身上所有的口袋都露出來了，鼓鼓的口袋裡全都裝著從舊貨商收購來的不值錢小玩意，摸彩券的中獎清單也露了出來。大家帶來許多小東西：用舊報紙做成的扇子、吹氣管筒、彈弓、花草等等。還有金龜子從口袋裡爬出來，在衣服上竄來竄去。

很多幼小的一年級生拿著一束束鮮花準備送給老師。女老師也都穿上了淺色而鮮豔的夏裝，只有外號「小修女」的老師依然穿著黑色衣服。帽子上插著紅羽毛的女老師依然打扮得紅紅綠綠，脖子上繫著粉紅色絲綢帶，但這鮮豔奪目的絲綢帶往往被孩子的小手揉得皺巴巴的，遇到這種情況，她總是笑吟吟跑開。

這正是櫻桃樹開花的季節，處處彩蝶紛飛，街頭的歌聲婉轉悅耳，鄉間的小徑上到處是悠閒散步的人們……許多五年級孩子在波河裡游泳嬉戲。大家的心早已飛向假期了，假日一天天接近，大家都迫不及待要離開學校了。看到卡羅納依然穿著孝服，我難受極了。還有，我二年級可憐的女老師愈來愈消瘦蒼白，咳嗽得也更加厲害了。她彎著腰走路，跟我打招呼時，顯得很憂傷。

---

①十九世紀時，義大利的學校除了星期日外，星期四也是假日。

爸爸的話：詩意

二十六日，星期五

恩利科，你現在開始懂得學校生活是詩情畫意的，但你是從「內部」來觀察學校，再過三十年，等你陪自己的孩子上學，像我這樣從「外部」來觀察時，你對「學校」這個詞的感受就會更美好，更富有詩情畫意。

我時常在學校附近的寂靜街道上徘徊，等你放學接你回家，我把耳朵貼在一樓教室緊閉的百葉窗上，聽到一個女老師說：「喂，『T』是這樣寫的嗎？這怎麼行？孩子，你爸爸見了會怎麼說呢？」

從另一個窗口傳出一位老師粗壯而緩慢的默寫聲：「我要買五十公尺布，一公尺的價錢是四個半里拉，然後再把布賣出去……」

再遠一點是帽子上插紅羽毛的女老師在高聲朗讀：「彼得．米卡①舉著燃燒的導火線地雷……」

隔壁教室裡傳出孩子唧唧喳喳的說話聲，宛如上百隻小鳥的啁啾呢喃，可能是老師離開教室一會兒的緣故吧。再往前走，拐過牆角，我聽到一個學生在哭，也許是老師在責備他，也許是在安慰他。從其他窗口裡傳出朗讀詩歌的聲音、偉人和品德高尚之人的名字，以及忠告人們崇尚道德、愛國和勇敢的格言。不一會兒，整座樓房闃寂無聲，彷彿空了一樣，令人難以相信裡面還有七百個學生。有時候，突如其來傳出一陣歡聲笑語，也許是老師心情好，說了什麼笑話吧。凡是路過這所充滿青春活力和希望的學校，人們都會忍不住停下來，用溫煦的目光看著這個地方。

突然間，傳出收拾課本和書包的輕微聲，緊接著是急速移動腳步的嘈雜聲，頃刻間，這些聲音從一個教室傳到另一個教室，從樓下傳到樓上，像一個特大喜訊轉眼間四處傳開，原來是工友通知大家放學的時間到了。聽到這聲音，一群群男人、女人、小姐和年輕人都爭先恐後擠到校門口，等候自己的孩子、弟弟妹妹或孫子。一年級的小學生一窩蜂衝出教室，然後擠進大廳去取帽子和外衣，一股喧囂的聲浪和咿呀的說話聲交織在一起，四周一陣騷亂，工友又不得不把他們一個一個推到大廳裡。他們終於排好隊，踏步走出校門，然後家長紛紛走上前去，一個個問道：

「今天的課你聽懂了嗎？」

「今天有多少作業？」

「你們明天要上什麼課？」

「什麼時候月考？」

那些不識字的可憐母親也要翻翻作業本看看有什麼問題，問問孩子得了多少分：

「只得八分嗎？」

「十分還加評語嗎？」

「這課得了九分？」

家長有的擔心，有的歡喜，有的向老師打聽，有的談論著日程安排和考試的事情。這一切是多麼美好、偉大！學校為這個世界提供了多麼廣闊的前途啊！

爸爸

---

①彼得・米卡（Pietro Micca）是義大利杜林著名的爆破手。一七〇六年，他為了保護杜林的城堡，手執引爆的地雷跟敵人同歸於盡。

聾啞女

二十八日，星期日

今天上午，我參觀了聾啞學校，就這樣，五月份圓滿結束了。

早上我們聽見門鈴聲，大家跑去開門，我聽到爸爸驚訝的聲音：「喬吉歐？是您！」喬吉歐是我們家住在吉埃里時的園丁，現在他家住在孔托維。他在希臘的鐵路部門工作了三年，前天在熱那亞下船回國。他是剛從熱那亞趕來這裡的，懷裡抱著一個大包裹。他有些老了，但臉色紅潤，精神抖擻。

爸爸請他進屋，他說不必了，他的臉色突然陰沉下來，焦急問：「我家裡的情況怎麼樣？奇吉雅好嗎？」

「她近來很好。」媽媽回答說。

喬吉歐長長舒了一口氣說：「啊，謝天謝地，沒有得到她的確切消息以前，我實在沒有勇氣到聾啞學校去看她。我先把包裹暫放在你這兒，我要去接她。我整整三年沒見到這個可憐的女兒了，這三年來，我一個親人都沒見過。」

爸爸對我說：「你陪他去一下。」

園丁說：「不好意思，我還有話要說。」

爸爸打斷他的話問道：「你在外邊打工如何？」

園丁回答：「還好，托上帝的福！我帶了些錢回來，但我想打聽一下啞女的教育情況，您能告訴我嗎？我離開家時，她像隻可憐的小動物。可憐的小傢伙啊。說實話，我不太相信這一類的寄宿學校。她學會比手語了嗎？妻子告訴我，她正在學說話，而且有長進。我心想，既然我不懂得手語的意思，那麼她學那種話有什麼用呢？我們怎麼溝通呢？可憐的小傢伙。可是對那些不幸的孩子來說，他們之間能心靈相通就是一件大好事了。她到底怎麼樣了？怎麼樣了？」

爸爸笑了笑回答：「不用我說什麼，您去看看就一清二楚了。快去吧，別再耽擱時間了。」

我們馬上出發了。聾啞學校就在附近，一路上我們走得很快，園丁一臉憂愁跟我說：「唉，我可憐的奇吉雅啊，她生下來就很不幸。你知道嗎，我從未聽過她喊一聲『爸爸』，她也從未聽過我喊她『女兒』。自從她來到這個世界上，她從未說過一句話，也從未聽到一句話，承蒙一位善心的先生慷慨解囊相助，幫她出錢，她才有機會進了這所學校。她是八歲進去的，一住就是三年，現在已經十一歲了。她長大了嗎？快告訴我，她長大了嗎？她快樂嗎？」

我加快腳步，連聲回答：「您馬上就看到了，您馬上就看到了。」

園丁又問：「這學校在哪裡？那時我已離家了，是我妻子帶她去的。我覺得就在這附近。」

走著走著，我們來到校門口，走進接待室，工友向我們迎來。園丁說：「我是奇吉雅·沃吉的父親，我要馬上見女兒。」

工友回答說：「他們正在玩遊戲，我得去通知老師一下。」工友說完就跑了出去。園丁默默來回踱步，掃視掛在四周牆壁上的手語圖片，他什麼也不懂，只是茫然看著。

門開了，一位穿著黑衣服的女老師帶著一個女孩走進來。

父女倆互相對視一會兒後，就邊叫邊投到彼此的懷抱裡。

女孩穿著紅白相間的格子衣服，外面罩著一條白色裙子，個子比我還高。女兒緊摟父親的脖子，父女倆抱頭痛哭。

父親熱淚盈眶，拉開女兒的手臂，從頭到腳上下細細打量女兒，彷彿剛跑完長跑似喘著粗氣說：「哎喲，長這麼高了，長得這麼漂亮了。啊，我可憐的孩子，我可憐的奇吉雅，可憐的啞女。太太，您是她的老師嗎？請您叫她比個手語好嗎？也許我能懂一些，將來我也慢慢學。太太，請叫她做幾個易懂的手語給我看。」

老師滿面笑容，低聲問女孩：「來看你的這個人是誰？」

女孩笑著，像一個野人學我們說話那樣，用一種粗啞古怪的生硬聲音回答，但發音很清晰：「他是——我的——爸爸。」

園丁倒退一步，像個瘋子似高聲大喊：「她會說話了！她會說話了！孩子，妳說吧！說呀！妳再說些什麼呢？說呀！怎麼不說了。」園丁邊說邊抱住女兒，在她的額上親吻了三下，然後又連忙問老師：「她怎麼不用手語說話？太太，您怎麼不用手語說話。太太，她怎麼不用手比劃著說話？就這樣說話嗎？這到底是怎麼回事？」

老師回答說：「不，沃吉先生，現在不用手語說話了，那是老辦法，現在教的是新方法，用矯正口型的方法教他們學說話。怎麼，您還不知道？」

園丁目瞪口呆說：「我什麼也不知道，這三年我都出門在外啊。對了，家人曾給我寫信告訴我這件事，但我老是搞不清楚，我的腦袋跟木頭一樣。噢，我的女兒，妳能聽懂我的話嗎？妳能聽到我的聲音嗎？回答我，妳聽見了嗎？聽得見我說話嗎？」

老師說：「不，這位先生，她的耳朵是聾的，所以她聽不到您的聲音。她是從您口型的變化看出您在說什麼話的，事情就是這樣，她聽不見您，也聽不見她對您說的話，她說的那些話是我們一個字母一個字母教她的，譬如她應該怎樣擺放嘴唇，怎樣移動舌頭。為了發出聲音，她的胸部和喉嚨要費多大勁兒啊。」

園丁還是弄不明白，只是張口結舌，一動也不動站在那裡，他還是不怎麼相信這一套。

他把嘴附在女兒的耳朵上，低聲問道：「奇吉雅，告訴我，爸爸回來了，妳高興嗎？」說完，他抬起頭來等著女兒回答。

女兒注視著父親，沉思好久，什麼也沒說，園丁又慌張起來。

老師笑了笑說：「先生，你雖然貼在她的耳朵上說話，但她沒有看到您嘴唇的變化，她無法回答您。現在您面對她的臉站著，把您的話再重複一遍。」

於是園丁對著女兒的臉又重述一遍：「爸爸回來了，妳高興嗎？爸爸再也不走了，妳高興嗎？」

女兒專心看著父親嘴唇的變化，還注意嘴裡的變化，然後回答：「是的，你回——來了，我

──很高興；再也不──走了，不──走了，我──更高興。」

這時，激動萬分的父親一把將女兒摟在懷裡，為了進一步驗證，父親向女兒連珠炮似發問：

「媽媽叫什麼名字？」

「安──多妮婭。」

「你妹妹叫什麼名字？」

「愛──德──拉伊得。」

「學校叫什麼名字？」

「聾啞學校。」

「十加十是多少？」

「二十。」

我們以為園丁會覺得很驚喜，想不到他卻突然哭起來，這是喜悅的淚水啊！

老師對他說：「喂，振作起來，別哭了，您應該高高興興才對。您看，您一哭，女兒也跟著哭了，應該高興一點，對嗎？」

園丁抓起老師的手，一再吻著說：「謝謝老師，謝謝老師，一百個感謝，一千個感謝。請原諒，我不知道還能說些什麼了。」

老師對他說：「她不僅會說話，還會寫字，算算術，還能叫出許多日常用品的名字，懂得一些歷史和地理。現在她已進入正常班，再上兩個年級，她會學到更多的知識。從這裡畢業以後，她就能謀到一份工作。這裡畢業的許多孩子到店鋪當了售貨員，跟正常人一樣從事工作。」

園丁始終百思不得其解，好像更加糊塗了，他望著女兒抓耳撓腮，不知所措，從他的表情看，似乎希望老師再給他解釋一下。

於是，老師轉向工友說：「去叫預備班的一個女孩來。」

工友很快帶來一個剛入學不久的八、九歲聾啞小女孩，老師說：「這位初級班的小女孩剛開始學說話，我們就是按照下面的方法教她。現在我讓她發『E』音，請您留心觀察。」

老師張開嘴，做出發母音「E」的口型，並示意小女孩也做出同樣的口型，小女孩照辦。於是老師教她如何發出聲音，但小女孩發出的聲音不是「E」，而是「O」。老師糾正說：「不對，不對，不是這個音。」隨後老師拿起小女孩的兩手，一隻手放在自己的喉部，另一隻手放在胸上，重新發「E」音。小女孩的手終於感受到老師喉部和胸部的振動，於是她張開嘴，重新發「E」音，這次完全正確。

老師用同樣的方法，把手放在喉部和胸部，教她發「C」音和「D」音，然後問園丁：「您現在明白了嗎？」

園丁明白了，但更加驚奇了。他思索片刻，看著老師又問：「你們都是這樣教他們學說話嗎？你們就這樣不厭其煩教他們嗎？是一個一個教他們嗎？日復一日，年復一年教他們嗎？你們真是聖賢，真是天使，真是不知道該如何報答你們的恩情。我該說些什麼呢？噢，現在讓我跟女兒待上一會兒吧，就五分鐘。」

園丁把女兒拉到旁邊坐下，不停問她很多事情，女兒也一一回答。園丁的眼睛裡噙著晶瑩的淚水，用拳頭捶打著膝蓋，開心笑了。他拉著女兒的手，深情注視著她，欣喜若狂聽她說話，彷彿在傾聽來自天上的聲音。

過了一會兒，園丁又問老師：「能有機會向校長道謝嗎？」

老師回答說：「校長不在，但您應該感謝另外一個人，這裡每個女孩都有一個比她大的同伴，像姊姊或母親那樣照料她。您的女兒是由一位麵包師傅的十七歲聾啞女照顧的，她心地善良，很疼愛您的女兒，兩年來，她每天替您女兒穿衣服、梳頭、教她做新衣服，為她拆洗縫補舊衣服，是個難得的好夥伴。奇吉雅，妳在學校裡的媽媽叫什麼名字？」

女孩笑著回答：「卡特——麗娜・焦爾——達諾。」然後她又轉向父親說：「她——非常——非常——好。」

工友聽到老師的指示，很快又帶來一位身體健壯、朝氣蓬勃的金髮聾啞女孩，她也穿著紅格子的衣服，外面罩著灰色的裙子。她站在門口，臉頰緋紅，低頭微笑著，她的身材像大人，但臉蛋看上去仍是個小女孩的樣子。

園丁的女兒一見她，便跑著迎上去，像小孩似拉住她的手，把她帶到父親跟前，粗聲粗氣說：「卡特——麗娜・焦爾——達諾。」

「呵，真是個好女孩。」園丁感歎道。他想伸手去撫摸她一下，可是馬上又縮了回來，只是不斷說：「呵，真是個好女孩，願上帝賜福給您，賜給您一切好運和欣慰，祝您和家人永遠幸福。可憐的奇吉雅，她爸爸我雖然窮，但總算是一個正直的工人，衷心為您祝福。」

大女孩一直低頭微笑，撫摸小女孩，園丁就像崇敬聖母那般望著大女孩。

老師說：「今天您可以帶走您的女兒，陪她玩一玩。」

園丁回答說：「把她帶走？這真是太好了。我帶她先到孔托維，明天上午再把她送回來。真是的，怎麼能不帶她出去玩玩呢？」

女兒跑去換衣服了，園丁接著說：「三年沒有見她，現在她竟然會說話了，我馬上帶她到孔托維去，不，我要先帶我的小啞女到杜林，在那裡，我挽著她的手到處逛一逛，好讓大家都看看她，再帶她去見一見我的幾個老朋友。呵，天氣真好，這實在叫人欣慰呢。來，我的奇吉雅，拉著爸爸的手。」女兒回來時，已經加上一件小外套，戴上一頂寬邊小帽，走過來挽住父親的手臂。

園丁走到門口說：「謝謝大家，由衷謝謝大家，再來時還要感謝大家。」

在門口，園丁一時想起了什麼，突然放開女兒的手，轉身回來，一隻手在內衣裡東摸西索，然後大聲說道：「真是，我窮歸窮，但還懂人情世故。唉，在這裡，找到了，這枚新的金幣相當於二十里拉，我要留給學校。」園丁用手拍打桌子，把金幣放到桌上。

老師深受感動說：「不，好心人，您還是收起來吧，我不能接受任何錢，快拿回去吧，別給我，等校長回來再說吧。不用問我也知道，校長絕不會收的。可憐的好心人啊，您累死累活工作也賺不了幾個錢，您不給錢，我們照樣感謝您。」

園丁固執回答說：「不，這錢我一定要留下。」

老師有什麼反應呢？園丁還沒來得及推拒，老師已經把金幣放進他的口袋裡了。這時候園丁搖搖頭，只好罷休。他跟老師和大女孩道別，重新挽起女兒的手臂，大踏步向門口走去，他對女兒說：「走吧，走吧，我的好女兒，我可憐的聾啞女兒，我的小寶貝。」

女兒粗聲粗氣說：「啊，多——美的——太陽。」

六月

爸爸的話：加里波第

六月三日（明天是國慶日①）

今天是國喪日。昨晚加里波第與世長辭，享年七十五歲。加里波第是誰呢？就是他把一千萬義大利人從波旁王朝②的暴政下解救出來。他出生於法國尼斯，是船長的兒子。他八歲時就救過一個女人的性命；十三歲時，他曾幫助一艘遇難船隻脫險，船上夥伴因而全部獲救。二十七歲，他在法國馬賽外海救了一名溺水的青年；四十一歲，他在茫茫大海中救出一艘大船，讓船不至於被大火燒毀。為了使異族的人民獲得自由，他曾在美洲輾轉奮戰十年；為了解放倫巴第和特蘭提諾③，他曾發動三次反抗奧地利人的戰爭。一八四九年，為了保衛羅馬，他曾英勇抵抗法國人；一八六〇年，他解放了那不勒斯和巴勒莫；一八六七年，他再次為保衛羅馬而戰；一八七〇年，他為保衛法國而與德國作戰。加里波第有著大無畏的英雄氣概和軍事才華。他參加過四十次戰役，有三十七次打了勝仗。

他不打仗時，就隱居在一座孤島耕地播種，以此維生。他曾做過教師、海員、工人、商人、士兵、將軍和執政官。他偉大、簡樸、善良；他憎恨壓迫者，熱愛人民，保護弱者；他樂善好施，不求功名，不怕死亡，熱愛義大利。只要他一聲令下，大批勇士便會從四面八方湧進投入他的麾下：紳士離開自己豪華的住宅，工人離開工廠，年輕人離開學校，在他光輝旗幟的指引下勇猛戰鬥。戰鬥時他常常穿著紅色服裝，他是一個身強力壯的金髮美男子。戰場上，他驍勇如雷電；平時則溫柔多情如孩童，悲天憫人如聖人。數千名為國捐軀的義大利士兵，只要在臨死前目睹他風塵僕僕、凱旋歸來的風采，便能含笑瞑目而逝。

他去世後，舉世都為他哀悼。現在你還不了解這個人，但你往後一生中，你會不斷聽到他的事蹟，不斷聽聞他的名字。隨著年齡增長，他的形象也會在你心目中逐漸高大起來。你長大成人以後，在你眼裡他將成為一個巨人。當你有一天離開這個人世，甚至當你的孫子及後人也離開人世時，他的形象依舊光彩照人，深植人心。我們的子孫萬代將永遠把他視為人民的大救星。他那赫赫的戰功宛如群星編織的光環，將變成他金碧輝煌的桂冠。每個義大利人提起他的名字時，臉上都會綻放出奇異光彩。

爸爸

---

①根據義大利十九世紀的憲法，當時的國慶日是六月四日，現在的義大利國慶日則是六月二日，在一九四六年由全民投票決定。

②波旁家族在法國（1589－1792、1814－1815、1815－1830）、西班牙（1700－1808、1814－1868、1874－1931）和

義大利那不勒斯（1735 - 1805，1815 - 1860）建立的王朝。

③即現在義大利的特蘭提諾・阿爾托・阿迪傑行政區。

軍隊

十一日，星期日

由於加里波第逝世，國慶日的慶祝活動延遲七天。

今天我們到城堡廣場看閱兵，隊伍從司令官面前和長長的兩列夾道圍觀群眾中間通過，在伴隨隊伍行進的軍樂和管樂聲中，爸爸向我講解軍團和軍旗的光榮歷史。

走在最前面的是軍事院校的預備軍官，他們是未來的工程兵和砲兵部隊的軍官，共有三百人左右。他們身著黑色制服，雄赳赳氣昂昂走過去。緊跟在後的是步兵，他們是曾在哥依托和聖馬蒂諾鏖戰的奧斯塔縱隊，以及參加過卡斯特爾菲達爾多戰役的貝加莫縱隊，一共有四個軍團，以連為單位，一隊一隊奮勇前進。

每支隊伍前面都有兩個排頭兵，指揮隊伍行進。士兵軍服上綴著花環似的紅色流蘇，長蛇般的隊伍英姿煥發走過人群。接著是工程兵，他們是戰爭中的工人，帽子上都裝飾著黑色馬鬃製成的頭飾，軍服上鑲著深紅的袖章。

工程兵剛通過，就看到後面來了一排排頭戴又直又長羽飾的士兵，他們是阿爾卑斯山地狙擊兵，是義大利門戶的捍衛者，個個高大強壯，臉色紅潤，頭戴卡拉布里亞式的帽子，軍裝上鑲著象徵山地蔥蘢的美麗草綠色領章。

阿爾卑斯山地狙擊兵還沒有全部走過去，人群就騷動起來。原來是最先突破皮亞門①防線而攻入羅馬的老十二營狙擊部隊來了，他們身穿棕色制服，一個個生龍活虎，邁著矯健的步伐前進，帽子上的羽飾迎風招展，宛如一片黑色的波濤微蕩著漣漪。

尖利的號角聲有如欣喜若狂的歡呼聲響徹整個廣場，但那聲音很快被低沉、時斷時續的隆隆車聲所淹沒，原來是野戰砲兵部隊開過來了。士兵佩掛黃色的騎兵綬帶，坐在砲車高高的彈藥箱上，由六百匹剽悍烈馬拉著他們前進，青銅和鋼鐵鑄成的長長大砲在輕型的支架上閃閃發光，砲車顛簸著轟隆轟隆滾滾向前，震撼著大地。

跟在後面的是山地砲兵，這些砲兵略顯疲憊，裝備略顯陳舊，隊伍緩慢、莊重、有條不紊前進著，這些驍勇善戰的士兵和驃勇的騾馬所到之處，總是給敵人帶來恐怖和死亡。

最後過來的是熱那亞騎兵團，這支鐵騎曾經如旋風般橫掃戰場，從聖魯其亞到維拉弗蘭卡等十個地方都有他們的戰績。他們的頭盔在陽光下閃爍，長矛林立，旗幟在風中飄揚，銀輝四射，金光閃閃，鏗鏗有聲，駿馬嘶鳴。

「多好看啊！」我情不自禁叫出聲來。

可是父親卻責備我說：「不可以把閱兵當成好看的演出，這些充滿活力和希望的青年隨時可能聽從召喚去保衛祖國，也許僅僅數個鐘頭之後，他們就會在戰火中倒下。你聽到人們歡欣跳躍呼喊『軍隊萬歲！義大利萬歲！』這時要想一想這些閱兵部隊是從陳屍遍野、血流成河的戰場上走過來的。想到這裡，你對他們的歡呼就會從內心深處迸發出來，而義大利的形象在你的心目中也必將顯得更加莊重，更加偉大。」

①羅馬東北部的古代城門，一八七〇年九月二十日，義大利軍隊從這裡攻入羅馬。

爸爸的話：義大利

十四日，星期二

在國慶日這個日子裡，你應該這樣向祖國致意：

義大利，我神聖的祖國，可愛的國土。我的父母出生在這裡，也將安葬在這裡；我也願在這裡生活，願在這裡死亡；我的子孫也將在這塊土地上成長和死亡。美麗的義大利，多少世紀以來就是這樣偉大，這樣光榮。這幾年，又獲得了統一和自由，神聖智慧的洪亮聲音傳遍了世界。為了義大利，多少英雄戰死沙場，無數勇士走上了斷頭臺。妳是三百座城市和三千萬兒女尊敬的母親，我只是一個兒童，目前還不能完全明白妳，了解妳，但我願以全部的心靈尊重妳，熱愛妳，我以能在這塊土地上出生，做妳的兒子而自豪。我愛美麗的大海，愛高聳入雲的阿爾卑斯山，愛莊重肅穆的紀念碑，愛不朽的歷史，愛妳的光榮和美麗。我愛妳，愛這整片國土，如同眷戀我的那一塊土地，那是我第一次見到陽光，第一次聽到義大利的地方。每一個地方，譬如勇敢的杜林，讓人自豪的熱那亞，充滿智慧的波洛尼亞，迷人的威尼斯，強大的米蘭，我都有同樣的感覺，表示同樣的感激。我就是義大利之子，我以這片肅然起敬的情懷，愛溫柔多情的佛羅倫斯，威震四方的巴勒莫，遼闊美麗的那不勒斯，神奇永恆的羅馬。我愛妳——神聖的祖國！我發誓：我將像愛我的親兄弟那樣愛妳的每個兒女，對於妳曾孕育的偉大人物，不管是死去的，還是活著的，我都永遠記在心裡，永遠崇敬。我將做一個勤勞誠實的公民，不斷讓自己變得高尚。為了使貧窮、愚昧、不義和罪惡終有一天從這片土地上消失，為了讓妳永遠享受體面而無拘無束的平靜生活，我不會做有愧於妳的事，願把一切獻給妳。我發誓：我將用自己的聰明才智和力量，心甘情願為你效勞，勇敢捍衛你，即使忍辱負重也在所不惜。假如有一天需要我為妳拋頭顱、灑熱血，我將毫不猶豫獻出生命，為妳捐軀。我將仰望蒼天呼喚妳神聖的名字，最後一次吻妳神聖的旗幟，然後安心瞑目。

爸爸

三十二度

十六日，星期五

國慶日以後的五天裡，氣溫驟然升高三度。現在已進入盛夏季節，大家都感到疲憊無力，春天裡臉上洋溢的那種紅潤光澤不見了，脖子變細了，腿變瘦了，垂頭喪氣，眼睛都睜不開了。可憐的納利忍受著酷暑的煎熬，臉變得像蠟一樣黃，有時腦袋往作業本上一趴便呼呼睡著了。卡羅納總是留心注意納利，把一本打開的書直立在他的腦袋前，免得被老師發現。科羅西把他的紅髮腦袋擱在課桌上，看上去彷彿腦袋跟上半身分了家一樣。諾比斯抱怨教室裡人太多，空氣糟糕透頂。

這種情況下，專心上課需要多麼大的毅力啊。我透過窗戶看到婆娑的樹影，真想跑過去在那裡痛痛快快乘涼。關在教室裡，坐在課桌前，是多麼悲哀煩惱啊。我放學出了校門，看到媽媽正在等我，只有在這個時候，我才打起精神，因為媽媽總會留心看看我是否面無血色。我做功課的時候，她常常問我：「你覺得怎麼樣？」每天早上六點她叫醒我時，總要念幾句：「快起來吧，再過幾天就要放假，你就可以到林蔭大道上去漫步了。」

媽媽不厭其煩給我講了很多很多道理，叮嚀我不要忘記那些正在辛勤勞動的孩子：他們有的正頂著似火的驕陽，在田間辛苦耕耘；有的正跟河灘上那白花花、灼熱燙人的卵石堆打交道；有的終日低頭彎腰、一動不動站在玻璃廠的火爐旁操作。他們每天早上都比我們起得早，而且沒有什麼假期，我們要更加努力才是啊。說到這方面，最厲害的當屬德羅西了，他一頭黃燦燦的鬈髮，既不怕熱，也不打瞌睡，始終精神飽滿，活潑開朗，跟在冬天時沒有兩樣。他學習從不費力，聲音就像一股潔淨清新的空氣，能使他周圍的同學頭腦清醒，振奮起來。

還有兩個人也始終頭腦清醒。一個是頑強的斯達迪，他擔心自己上課打瞌睡，就使勁用手揉搓面頰，天氣愈是酷熱，愈是感到疲倦，他的牙就愈咬得愈緊，兩眼睜得愈開，那模樣像是一口要把老師吞下去。另一個是卡羅菲，他專心用紅紙做著扇子，上面貼著火柴盒的商標，一把要賣兩個銅幣。

但是最令人佩服的要數科列帝了。可憐的科列帝，他早晨五點起床就幫他爸爸背柴。上課上到十一點，他的眼就再也睜不開了，腦袋垂到胸前，但他總會把自己搖醒，用手拍拍後腦勺，或者請求到外面去洗把臉，有時還請旁邊的同學在他睡著時推他一下或擰他一把。今天上午他實在支持不住，便沉沉睡去了。老師大聲叫他：「科列帝！」他沒醒過來，老師生氣了，又喊一聲：「科列帝！」還是沒有喊醒他。坐在他旁邊是賣炭人的兒子，他站起來對老師說：「他從五點就開始背柴，一直工作到七點。」

老師一聽，便讓他繼續睡，又上了半小時的課，老師才走到科列帝的課桌前，輕輕在他臉上吹了幾口氣，把他吹醒了。他看到老師站在自己面前，害怕得直往後縮。老師用手托起他的頭，在他的額頭親吻著說：

「孩子，我不責怪你，你不是因為懶惰才睡著的，而是過度勞累的緣故。」

媽媽的話：父親

十七日，星期六

恩利科啊，你怎麼可以這樣對爸爸說話呢？你的同學科列帝和卡羅納絕不會像你今天這樣對他們的爸爸說話的。恩利科，你怎麼可以這樣呢？你必須向我發誓：在我有生之年，你絕不能再做這種事了。

每當爸爸責怪你，而你要出言不遜頂撞他時，你應該想一想：遲早有一天，他會把你叫到床前說：「恩利科，永別了！」

啊，我的孩子，等你將來聽完爸爸最後一句話，過了很久，你來到他的書房，望著再也無人打開的書籍而暗自落淚時，你會回想起以往不尊重他的情景，你會不禁捫心自問：「我怎麼能那樣對待爸爸呢？」到了那時候，你會明白爸爸是你最好的朋友。他不得不處罰你的時候，他心裡比你還難受。他責怪你，讓你流淚，這完全是因為他實在太愛你了。真到了那一天，你將後悔莫及，會含著淚水在爸爸的書桌上親吻，他曾為了兒女在這張書桌上日夜工作，耗盡了最後一滴心血。現在你還不明白，他只流露出慈愛和親情，而其他一切都埋藏心底。你還不知道，他有時操勞過度，覺得自己將不久於人世，即便在這個時候，他都還是惦記著你，擔心你將來無人照料。他常常這樣想著想著，就不知不覺提燈走進你的房間，深情望著酣睡的你，然後忍著疲勞和憂慮，強打起精神，回到書房繼續埋頭工作。你不明白，他的內心深處隱藏著世人都有的那種辛酸和煩惱，但只要你待在他身邊，兩人如好友般真誠相待，互說心事，這就足以讓他寬慰，忘卻內心所有的憂愁煩惱，他還需要你的親情來排遣愁緒，恢復寧靜和勇氣。你不妨想一想，假如他從你那裡得到的不是親情，而是冷淡和無禮，他會如何痛苦不堪。今後，我不許你再這樣忘恩負義了，即使你將來成了聖賢，也不足以報答他曾義無反顧為你所做的一切。你要想一想，一個人能活多長時間是無法預知的，你爸爸很可能在你還小的時候，就飛來橫禍奪走了生命，這事發生也許在兩年內，也許三個月內，也許明天，沒人能肯定。

可憐的恩利科啊！假如你爸爸離開了這個世界，你周圍的一切將發生變化。媽媽將穿上喪服，家裡將是一片淒慘的景象，那時你將覺得生活是多麼的空虛淒涼！孩子，去吧，到爸爸那裡去，他還在書房伏案工作呢。你要踮起腳尖輕輕走進去，把前額貼在爸爸的膝上，請求他的寬恕和祝福。

媽媽

到鄉下遠足

十九日，星期一

心地善良的爸爸這次又寬恕了我，他早在星期三就答應讓我跟科列帝的柴火商爸爸到鄉間去遊玩，我們都需要呼吸一下山裡的新鮮空氣。不用說，大家高興得像過節一樣。我們一行人有德羅西、卡羅納、卡羅菲、波列科西、科列帝父子和我，大家約好昨天下午兩點在法令廣場集合，大家都帶著乾糧、香腸、水煮蛋和水果，還帶了喝葡萄酒用的野餐杯和錫製杯子。卡羅納帶了一葫蘆的白葡萄酒，科列帝在他爸爸的軍用水壺裡裝了紅葡萄酒，小個子的波列科西穿著鐵匠工作服，腋下夾一個兩公斤重的圓麵包。

我們乘坐公共馬車來到位於山腳下的「偉大聖母上帝」教堂，接著就向山裡走去。一眼望去，山野間一片嫩綠，密林遮天蔽日，空氣格外清新，我們時而在草地上翻跟頭，時而來到小溪邊捧水洗臉，或者翻過籬笆，穿梭來往，老科列帝遠遠跟在我們後面，夾克搭在肩上，吧嗒吧嗒抽著石膏煙斗，不時用手勢提醒我們別劃破褲子。

波列科西吹著口哨，我以前從沒聽過他吹口哨呢。科列帝一邊玩耍，一邊還不忘替別人做事。他個子不高，但是心靈手巧，樣樣會做，他用只有一指長的摺疊小刀刻小磨輪、小叉子、水槍；還替別人背行李，自己累得滿頭大汗，卻還能像山羊般靈活爬坡。德羅西不時停下來，告訴我們各種植物和昆蟲的名字，我真不明白，他怎麼懂得這麼多的知識。卡羅納一聲不響嚼著麵包。自從他媽媽去世之後，他再也不像以前那樣嚼得津津有味了，可憐的卡羅納！他待人始終那麼好，一如往常。助跑過溝的時候，他總是先跳過去，然後再從對面伸手接過別人。波列科西小時候被乳牛撞過，所以見了牛就害怕，一路上每遇到牛隻，卡羅納就搶先一步跑到波列科西前面，將牛擋住。

我們來到坐落在小山頂的聖瑪爾格麗達村，然後開始下坡。大家有的跳躍，有的翻滾，有的乾脆坐著朝下滑，磨破了衣服，碰傷了皮膚。波列科西不小心跌倒在灌木叢中，劃破了衣服，他穿著破衣服，覺得有些尷尬，幸虧卡羅菲隨身帶著別針，這下子正好派上用場，把撕破的裂口用別針別起來，就看不出破綻了。波列科西一再說：「不好意思！不好意思！」說完，他又繼續向前跑去。

卡羅菲連在路上也不放過一絲一毫的發財機會，摘野菜、捉蝸牛，就連稍微光亮的小石頭他也撿起來裝進口袋裡，以為裡面會有金子或銀子呢。我們一路上奔跑著、翻滾著、攀爬著，時而頂著太陽，時而走在樹蔭下，有時上坡，有時下坡，越過一座座山嶺高地，走過許多崎嶇的羊腸小徑，終於汗流浹背，氣喘吁吁登上另一座小山頂，坐在草地上開始吃點心。

從山頂上眺望，無邊無垠的翠綠原野盡收眼底，白雪皚皚的阿爾卑斯山群峰高聳入雲。我們個個饑腸轆轆，餓得要死，吃起麵包來像入口即溶般快速。老科列帝用葫蘆葉把香腸包起來，分給我們每人一份，我們一邊吃，一邊談論著老師、其他同學和考試的事情。波列科西有點不好意思吃，卡羅納便挑選自己最好吃的那一份塞進他的嘴裡。科列帝盤腿坐在爸爸身邊，看上去他們倆不像是父子，倒像一對兄弟，他們倆緊緊坐在一起，臉都紅通通的，滿面笑容，露出雪白的牙齒。老科列帝開懷痛飲，連我們喝剩一半的酒也拿去喝個精光。他說：「喝酒對你們這些讀書的孩子是有害的，但對賣柴人是必不可少的。」接著，他捏著兒子的鼻子搖晃，對我們說：「孩子，請你們愛這個傢伙吧，他是個貨真價實的好人呢。我說出來也不怕你們見笑。」

大家一聽，除了卡羅納，全都噗哧笑了。老科列帝一邊飲酒一邊說：「唉，想起來還真遺憾哪。你們現在這麼要好，可再過幾年誰知道會怎麼樣呢？恩利科和德羅西可能成為律師或教授，或是名人，其他四個人可能成了店鋪夥計或有了別的職業，天曉得呢？那時，就要說聲：夥伴，再見了！」

德羅西回答說：「哪裡的話。對我來說，卡羅納永遠是卡羅納，波列科西永遠是波列科西，其他人也都一樣。我就是成了俄國皇帝，也是永遠不會變的，不管你們去了哪裡，我都會去看你們的。」

老科列帝舉起酒壺驚喜道：「上帝保佑，但願如此，說得太好了，來，大家來乾一杯！好同學萬歲！學校萬歲！是學校讓你們貧富貴賤都成了一個大家庭！」

我們都舉起杯來去碰他的酒壺，乾最後一杯，他大聲說：「四十九團四營萬歲！」老科列帝說完站起來，將剩下的酒一飲而盡，接著又說：「孩子，如果你們將來成了軍人，也要像我們一樣堅強勇敢啊。」

時間不早了。我們唱著歌，手牽手飛跑下山，一起走了好長一段路。來到波河邊，已是黃昏時分，無數螢火蟲在飛舞。我們一直走回到法令廣場才分手道別，並約定下星期日一起到維托利奧‧

伊曼紐劇院去看夜校畢業典禮。

這是多麼美好的一天啊！要不是遇上我二年級可憐的女老師，我回到家該多麼快樂呀！我回到家時，正好在樓梯間碰上正要下樓的她。在黑暗中，我一眼便認出了她，她拉住我的手，附在我的耳朵上說：「恩利科，再見了，可別忘記我啊！」我注意到她哭了。

回到家裡，我對母親說：「我遇到我的老師……」

眼睛紅紅的母親回答我說：「她回去休息了。」母親說完，神情悲傷望著我，接著又對我說：

「可憐的老師……她病得很重呢！」

夜校畢業典禮

二十五日，星期日

正如約定的那樣，我們一起來到維托利奧・伊曼紐劇院觀看夜校學生的畢業典禮。劇院的布置跟三月十四日那天一樣，裡面座無虛席，萬頭攢動，幾乎全是夜校生的家屬。樂池裡是合唱音樂學校的男女學生，他們唱著一首紀念克里米亞戰爭陣亡者的讚歌，歌聲優美動聽，唱完後，全體起立熱烈鼓掌，歡呼聲此起彼落，要求再唱一遍，於是學生又從頭演唱了一遍。得獎者排隊走到市長、省督學和其他各級官員面前，接著，官員把書籍、銀行存摺、畢業證書和獎章一一頒發給他們。我看到小泥瓦匠靠著他媽媽坐在觀眾席一個角落裡，另一邊坐著校長，校長後面是我三年級時的紅髮老師。

首先上臺領獎的是夜校繪畫班的學生，他們中有金銀首飾匠、雕刻匠、石印工、木匠和泥瓦匠。然後是商業班的學生。接著是音樂班的學生，其中有許多女子和女工都穿著華麗的服裝，個個滿面春風，大家為她們熱烈鼓掌，向她們招手致意。最後出場的是夜校初級班的學生。

這種場面真有意思。他們的年齡、職業、穿戴各不相同，有白髮蒼蒼的老人，有工廠的學徒，還有蓄著大黑鬍子的工人。年紀小的從容不迫，年紀大的卻顯得侷促尷尬。人們對年長的和年幼的起勁鼓掌，齊聲喝彩。在場沒有一個人是嬉皮笑臉的，就像頒獎給我們的時候那樣，大家的表情都很專注嚴肅。

很多得獎者的妻兒子女都坐在觀眾席，得獎者在臺上走過時，孩子便大聲呼喚自己爸爸的名字，頻頻招手致意，興奮得放聲大笑。農民和搬運工走過去了，他們是朋孔巴尼學校的夜校生。在城堡中心學校的夜校裡，有一個我爸爸認識的擦皮鞋匠，督學也發給他一張畢業證書。跟在他後面的是個彪形大漢，我彷彿在哪裡多次見過他，噢，原來是小泥瓦匠的爸爸，他還得了二等獎呢。我記得上回小泥瓦匠生病的時候，我是在病床前見到他的，我立刻尋找小泥瓦匠坐在哪裡，可憐的小泥瓦匠，我看到他正用那光彩明亮的大眼睛，滴溜溜望著臺上的爸爸，還一邊在裝兔臉，以掩飾心中的喜悅與激動。這時候，忽然爆發出一陣久久不息的掌聲，我向臺上望去，只見一個掃煙囪的孩子正在臺上領獎。那個孩子臉上乾乾淨淨的，穿著工作服，市長正拉著他的手跟他說話。

排在掃煙囪孩子後面的，是一位廚師和一位在拉依納里學校上夜校的市政清潔工。這時我的心裡有一種無以名狀的滋味，也許是一種厚愛和非常尊重的感情吧。想想看，這些勞動者，也是家中的父親，不但要為養活一家大小而奔波操勞，做工之餘還要抽出時間、犧牲睡眠去夜校學習，這是多麼不容易啊！用不慣思考的頭腦去讀書，用布滿老繭的粗糙大手去寫字，對他們來說又是多麼困難啊！他們為了獲得這些獎章和證書，不知付出了多少努力！

接下來上臺領獎的是工廠裡的一個學徒，長長的夾克袖子，一看就知道是他爸爸特地借給他穿來領獎的。他到臺上領獎時，不得不把袖子捲了又捲，臺下很多人忍不住笑起來，但笑聲很快被一陣陣掌聲所淹沒。他後面是一位禿頭白鬍的老人。老人後面是一群砲兵，其中幾個是在我們學校的夜校學習。再後面是幾個海關關員，還有一些守衛我們學校的市政員警。

授獎結束的時候，夜校的學生們又唱起緬懷克里米亞戰爭陣亡者的讚歌，但這次歌聲是從內心迸發出來的真摯情感。觀眾全被深深感動了，這次大家沒有再喝采鼓掌，而是悄無聲息緩緩步出劇院。

過了一會兒，整條街上擠滿了人。在劇院門前，那個掃煙囪的孩子手裡拿著獲贈的書，上面繫著紅緞帶，幾個紳士圍過去跟他說話。許多工人、孩子、警察和老師隔著大街相互問候致意。我三年級時的老師隨著兩個砲兵走了出來。許多工人的妻子手上抱著孩子，而孩子的小手抱著爸爸的畢業證書，自豪展示給大家看。

女教師過世

二十七日，星期二

當我們在維托利奧·伊曼紐劇院參加畢業典禮時，我那可憐的二年級女老師病故了。那一天是她探望我媽媽後的第七天，死亡時間是下午兩點。昨天上午，校長來到我們教室，向我們宣布了這不幸的消息，他說：「你們當中有些人是她的學生，都知道她是那樣善良，就像一位母親那樣愛你們，現在她過世了。長久以來，病魔不斷吞噬她的生命，如果不是為了賺錢養家而拚命工作的話，她是可以有空求醫看病的，她的病也是有機會治好的，要是她請假休養一下，至少還能延長幾個月的生命。然而她捨不得離開孩子，情願跟大家待在一起，直到生命的最後一天。星期六，也就是十七日晚上，她意識到自己再也見不到大家了，於是不得不跟孩子做最後的告別。她諄諄告誡他們，再一一吻過他們，才哭著離開，今後我們再也見不到她了。孩子，你們要永遠記得她。」

波列科西二年級時曾是女老師的學生，這時他低頭趴在課桌上，嗚嗚咽咽哭起來。

昨天下午放學後，我們都到了老師家，準備護送她的靈柩到教堂去，靈車由兩匹馬拉著停在門前的街道上，已有許多人等在那裡並低聲交談著。校長和我們學校的所有老師，以及她生前曾經執教學校的老師都來了，她班上的孩子幾乎全由媽媽帶著趕來了，手裡都拿著火把，其他班級也有很多學生趕來送葬，我們學校共來了五十個同學，他們有的手執花環，有的手捧玫瑰花束。

靈柩上已經擺滿了花束，還有一個巨大的金合歡花環掛在靈車上，上面用黑字醒目寫著：「獻給我們的女老師——原五年級的學生敬輓」。這個巨大花環下面還掛著一個小花環，是她班上的孩子送的。人群中還有不少手持蠟燭的女傭，是由她們的女主人派來送葬的，還有兩個穿制服的男僕手裡舉著燃燒的火把。有一個富豪是女老師生前一個學生的父親，乘坐挽著天藍色絲帶的馬車前來送葬。大家都聚集在女老師的家門口，幾個女孩不停擦著眼淚。

我們一聲不響等著。棺材終於抬出來了，當棺材放到靈車上的時候，一些小孩放聲大哭起來，其中一個好像這時才明白老師真的死了，突然嚎啕大哭。他一陣陣激動的哭泣引起全身痙攣，人們只好趕緊把他帶走。

送葬的隊伍按照順序緩慢出發了。走在最前面的是穿著綠色服裝、在「貞潔聖母」修道院學習的女學生；然後是身著白衣，繫著天藍色絲帶的修道院女孩，她們是聖母瑪麗亞的崇拜者；接下來是神父。靈柩後面跟著老師、二年級的學生和其他人，最後是一般群眾，人們都從窗戶、門口伸出頭來張望，他們看見學生和花環後說：「是學校的女教師。」有些帶著小孩子送葬的太太也情不自禁哭起來。

到了教堂門口，大家把棺材從靈車上抬下來，安放到最大祭壇前的中殿。老師把花環放到棺材上，孩子朝棺材上撒鮮花。周圍的人拿著點燃的蠟燭，在寬敞幽暗的教堂裡祈禱，等到神父說完最後一聲「阿門」時，大家一齊吹熄了蠟燭，緊接著快步走出教堂，唯有老師的遺體孤獨留在那裡。可憐的老師，她對我們是那樣親切，那樣有耐心，為我們含辛茹苦了那麼多年。去世前，她把自己所有東西都送了人：她把書本留給了她的學生，墨水給了一個孩子，一幅小畫送給另一個學生。在她病故的前兩天，她對校長說，不要叫那些最小的孩子去送葬，因為她不想讓他們哭泣。她為我們做了那麼多好事，忍受了許多痛苦，現在悄然而去了。可憐的老師！她孤苦伶仃一個人留在黑漆漆的教堂裡。再見了，我們的好老師！永別了，我們的好朋友！您在我的幼小心靈中留下了甜蜜而悲傷的回憶！

感謝

二十八日，星期三

我那可憐的女老師本想堅持到教完這個學年的，想不到在學年結束的前三天就跟我們永別了，等到後天我們再去學校聽完最後一篇每月故事〈客船失事〉，這個學年就全部結束了。星期六，七月一日，我們就要開始考試了，第四個學年就這樣過去了！要是女老師還健在的話，那該有多麼愜意呀！

我情不自禁想起去年十月開學的情形，我覺得自己學到了更多東西，學到了不少新知識，能夠把想要說的和想要寫的好好表達出來，連大人都無法解答的數學題我都會算了，還能幫他們算一些生意上的帳目。我的理解能力大大提高了，學過的東西大多都能融會貫通……想到這裡，我格外高興。

不知道有多少人勉勵過我，幫助過我，不論是在家裡，還是在學校，在街上……凡是我曾經到過、看過的地方，都有人用各種不同的方式教了我很多不同的東西，現在我要對各位致上誠摯的感謝。

首先，我要謝謝我的好老師。您對我關懷備至，愛護有加，我學到的一切知識都是您辛勤教導的結果。其次，我要感謝德羅西，你是我敬佩的同學，當我不會做功課時，你總是熱情為我講解，幫我搞懂課業上的難題，使我順利通過了考試。我還要感謝斯達迪，你是出色而堅強的好孩子，你告訴我要如何以鋼鐵般的意志來獲得勝利。也要感謝卡羅納，你的善良心地、慷慨大度和崇高品德，讓所有認識你的人都被你所感染。還有波列科西和科列帝，你們為我樹立了榜樣，告訴我「苦難之中要堅強，勞動之中要沉著」，我感謝你們，感謝所有的同學！

但我特別要感謝的是您，我親愛的父親，您是我的啟蒙老師和第一個朋友，您給我許多有益的教誨，教我許多有用的知識。您為我不辭勞苦工作，總把憂愁深埋心底，想方設法提供我有利的學習資源和美好的生活環境。我還要感謝您，我慈愛的母親，您是我的守護天使，我愛戴您，祝福您，您和我同歡樂，共患難，陪我一起學習，跟我一起勞累，和我一塊哭泣；您一手撫摸著我的頭，一手向我指出天國之路。現在我要像小時候那樣，跪倒在你們的面前，說一聲謝謝你們！在我生命的十二年中，你們不斷為我犧牲，給我無限的愛，我要以你們對我靈魂傾注的全部柔情來感謝你們！

每月故事：〈客船失事〉

幾年前，十二月的一個上午，一艘巨大的客船載著兩百多名乘客從英國的利物浦啟程。船長是英國人，七十多名水手也幾乎全是英國人，乘客中還有幾名義大利人：三位太太、一個牧師和一支樂隊，客船要駛向馬爾他島。天空烏雲密布。

位於船頭三等艙的乘客中，有一個十二歲的義大利男孩。依照他的年齡來看，他的個子不算高，但身材健壯，一張漂亮的臉蛋透出西西里男子特有的勇敢和堅毅。他獨自坐在前桅杆的一堆纜繩上，一手搭在身旁破舊不堪的手提箱上，裡面裝著他的生活用品。少年的皮膚是棕色的，波浪式的烏黑頭髮一直垂到肩上。他穿戴寒酸，肩上披著一條破爛的床單，腰間斜掛著一只陳舊的皮包。他若有所思環顧四周，看著乘客和甲板上來回走動的水手，出神望著客船和波濤滾滾的大海。他心事重重，看來像是最近遭逢了巨大的不幸，一張娃娃臉掛著大人的表情。

船出發不久，一位頭髮灰白的義大利水手拉著一個小女孩，從船頭來到西西里少年面前，對他說：「馬里奧，我給你帶來一個小女孩作伴。」說完，就逕自走了。

女孩在靠近少年旁邊的一堆纜繩上坐下，他們倆相視片刻。

「你到哪裡？」西西里少年問。

女孩回答：「先到馬爾他，再到那不勒斯。」然後又繼續說：「我去找爸爸和媽媽，他們在那裡等我。我叫朱列塔·法賈妮。」

少年默不作聲。

過了一會兒，少年從皮包裡拿出麵包和水果，女孩隨身帶著餅乾，兩人津津有味吃起來。

一名義大利水手快步走過他們身邊，他大叫著：「快來看喔，這兩人在一起挺開心的嘛！」

風愈刮愈大，客船劇烈顛簸著，可兩個孩子都不會暈船，所以毫不在乎，女孩還笑呵呵的呢。她的年紀看來跟男孩不相上下，但個子卻比男孩高得多，棕色的皮膚，苗條的身材，臉龐消瘦蒼白，衣著樸素，短短的鬈髮，頭上圍著一條紅頭巾，耳朵上戴著銀耳環。

他們兩人邊吃邊說各自的事情。男孩的父母都已經去世了，他父親是個工人，不久前在利物浦病故，留下他孤苦伶仃一人，義大利領事館計畫把他送回他的故鄉，也就是西西里島的巴勒莫，他有幾個遠親還住在那裡。女孩是前年被她一個守寡的姑媽帶到倫敦的，姑媽特別喜歡她，窮困潦倒的父親把她託付給姑媽照顧，指望將來她能從姑媽那裡得到一筆遺產，不料過了數月，姑媽不幸被馬車撞死，卻一分錢也沒留給她，她只好請求義大利領事館送她回國。於是，這兩個孩子便同時被託付給那位義大利水手了。

「看來，」女孩對少年說，「我父母還真以為我會腰纏萬貫回國呢，可我沒能帶什麼給他們，當然，他們會照樣愛我的，我的弟弟也會同樣喜歡我。我有四個弟弟，他們都很小，我是家裡最大的孩子，我還會幫他們穿衣服呢。這次他們見到我，肯定像過聖誕節那樣高興，我要踮起腳尖進屋，然後突然向他們大叫一聲，給他們一個驚喜。哎喲，風浪怎麼這麼大！」
女孩又問少年：「你要去親戚家住嗎？」
「是啊，如果他們願意收留我的話。」少年回答。
「如果他們不愛你，怎麼辦？」
「我不知道。」
「到了聖誕節我就滿十三歲了。」女孩說。
接著，兩人便沒完沒了對大海和周圍的人評頭論足起來。他們整天待在一起聊天交談，乘客還以為他們倆是親姊弟呢。女孩織襪子，男孩心事重重。狂風惡浪驟然加劇，晚上要告別去睡覺時，女孩對馬里奧說：「願你睡個好覺。」
「可憐的孩子，今晚誰也別想睡個好覺了。」船長室的那位義大利水手剛好經過這裡，對他們這麼說。男孩正要向女孩道聲「晚安」時，一個巨浪突然向坐在椅子上的男孩打了過來，把他掀了個四腳朝天。
「天啊，你流血了！」女孩大喊一聲，跑到男孩跟前。乘客亂成一團，四處躲藏，誰也顧不得照顧男孩。馬里奧因為受到驚嚇而失去知覺，女孩跪在他面前，為他擦去額頭上的鮮血，還摘下自己頭上的紅頭巾，裹在男孩頭上。為了把頭巾的角打結，女孩把男孩的頭緊緊靠在自己胸前，結果她繫著皮帶的黃色上衣便染上了一灘血跡。
馬里奧終於醒過來，並站了起來。

「你感覺好些了嗎？」女孩問。

「沒事了。」男孩回答。

「那就好好睡一覺吧。」朱列塔說。

「晚安。」馬里奧回答。他們倆沿著船梯各自回艙睡覺去了。

水手果然說對了，他們還沒有入睡，可怕的暴風雨就開始發威了。剎那間，洶湧澎湃的巨浪猶如難以駕馭的野馬向客船奔騰而來，折斷了一個桅杆。繫在吊車上的三艘救生小艇和船頭上的四頭牛，也像風捲殘葉般被海水沖散。船上頓時亂作一團，淒慘的呼叫聲、物體的倒塌聲、震耳欲聾的喧鬧聲、撕人裂肺的嚎啕聲，還有禱告聲，各種聲音響成一片，令人不寒而慄。暴風雨愈來愈猛烈，怒吼了整整一夜。天亮時，大風仍然淒厲咆哮著，大海的怒濤發出巨大的轟鳴，從四面八方向客船衝擊過來。嘩嘩作響的海浪不斷撲向甲板，激起飛濺的水柱和浪花，海水不停拍打著甲板上所有東西，最後被捲進大海。安放蒸汽機的平臺被沖毀，怒吼的波濤沖了進來，熄滅了鍋爐的火，司爐也不知道跑到哪裡去了。一排排閃光的浪花從四面八方狂湧過來，想把客船吞了。

這時，一個雷鳴般的聲音大喊大叫：「快拿抽水機！」這是船長的聲音。水手跑去拿抽水機，浪頭一個接著一個從船尾撲來，忽然一個惡浪沖壞了舷窗和舷門，海水一個勁兒灌進船內。

乘客個個嚇得目瞪口呆，全躲進了大客艙裡。這時候，船長到了。

「船長，船長！」大家異口同聲連聲喊道，「現在怎麼辦？我們怎麼脫困？我們有希望嗎？您快救救我們！」

等大家平靜下來後，船長無可奈何說：「聽天由命吧。」

只聽一個女人大叫一聲：「我的天啊，發發慈悲吧。」她說完，就再也沒人出聲了。恐怖的氣氛令大家毛骨悚然，大客艙裡籠罩著一片死寂，大家面面相覷，默默無言，嚇得臉色蒼白。洶湧的海濤發出巨大的轟鳴，客船劇烈上下顛簸著。這時候，船長試圖在海裡放下一艘救生艇，五個水手登上了小艇，但一個巨浪打來，救生艇立刻往下一沉，浪頭把船吞沒了，兩個水手被淹死，其中一個就是那位義大利水手，其他三個費了好大的力氣才抓住纜繩，又登上客船。

看到眼前的情景，剩下的水手全都失去了勇氣，陷入絕望。兩小時後，海水開始淹沒護桅鎖鏈了，甲板上的情景慘不忍睹：母親拚命緊抱著自己的孩子；朋友相互擁抱告別。有的人不願眼睜睜看自己被海水吞沒，乾脆躲回船艙裡面；有一位乘客朝自己的頭部開了一槍，重重摔倒在船艙旁，痛苦呻吟著；很多人舉止失常，互相緊抱在一起，女人痛苦得渾身發抖，還有人跪在神父面前祈禱。孩子的哭鬧聲、哀鳴聲、刺耳的異常慘叫聲交織在一起，如同世界末日來臨。有些人如同雕像般佇立在那裡，瞪大雙眼，毫無表情，像是僵屍或著了魔的瘋子。馬里奧和朱列塔這兩個孩子，緊抱著桅杆，目不轉睛凝視著大海，彷彿失去了知覺。

雷鳴般的波濤開始平息了，但客船仍繼續緩緩下沉，眼見不久就要沉沒了。

「放下救生艇！」船長大聲喊，最後一艘救生艇放下水後，十四個水手和三名乘客登上小艇，船長仍留在客船上。

「船長，快跟我們上來！」上了救生艇的人們向船長大聲喊。

「不，我必須死在我的工作崗位上。」船長回答。

「如果遇到別的船，我們就有救了。」水手繼續央求船長說，「快上來吧，再不上來就沒有機會了。」

「不，我要留下來。」

「還有一個位置。」水手轉向其他乘客呼喊著，「上來一個婦女吧。」

船長扶著一個女人往前走，但她看見救生艇離得很遠，沒有勇氣跳上去，跌坐癱倒在甲板上，其他女人也幾乎都嚇暈了，看起來奄奄一息。

「上來個孩子吧！」救生艇上的水手聲嘶力竭喊道。

聽到水手們的叫喊聲，驚嚇得呆若木雞的西西里少年和他的同伴出於強烈的求生本能，一下子清醒過來，一起放開桅杆，一個箭步嗖嗖跑到船邊，異口同聲呼叫著：「讓我上去。」兩人爭先恐後跑著，如同兩隻狂暴的野獸。

「個子小一點的上來。」水手喊叫，「救生艇已經超重了，快，個子小的上來。」

聽到這話，女孩像被閃電擊中一樣垂下雙臂，靜止不動佇立在那裡，用呆滯無光的眼神注視著馬里奧。

馬里奧也注視著朱列塔，見到她身上的一片血跡，他陷入了沉思，一個神聖的念頭如同一道霞光閃掠過他的腦海。

「個頭小的上來！」水手焦急萬分，異口同聲連連喊道：「個頭小的快上來，我們要走了！」

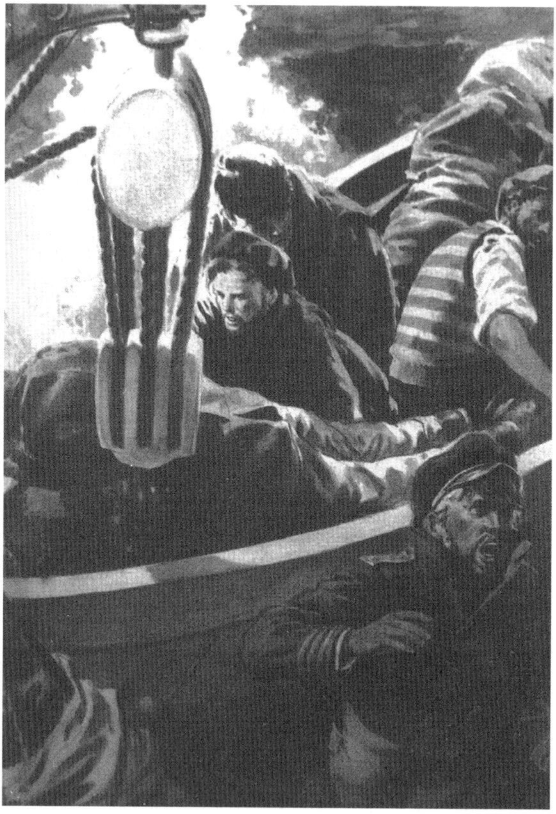

這時，馬里奧用一種彷彿不是他的聲音大聲叫道：

「朱列塔，妳比我輕，妳有父母親，我只有孤伶伶一人，我的位置讓給妳，妳就上去吧！」

「把她扔到水裡！」水手喊叫著。

馬里奧抓起朱列塔，把她扔進海裡。

女孩尖叫一聲，撲通掉入水中，一個水手抓住她一隻手臂，把她拉上救生艇。

馬里奧的頭髮隨風飄拂，神情泰然自若，昂首挺胸，一動也不動站在船邊。

救生艇駛離之際，客船正漸漸沉沒，在海面上捲起巨大的浪花和漩渦，幸虧小艇及時離開，否則將難逃被吞沒的危險。

這時候，女孩還未完全恢復知覺，舉目望向少年，放聲大哭起來。

「永別了，馬里奧！」女孩抽泣著伸出雙臂喊道：「永別了！永別了！」

「永別了！」少年也舉起雙手回答。

陰暗的天空下，小艇隨著洶湧的波濤向遠方迅速漂流而去，客船上再也沒人呼喊，海水已經淹沒了甲板。

少年突然跪了下來，雙手合掌，仰望天空。

女孩雙手掩面。

當她再抬頭觀望時，客船早已無影無蹤了。

七月

媽媽的話：母親的最後囑咐

一日，星期六

恩利科，這個學年到此結束了，在最後一天，一個高尚少年捨己救人的形象作為永久的紀念，留在你的腦海中，真是件大好的事情。現在，在你即將跟老師同學分開的時刻，我必須告訴你這個令人傷心的消息，這次分手不僅僅是三個月，而是永遠。由於工作的原因，你父親必須離開杜林，我們全家都要在今年秋季跟他一起搬到別處，你將進入一所新學校。這消息讓你覺得很遺憾，對嗎？我相信你很愛現在的學校，四年來，你每天去學校兩次，從中體會到學習的快樂。長久以來，你每天都在一定的時間跟老師、同學及同學的家長見面，爸爸和媽媽總是面帶笑容等著接你回家，這所學校啟迪了你的智慧，你結識很多要好的朋友。在這所學校裡，你聽到的每一句話都將使你受益終身，你經受的每一次挫折都將使你增長見識。你要懷著這份情誼，真誠跟同學告別吧！他們中間有些人可能慘遭不幸，很早就失去父母；有的也許年紀輕輕的，就死於非命；有的可能在戰場上英勇獻身；很多人將成為卓越正直的工人，成為勤勞正派的父母。說不定，還有人會因成為國家的功臣而流芳百世呢？你熱情和他們告別吧！請你把心靈深處的一部份留給這個大家庭吧！當你進入這個家庭時，還是個孩子，現在要離開這個家庭了，已是個少年了。這個大家庭曾給予你無微不至的關懷，所以你的父母也感激不盡。我的恩利科，學校就是母親，你投入她的懷抱時，還是個剛剛學會說話的小孩子，現在你已長大了，成了一個體魄健壯、品德高尚、勤奮好學的少年。你為這個大家庭祝福吧，我的孩子，請永遠不要忘記她。啊，你是不可能忘記這個大家庭的，即使你將來長大成人，周遊世界，瀏覽無數的世界名城和令人流連忘返的紀念碑；然而，隨著歲月的流逝，你可能遺忘了一些事物，但那樸質的小白屋、緊閉的百葉窗和啟迪智慧的小小校園，將永遠留在你的腦海中，正如我永遠不會忘記你第一次呱呱而泣的那間小屋一樣。

媽媽

考試

四日，星期二

考試終於到了。學校附近街頭巷尾、學生、家長和老師們談論的都是分數、考題、學分、補考和升級之類的話題。昨天上午考了作文，今天上午考數學，看到陪學生到校的所有家長，在路上仔細叮囑自己孩子，這幅情景真讓人感動。許多母親還把孩子送到教室的座位上，檢查一下墨水瓶裡有沒有墨水，鋼筆是不是好用。離去時，還回頭再叮囑一番：「大膽細心，多留神。」

我們的監考老師是柯阿提先生。他滿臉的黑鬍子，說起話來有如獅子咆哮，但從不處罰學生。有的孩子嚇得臉色發白，老師打開市政府送來的函件封條並抽出考卷時，教室裡鴉雀無聲，連呼吸聲都聽不見。他大聲念著考題，用他那雙駭人的眼睛東瞥西瞄，從他的眼神可以看出，如果他能告訴我們答案，讓我們個個都順利升級，他會很高興的。

過了一個多小時，因為考題太難，不少人開始焦急不安了，有人竟急得嗚嗚哭了起來，科羅西不斷敲打自己的腦袋。可憐的孩子，很多人答不出來，並不是他們的過錯，有的是沒有花足夠的時間溫習功課，有的是父母對他們不夠關心，以致荒廢了學業，當然也有運氣不佳的。稍微注意一下，便可看到德羅西如何絞盡腦汁幫助別人，如何想方設法祕密傳遞信息和答案，提醒別人如何解答和運算，儼然一副老師的派頭，幸運的是這一切都沒有被老師發現。卡羅納的數學很厲害，他很熱心，總是樂於助人，甚至幫助諾比斯擺脫困境。斯達迪兩手貼著額頭，眼睛直盯著考題發愁，靜靜坐了一個鐘頭，最後僅用五分鐘的時間做完了全部考題。老師在課桌之間踱來踱去，連聲說：「要冷靜！別著急，千萬別著急！」

他看到有人灰心喪氣了，就張開獅子般的大口，裝出要一口吞下他的樣子，逗他發笑，幫他打氣。十一點左右，透過百葉窗，我看見許多家長在附近的街上焦急等待自己的孩子。波列科西的爸爸穿著深藍色的工作服，臉上全是煤灰，從工廠趕來了；科羅西賣菜的媽媽也來了；還有納利穿著黑衣服的媽媽，焦急不安走來走去。接近中午時，爸爸也來了，他抬頭看著我們教室的窗口，我親愛的爸爸！中午考試全部結束，校門口真是熱鬧，所有家長都跑向自己的孩子，紛紛詢問考試的情形，邊翻閱作業本，邊跟其他同學核對答案。

「今天考多少題？」

「總分是多少？」

「減法占多少分？」

「全答對了嗎？」

「十進位小數點的進位答對了嗎？」

無論老師走到哪裡，都被家長問個不停。爸爸從我手裡拿我的計算紙，看了片刻說：「很好！」站在我們身旁是波列科西的鐵匠爸爸，他也在核對兒子計算紙上的答案，他有些地方看不大明白，便轉過身來焦急不安問我爸爸：「您能告訴我這題的答案是多少嗎？」爸爸告訴他答案，鐵匠掃了一眼，算了一番，最後眉飛色舞驚叫道：「好小子，還真了不起哪！」

爸爸和鐵匠像兩位知心的老朋友，相視一笑，爸爸向鐵匠伸過手去，鐵匠緊握他的手。兩人要分手時，又互相道別說：「口試時再見！」

「對，口試時再見！」

我和爸爸剛走幾步，便聽見背後有人哼著小曲，回頭一看，原來是鐵匠在哼唱呢。

口試

七日，星期五

今天上午進行口試，八點整我們都已在教室等候了，八點十五分的時候，每四個一組被叫到大廳應試。大廳裡擺放著一張寬大的長方形桌子，上面鋪著一塊綠色的桌布。桌子旁坐著校長和四位老師，我們班的老師也在其中。我是第一個被叫到桌子前的。可敬的老師，您是多麼愛我們啊！這一點今天上午我看得一清二楚。別的老師向我們提問時，他目不轉睛看著我們，我們回答得含糊不清時，他就坐立不安；當我們回答得好，他就眉開眼笑。他全神關注我們的一舉一動，不時用手勢或點頭、搖頭向我們示意，好像在說：「好！……不好！……千萬注意！……別著急！……大膽些！」如果他能說話，他肯定會把他知道的一切統統告訴我們。說實話，即使自己的親生父母也沒有他為我們做得這麼多。我真想當著大家的面，用洪亮的聲音對他說十幾次：「謝謝！謝謝！」當別的老師對我說：「好啦，可以走了！」，那時他微笑的雙眼熠熠閃光。

我趕快回去教室等爸爸，同學幾乎全在那裡。我在卡羅納身旁坐下，但心裡一點也不開心，我們能坐在一起的時間只有幾個鐘頭，而且是最後一次了，五年級時我們將不再是同班同學了。我還沒有把我們全家要離開杜林的消息告訴他，他到現在還什麼也不知道呢。卡羅納的腦袋圓鼓鼓的，縮著身體伏在課桌上，在爸爸的照片周圍裝飾花邊。照片上，他爸爸穿著火車司機的服裝，膀大腰圓，脖子如鬥牛般粗壯，神情穩重老實，跟卡羅納很像。卡羅納俯著身子，衣領微微敞開，結實的胸前掛著納利的媽媽送給他的鍍金十字架項鍊。納利的媽媽知道卡羅納一直默默保護她的兒子，於是特地將項鍊送給卡羅納。當然我離開杜林的事早晚都得告訴卡羅納，因此我對他老實說：

「卡羅納，今年秋天我爸爸就要離開杜林到別的地方去工作了。」他問我是不是也要去，我回答：「當然要去。」

「這麼說，你不跟我們一起上五年級了嗎？」卡羅納問我。

「對。」我回答說。

卡羅納什麼話也沒說，只是繼續埋頭描繪花邊。過了一會兒，他頭也不抬，問了我一句：「你會永遠記得四年級的同學嗎？」

「那還用說？」我回答，「我忘不了大家，更忘不了你。請放心，我會永遠記得你的！」

他神態嚴肅，目不轉睛注視著我，炯炯目光似乎在傾吐心靈深處的千言萬語，但始終默不作聲，只是把左手伸給我，右手仍心不在焉描繪著花邊。我緊握他那隻厚實有力的手，半天說不出一句話來。

老師滿臉通紅，喜氣洋洋快步走進教室，用快活的聲音，壓低嗓門說：

「真了不起啊！到目前為止，進去口試的同學都答得不錯，希望還沒有口試的同學能再接再厲。各位同學，你們真是做得太好了！勇敢一點！加油吧！我由衷為你們高興！」

老師離開時，故意假裝在門口絆了一跤，還做了一個扶牆的動作，一副差點摔倒的樣子。我們完全理解老師的心思，他這樣做，無非是為了向我們表明他的喜悅心情，也為了逗我們開心。我們老師從來沒有笑過，老是板著面孔，他做這樣一個滑稽可笑的動作，我們又驚又喜，個個笑顏逐開，但始終沒有笑出聲來。

見到老師那種天真爛漫的孩子舉動，不知為什麼，我心裡很不好受。老師此時此刻的喜悅，大概就是他這九個月以來付出所有愛心、耐心和操勞所換來的全部報酬。他為我們付出了心血，多次帶病堅持上課，可敬可愛的老師啊！他為我們付出了太多的情誼和關懷，而得到的回報卻少得可憐。

今後，不管歲月如何流逝，老師逗我們的那個舉動將永遠深印在我的腦海，我不會忘記這位為我們付出了一切的老師。將來我長成大人，他還健在的話，我肯定會去看望他。那時，我會向他重提這件深深觸動我心靈的往事，我想我一定還會飽含深情親吻他的白髮！

告別

十日，星期一

下午一點，我們這學年最後一次來到學校，聽候宣布考試結果和領取升級通知書。學校附近的街道早已擠滿了人，大廳和教室擁擠不堪，連老師的講臺前也圍得水洩不通，我們的教室簡直沒有可以站的地方了。卡羅納的爸爸、德羅西的媽媽、鐵匠波列科西、科列帝的爸爸、納利的媽媽、科羅西的賣菜媽媽、小泥瓦匠的爸爸、斯達迪的爸爸，以及其他我從沒見過的家長都來了。四周人流如潮，來來往往，人聲嘈雜，如同置身於喧嘩熱鬧的廣場。

老師一進入教室，全班立即變得寂靜無聲。

老師拿起成績單，當場向大家宣讀：「阿巴圖奇，六十分①，升級。阿爾金提，五十五分，升級。」小泥瓦匠和科羅西也都順利升級。

「埃納斯托・德羅西，滿分七十分，第一名升級。」老師提高嗓門大聲說。

在場的所有家長都認識德羅西，大家連聲稱讚說：「德羅西，真是好孩子！好孩子！」德羅西晃動著滿頭金色鬈髮，從容而甜蜜微笑著，深情望著舉手跟他打招呼的媽媽。只有三、四個學生要補考，其中一個嚇得哭起來，因為他看到站在門口的爸爸臉色陰沉，準備要打他的樣子，老師對他爸爸說：

「先生，恕我直言，這不是孩子的過錯，誰都有倒楣的時候，你的孩子也不例外。」接著又念下去：「納利，六十二分，升級。」聽到這裡，納利的媽媽用扇子給他一個飛吻。

「斯達迪，六十七分，升級。」得了這樣的好分數，斯達迪卻仍然兩手抱頭，絲毫沒有高興的樣子。沃提尼是最後一個，他今天衣著漂亮，頭髮梳得整整齊齊，他也升級了。宣讀完畢，老師站起來說：「孩子，這是我們最後一次相聚在這間教室裡了，這一年裡我們成了好朋友，現在就要各奔東西了，我說得對嗎？可愛的孩子，我實在不想跟你們分開……」他說著說著，就說不下去了。停了一會兒，他繼續說：「有時候，我情緒急躁，失去耐心，對你們發火，有時候對你們太嚴厲、太苛刻，不夠公平合理……這一切都是我一時衝動造成的，請你們多多原諒吧！」

「別這麼說！別這麼說！」家長和學生都說，「老師對我們太好了！」

「做得不好，請大家多多包涵。」老師不斷說，「你們別忘記我啊！明年，我不會再教你們了，但我還是會經常在學校見到你們的，你們將永遠留在我的心中。再見了，孩子！」

老師說完，走到我們中間，同學個個站在課桌前跟他熱情握手，有的拉著他的手臂，難捨難分；有的撫摸他的衣角；還有很多人跟他擁抱親吻。我們五十個學生異口同聲喊道：「老師，再見！謝謝老師！祝老師身體健康！請永遠記得我們！」

當老師離開班級時，他可能因為過分激動而心情格外沉重。同學一窩蜂走出去，其他班級的同學也相繼走出教室。學生和家長匯聚成喧鬧的人群，你推我擁，有的跟老師互道再見，有的相互祝願，頻頻招手示意。帽子上插著紅羽毛的女老師身旁站著四、五個孩子，周圍還有二十個左右的孩子把她團團圍住，擠得她簡直要喘不過氣來。「小修女」老師的帽子幾乎被孩子們扯破了，他們把十幾束鮮花插進她的黑衣鈕釦孔裡或塞進衣袋裡。羅伯提今天第一次扔掉拐杖走路，許多同學走上前去向他熱烈祝賀。歡聲笑語的告別聲響成一片：

「新學年再見！」「開學日再見！」「諸聖節再見！」

我們都互道再見。此時此刻，過去的一切不愉快頓時忘得一乾二淨，總是嫉妒德羅西的沃提尼也走上前去，張開雙臂擁抱德羅西。我跟小泥瓦匠告別，同他熱烈親吻，他給我扮了最後一個兔臉。可愛的夥伴！我跟波列科西告別，跟卡羅菲告別，卡羅菲告訴我他中了最近一次彩券，並送給我損壞了一角的「馬約利卡」陶製紙鎮。我跟所有的同學道別，我看到可愛的納利跟卡羅納親切話別，難捨難分的情景感動了在場的每一個人。大家都圍在卡羅納身邊，有的摸摸他，有的跟他緊緊握手，有的說他是了不起的孩子，是小聖人，向他熱烈祝賀。大家都跟他話別：「卡羅納，再見！再見！」

目睹眼前的情景，卡羅納的爸爸感慨萬千，面帶笑容望著這些孩子。

卡羅納是我在街上擁抱的最後一個同學，我的頭貼在他的胸前抽泣著，他吻著我的額頭。接著，我跑到爸媽面前，爸爸問我：「你跟所有的同學都道別了嗎？」

我回答：「是的。」

「如果你以前曾經做錯事，得罪了別人，現在快去向他道歉，請求他原諒。有沒有這樣的事情呢？」爸爸問。

「沒有。」我回答。

爸爸向學校瞥了最後一眼，深情款款說：「那麼，再見了！」

「再見！」母親接著說。

而我一句話也說不出來了。

---

①十九世紀義大利學校考試的記分法，以七十分為最高分數。現在的記分法是：大學以三十分為滿分，其他學校分為最好、優秀、良好等七個等級。

RICONOSCIMENTO UFFICIALE

L'AMBASCIATA D'ITALIA A PECHINO

VISTI I MERITI ACQUISITI PER LA CONOSCENZA E LA DIFFUSIONE
DELLA CULTURA ITALIANA IN CINA

CONFERISCE

A Wang Ganqing

IL PRESENTE RICONOSCIMENTO UFFICIALE
PER LA TRADUZIONE IN LINGUA CINESE DELLE OPERE
"LE AVVENTURE DI PINOCCHIO" DI CARLO COLLODI
E "CUORE" DI EDMONDO DE AMICIS

Pechino, 8 gennaio 1999

AMBASCIATA D'ITALIA

L'Ambasciatore d'Italia a Pechino
Dott. Paolo BRUNI

義大利政府文化獎獎狀，
授予《愛的教育》譯者王干卿先生。

經典文學

愛的教育
CUORE

作　　者　艾德蒙多・得・亞米契斯（Edmondo de Amicis）
譯　　者　王干卿
總 編 輯　陳蕙慧
副總編輯　戴偉傑
責任編輯　鄭琬融
行銷企劃　陳雅雯、尹子麟、汪佳穎
封面設計　許晉維

社長　郭重興
發行人兼出版總監　曾大福
出版　木馬文化事業股份有限公司
發行　遠足文化事業股份有限公司
地址　231新北市新店區民權路108-3號8樓
電話　02-2218-1417　傳真　02-8667-1891
email: service@sinobooks.com.tw
郵撥帳號　19588272 木馬文化事業股份有限公司
客服專線　0800221029
法律顧問　華洋國際專利商標事務所　蘇文生 律師
印刷　前進彩藝印刷股份有限公司
三版　2021年9月
定價　新台幣320元

ISBN　978-626-314-039-4

木馬臉書粉絲團　http://www.facebook.com/ecusbook

國家圖書館出版品預行編目資料

愛的教育 / 艾德蒙多. 得.亞米契斯(Edmondo de Amicis)文 ; 王干卿譯.
-- 三版. -- 新北市 : 木馬文化出版 : 遠足文化發行, 2021.09
面 ; 　公分. -- (經典文學)
譯自 : Cuore
ISBN 978-626-314-039-4(平裝)

877.596　　110013516